蘭開富貴

下

玉人歌 著

文創風 482

風 文創 482

目錄

第十一章

劉裕考上童生的消息就跟插翅膀似的，立刻就傳遍了城中和村裡。十三歲的童生，那可是十里八鄉都沒有的呀！

在這個時代的人眼中，牡丹大師的畫技屬於偏門雜藝，大部分人認為正途只有科舉之路，是平民百姓唯一出頭的法子。

劉裕立刻炙手可熱起來，先是街坊鄰居來湊熱鬧的人多了起來，代替了原先那波想拜師學藝的。劉裕白日上私塾不在家，張蘭蘭只得帶著媳婦、女兒應付那些街坊鄰居。

大家的目的很明顯，說親。都想趁著劉裕還小，跟劉家結親，要不然等將來劉裕出人頭地了，哪還輪得到她們？

起初張蘭蘭還顧念著鄰里的情面，耐著性子跟眾人解釋，劉裕還小，以讀書為重，先立業再成家。可總有幾個不死心的，非要把自家閨女硬塞進劉家。

張蘭蘭本就不是個怕事的人，又加之有牡丹大師的名號，說起話來底氣更足，誰敢上門鬧事？攆出去！當她是軟柿子？捏個你試試？

見張蘭蘭如此威武，那些不懷好意的人見討不到便宜，便漸漸散了去，劉家終於能清靜了。

劉景每日帶著大兒子劉俊忙鋪子裡的生意，又抽出手來幫小石頭打通去其他城開棺材鋪的門路。小石頭的鋪子生意越來越好，可謂日進斗金，可他始終記得劉叔一家是自己的恩人，劉叔是自己的師傅，所有鋪子裡要用的木料都從劉景店裡進貨。

小石頭生意好了，劉景生意跟著好，兩家互惠互利，生意做得蒸蒸日上。

低端木料這生意，因利潤薄，做的人少，劉景賺了錢，拿出一部分，去其他城開了分號，跟著小石頭新鋪子走，這樣一來，省了路上運輸木料的成本，賺得更多。

其他做低端木料生意的人看了眼紅，卻生生瞅著沒辦法！為啥呢？因為市場本就那麼大，劉景家的鋪子迅速擴張，是因為借了新的平民棺材的東風。其他木料老闆曾私下找過小石頭，壓低價格甚至賠本，想讓小石頭從自家進貨。

可小石頭不是忘本的人，只認準他劉叔，斷然拒絕了其他老闆。其他木料老闆只能眼睜睜看著肥肉，卻吃不到嘴裡，乾著急。

劉景雖然發了財，在家卻還是好丈夫、好父親、好哥哥。現在賺的銀子因要在生意上周轉，不能全部拿回家中，可劉景依舊每個月月底，捧著帳本回家讓老婆大人過目。

張蘭蘭起初覺得新鮮，看了幾次便耐不住性子了。

古代的帳本簡稱流水帳，一眼看過去只覺得腦袋疼，張蘭蘭本就不擅長跟帳目打交道，索性叫來兒媳、女兒，將帳本丟給她們。

羅婉、劉秀跟著劉裕、劉清學認字，水準雖說考不了科舉，但是日常寫信、算帳、寫文書是綽綽有餘，帳本上的字自然是都認得。

家業越做越大，將來要算的東西只會更多，待劉裕、劉清將來有了功名當了官，家中的事務總得有人管。張蘭蘭嫌麻煩不想管，首要人選自然就是大兒媳。羅婉個性正直，性格雖然柔和，卻有自己的主意，不會被人拿捏，正是管家的好材料。而劉秀雖然是女兒，可以後總要嫁出去，去了夫家也得管家啊，現在正好學起來。

其實張蘭蘭也沒有管過家，前世她只會賺錢，穿越過來後，家中並沒有多少錢財給她管，後來賺了銀子，也是用多少拿多少，根本就沒仔細算過。

羅婉、劉秀捧著帳本，覺得又激動又頭疼。

羅婉瞧見婆婆把帳本給自己，知道婆婆是信任自己，有意讓自己管家，心裡分外感激婆婆的信任，可一翻開這帳本，頓時頭大如斗！這都是什麼跟什麼啊，看得眼花撩亂。

姑嫂兩個面面相覷，這真的看不懂啊！

「娘！我看不懂！」劉秀向母親求助。

「呃。」張蘭蘭撓撓頭，總不能說妳老娘我也看不懂吧，便道：「橫豎上頭的字妳們都認識，拿下去細細地讀，多看幾遍總能懂。」

羅婉點頭，道：「娘說得是，字咱們都認識的，沒道理多看幾遍還不懂。秀秀，走，咱們去書房看去。」

姑嫂兩個研究了小半個月，終是將帳本熟透，會看帳目了。

劉俊見妻子每天學看帳看得認真，便將自己在鋪子裡跟帳房先生學的打算盤教給羅婉。羅婉人聰明，學得認真，很快便學會算盤的用法，拿著算盤在劉秀面前炫耀。

劉秀見大嫂一手算盤打得噼啪響，羨慕到不行，央求嫂子也教她。羅婉樂得當個師傅，仔細耐心地教小姑打算盤。

兩人對著帳本，又用算盤演算了幾遍，這下她們不光會看帳本，還能用算盤來核對帳目了。

「這可好，咱家出了兩個女帳房。」張蘭蘭笑道。「小婉，鋪子裡越來越忙了，俊娃若是忙不過來，妳閒了就幫把手。」

「好。」羅婉點頭，婆婆竟還允許她插手鋪子的事，心裡喜孜孜的。

「秀秀、小婉，妳們得空了就在家做做帳，把往來的人情禮單羅列收好，還有妳爹每個月拿回的家用，買什麼、用了多少，都記下。」張蘭蘭吩咐道。

至於張蘭蘭自己賣畫賺的錢，就當私房，以後給劉秀、劉恬的嫁妝就從她私房出。

姑嫂兩個忙活兩天，將家中銀錢開銷一筆一筆的記成帳本，又單獨抄了禮單整理成冊，如今家中的銀錢開銷一目了然，井井有條起來。一旦整理出頭緒，以後管理起來就方便省事許多，姑嫂兩個大部分時間又回歸學畫上，每日磨著張蘭蘭在畫室指點她們畫畫。

張蘭蘭為女兒打算得長遠，讓她學識字、學算帳、學管家，對男孩子們也一視同仁，頗為上心。

劉俊自不必說，父子倆都是頭一次開鋪子做生意，兩人摸著石頭過河，有些磕磕絆絆的相互扶持。自家父子感情深厚，背後沒那麼多彎彎繞繞，一心都是為鋪子為了家好，兩人一同摸爬滾打。

張蘭蘭對劉清、劉裕的功課督促也沒落下。劉清好說，年幼聽話好哄，加之有個童生二叔做榜樣。果然榜樣的力量是無窮的，自劉裕考上童生，劉清嚷嚷著要在十三歲之前考上童生，從那天起，劉清不賴床了，最愛的懶覺也不睡了，每日天剛亮就起床讀書，奮起努力，直追他二叔。

張蘭蘭最擔心的反而是劉裕，少年時便嶄露頭角的人不少，可難在成年後還有所成就。張蘭蘭怕劉裕因點小成績而驕傲，從此心思歪了。

可劉裕考中童生之後，與往日別無二樣，依舊刻苦讀書，用功程度甚至更勝從前，這才讓張蘭蘭放下心來。

只是……這叔姪倆也太用功了吧！夜深了，張蘭蘭看著書房點的燈，揉了揉眉心，小小年紀，眼睛看壞了怎辦？這裡可沒有眼鏡給他們啊！

「太晚了，小心眼睛看壞了，早些睡吧。」張蘭蘭推門進去，見叔姪倆分坐在一張桌子的兩側，都在聚精會神地看書。

「娘！」見了母親，劉清甜甜一笑，露出兩個笑渦來，道：「二叔不累，清娃也不累！」

劉裕抬頭看著大嫂，笑道：「看得入神，沒留心時辰。」

劉清畢竟年幼，定力有限，見到母親，忍不住放下書，跑過來撒嬌，抱著娘親大腿道：「二叔說明年去考秀才，所以要更用功看書。那清娃什麼時候能考童生呢？」

張蘭蘭吃驚地看著劉裕，這才剛考上童生，第二年就要去考秀才，會不會太快了？

「裕娃，如今家裡富裕，不用急著去考。」張蘭蘭這會兒反而讓劉裕別急著考了。

「大嫂別擔心，我不是急功近利，而是準備充分，定有信心考上。」劉裕滿臉自信。「彼時先生叫我抄錄藏書樓中的書，對我功課大有進益，先生也說我明年可去考秀才試試呢！」

「我也要抄、我也要抄！」劉清一聽抄書有這般好處，眼睛都亮了。

「好好，明兒個我跟夫子說說，叫你也同去。」劉裕又皺了皺眉頭，道：「只是清娃的字還需磨練，抄的書怕是不能用。」

劉裕的字可是學生裡最好的。

「那我邊抄書邊練字，成不？」劉清一臉渴望。

既然劉清抄錄的書稿不能裝訂成冊，那麼那些紙筆錢私塾是不會出的，不過對現在的劉家而言，買些紙筆小意思。

「清娃既然如此好學，你便同先生說說，紙筆那些咱們自帶。」張蘭蘭道。

說了會兒話，張蘭蘭攆著兩個孩子去睡覺，怕再熬真的熬成了近視眼。

不過刻苦讀書是好事，別人家恨不得拿根棒子在後頭督促自家孩子多讀書，最好頭懸梁錐刺骨，劉家倒好，家長整日攆著孩子別讀書了早點睡覺。

長此以往不是辦法，張蘭蘭絞盡腦汁，忽地想到用鏡面反光的方法。

張蘭蘭叫劉景進屋，在鏡子前點了盞油燈，道：「你瞧，這燭火在鏡子前這麼一照，是不是亮多了？」

劉景點頭。「是亮多了。」

「我想著，要不咱多擺幾面銅鏡，每面鏡子前點盞燈，看看會不會讓屋子更亮堂。若是能行，便不用擔心晚上孩子們看書看壞了眼睛。」張蘭蘭道。

夫妻兩個便實踐起來，張蘭蘭將家裡所有的銅鏡都尋來，分別擺開，每面鏡子前點了盞燈。果然，屋子裡亮堂了許多。

劉景靈機一動，道：「蘭妹，我在一個富商家曾經見過洋人運來的水晶鏡面，那鏡子可亮堂了，若是用西洋鏡替代銅鏡，屋裡定會更亮。」

「好好，那便想辦法買幾塊水晶西洋鏡來！」張蘭蘭笑道。

劉景第二天就去城裡，花高價託人買了好幾個水晶鏡面，做了木框將鏡子裝進去，好生運回家。

幾個鏡子擺在書房，張蘭蘭特意多點了幾盞燈，將書房照亮得彷彿白晝，再也不擔心黑燈瞎火的，孩子們看壞了眼。

劉裕、劉清對書房的新擺設愛得不行，劉清年幼，嘴裡憋不住話，沒兩天就嚷嚷得全書院都知道他家的書房夜裡亮得跟白天似的，於是一批一批的同學來參觀。張蘭蘭見都是劉裕、劉清的同窗好友，一一熱情接待，擺了點心果子招待那些孩子，一來二去，私塾的學子們都知道，原來街坊傳言那個得了聖上誇獎的牡丹大師，竟然是個面慈心善的美婦人。

章凌與劉裕、劉清最為交好，在瞧過劉家的書房之後羨慕不已。章家雖然是書香門第，可並沒有如今的劉家富裕，這樣的書房對章凌來說太過奢侈。

章凌十四歲考上童生，也算是同輩裡頭頂尖的人物，素日讀書刻苦，常常看書到深夜，如今同劉裕一樣，也在準備考秀才。

劉裕自然知道此事，便對章凌道：「若是凌哥兒不嫌棄，夜裡便去我家書房看書吧，反正私塾與我家這般近，晚上走回去不過一刻鐘。」

劉清也跟著幫腔，道：「對啊對啊，凌哥哥來我家，跟我們一塊兒唸書吧！娘親最是和藹，定會同意。」

張蘭蘭一聽孩子們要把書房分給章凌用，便笑著同意了。難得兩個孩子心胸寬廣如此大方，她怎麼能小氣。

章凌得了允許，高興得不得了，章槐先生聽了也極高興，見劉家如此大方，自己也不能小氣啊！便大手一揮，免了劉裕、劉清叔姪的束脩，就當是對劉家的感謝。

皆大歡喜。

劉家的苦讀二人組如今變成了三人小分隊，別看章凌一副文質彬彬的樣子，讀起書來也是個拚命三郎，絲毫不輸給劉裕。三個人是同窗好友，又暗暗在學問上較勁，比拚起來，三人俱有進步。章凌最為年長，是三人裡學問最高的，平日還會指點最年幼的劉清，與劉裕討論學問。

張蘭蘭看在眼裡，更是對章凌喜歡得很，每日的消夜一樣做三份，給三個孩子吃。有時候夜裡突然下雨，便讓章凌留宿，住在劉裕屋裡。日子久了，張蘭蘭索性在劉裕房裡又擺了張床，省得兩個孩子擠著睡，夜裡睡得不踏實。

慢慢地，章凌一個月有四、五天都留宿劉家，與劉家眾人親如一家。

一轉眼便入了臘月，眼瞅著要過年了。

臘月八日是章槐先生六十大壽，學子們紛紛賀壽。劉裕、劉清抓耳撓腮的想給先生送個有意義的禮物，以感謝先生悉心教導的恩情。

孩子們的事就讓孩子們去想，張蘭蘭自己也想送章槐先生一份壽禮，她送禮當然簡單，畫幅畫就行了。牡丹大師的畫作可以說是千金難求，坊間就那麼幾幅，有錢都買不到，這樣的壽禮，又體面又有意義。

張蘭蘭打定主意，鑽進書房，跟正在讀書的三個孩子一陣嘀咕。

接下來幾天，私塾的學生們吃驚地發現，那位牡丹大師經常在私塾門外轉悠，名曰給劉裕、劉清送吃的，可眼珠子一直在章槐身上打轉。

學生們對張蘭蘭詭異的行為不能理解，不過還好，張蘭蘭只轉悠幾日，將章槐先生研究透澈之後，就回畫室作畫了。

壽宴當日，張蘭蘭親自去賀壽，並獻上自己的賀禮。

一幅章槐先生的畫像，超寫實主義，連眉毛鬍子都畫得分毫不差，赫然就是個真人！

「我可不是只會畫花。」張蘭蘭笑著看向眾人。「大家沒見過我的畫，若是見了便會知道，我母親和她老人家的師傅一派的畫以寫實見長，每一朵花都如同真的一樣。我斗膽將畫花改成了畫人，萬變不離其宗，力求還原得一模一樣罷了。」

在場各位一片譁然。大家雖然聽說過牡丹大師的名號，但是有幸見過她畫作的人著實沒幾個，有些存著小覷的心思，認為她不過是聲名在外，其實難副，這會子親眼瞧見她的畫作，驚得眼珠子都要掉地上了。

不愧是牡丹大師，不愧是連皇家都讚不絕口的大家！

章槐先生沒想到牡丹大師竟然送上這樣一份賀禮，大喜過望地收下，這樣的寶貝，肯定得當傳家寶收藏，比什麼珍寶都珍貴。

章槐先生捧著畫，激動得連鬍子都在顫抖，沒想到他半隻腳入土的年紀，竟然還有幸瞧見這樣的畫作珍寶。

「好好好！不愧是牡丹大師！」章槐先生由衷道。

章凌在旁看著眼睛也直了，真沒想到張蘭蘭居然可以畫得跟真人一樣！章凌忽地臉上發燙，因為他要送給祖父的賀禮，也是一幅畫，上頭畫著祖父最喜愛的梅蘭竹菊四君子。章凌幼年時受父親薰陶，頗喜歡畫畫，他有天分，又勤勉，畫作水準算是不錯，可在牡丹大師面前，就顯得班門弄斧了。這珍寶在前，章凌哪還好意思把自己的畫拿出來。

眼見著眾人都送上賀禮，唯獨親孫子沒送，眾人的眼光都聚集在章凌身上。

「凌哥哥，我瞧見你拿了禮物進來，怎麼不送給夫子呢？」劉清眼睛亮晶晶地看著章凌，不明白他為什麼現在還藏著壽禮。

「我……這……」章凌一張清俊的小臉脹得通紅，想了想，祖父必定不會嫌棄自己的畫作，看重的是送壽禮的孝心，便紅著臉將畫卷拿出來。

張蘭蘭對畫敏感，此時瞧見章凌攤開一幅水墨畫，上頭畫了梅蘭竹菊，雖然筆法稚嫩，但是靈氣很足啊！是個好苗子。

「凌哥兒畫得不錯。」張蘭蘭笑道。「畫作靈韻十足，足以看出畫者心思奇巧，假以時日，必定大有所成。」

「真的嗎！」得了牡丹大師的誇獎，章凌簡直不敢相信自己的耳朵。

「當然是真的，我誆你做甚。」張蘭蘭笑道。「我瞧你在繪畫上頗有天分，若是你想討論畫技，自來找我便是。平日我在家教我兒媳、女兒作畫，你若有興趣，隨時可來切磋討論。」

這意思不就是……章凌並不傻，忙對張蘭蘭作揖道：「多謝大師指點，不知大師可還願收徒？」

張蘭蘭笑咪咪地看著章凌，這孩子長得俊俏，學問好，溫文爾雅又有禮貌，加之又和劉裕、劉清是同窗好友，繪畫天賦不錯……收徒麼，倒是可以。

「我一身畫技乃祖上傳下的，本不收外人為徒，但我見你天資聰穎，在繪畫上頗有天賦，又與我兒子、小叔乃是同窗好友。今兒乃是章槐先生六十大壽，我便收你為徒，給夫子添添喜氣。」張蘭蘭笑咪咪道。

章凌一臉驚喜，沒想到張蘭蘭真的答應了！能拜牡丹大師為師，那是多少人求都求不來的福氣！

章槐在被那幅畫像震驚之後，對張蘭蘭早就另眼相看，如今見孫子拜得名師，自是替孫子高興。

壽宴又添拜師宴，喜上加喜。

一日為師，終身為父，古代師徒關係緊密，僅次於血緣。張蘭蘭瞧章凌，越看越順眼，多收一個這樣的徒弟真心挺好的，加上有了和章凌這層師徒關係，劉裕、劉清在私塾更會受到章槐先生的照顧，於他們唸書有益。

劉裕、劉清身為章凌的好友，自是替他高興，以後大家就是一家人了。

中午的壽宴一直吃到快傍晚，賀壽的人三三兩兩地散去。劉裕、劉清回家讀書去了，張蘭蘭則拉著章凌，點評他那幅畫作，章凌認認真真立在旁邊，只聽了一會兒，便覺得受益匪淺。

「老太爺，二爺回來了！」外頭章槐先生的小廝朝裡頭喊。

「哦！二叔回來了！」章凌眼睛一亮，章槐先生也是一臉意外。

「你二叔？」張蘭蘭對章家並不瞭解許多，只知道章槐先生有兩個兒子，大兒子便是章凌的父親，已經去世多年，二兒子似乎是在當什麼官。

「嗯，我二叔在京任職，前些日子來家書說要回來給祖父過六十大壽。祖父體恤他公務繁忙，京城距徐州千里迢迢，不讓二叔回來，誰知道二叔竟回來了！」章凌顯然極喜歡他二叔。

張蘭蘭聽了一驚，章凌的二叔竟然是個京官？

「老二回來啦？我不是叫他別回來嘛，怎麼就不聽？」章槐先生一邊抱怨一邊往門外走，可哪是真的抱怨，臉上的喜色都藏不住了。

「爹，凌兒！」一個儒雅的中年男子大步流星地走進院來，面容與章凌有五分相似，風塵僕僕的樣子，正是章槐先生的二兒子章楓。

章楓撲通跪在章槐先生腳下，道：「父親，不孝兒子給您賀壽來啦！」

「好好，來了就好，快起來！」章槐先生老淚縱橫，拉著兒子起來。

「二叔！」章凌欣喜地拉著章楓衣角，圍著他打轉。

「凌兒又長高了，上次見你，你只到二叔胸口那麼高，如今都快跟上二叔了。」章楓拉著姪子的手，很是疼愛。

「這位是？」章楓瞧見張蘭蘭，見她容貌俏麗，氣質不俗，暗暗猜測她的身分。

「二叔，這是我師傅！」章凌別提多興奮了。

「你師傅？」章楓奇道。章凌素日的功課都由他祖父親自教導，怎麼會多個師傅？

章槐見孫子這會兒高興得找不著北，話都說不清，便解釋道：「這位是牡丹大師，瞧咱們凌兒有天分，今兒剛收凌兒為徒。」

章楓自京城而來，自然聽說過牡丹大師的名號，那可是皇上親口讚譽過的大家啊！沒想到這位竟然住在自己的老家徐州，還收了自己唯一的姪兒為徒。

「原來是牡丹大師，我在京城時早就聽說了大師的名號，連聖上都對大師的畫作讚不絕口。沒想到今日能有幸親眼見到大師，更沒想到我這姪兒竟能拜入大師門下，真真是我家門大幸！」章楓對張蘭蘭笑道。

人家祖孫三人團聚，張蘭蘭不想打擾他們一家天倫，便辭別章家，回自己家去。

到家時已經天黑，劉裕、劉清都在書房讀書，張蘭蘭想著今晚章凌要陪他二叔，不會來讀書了，便叫兩個孩子專心唸書，不必記掛章凌。

「娘，您真的收了凌哥哥當徒弟？」劉秀臉頰紅撲撲的，湊到母親身邊問道。

張蘭蘭刮了刮劉秀的鼻尖，點頭道：「凌兒天資好，天分高，又與咱家有緣，我便收他了。」

劉秀低下頭，耳朵尖都紅了，道：「那、那以後凌哥哥要叫我師姊了？可我年歲比他小，他是叫我師妹還是師姊好呢？」

張蘭蘭見劉秀這樣，忽地有些發愁了。這妮子怎麼瞧著一副春心萌動的樣子？難不成她真對章凌有意？

身為劉秀的娘，自然心是向著女兒的。要說章凌吧，品性模樣那是沒話說，如今又成了自己的關門弟子，同自家確實是親近。可章家書香門第，章凌的二叔還是個京官，自己家不過算是城中的中等富戶，劉裕只是剛考上個童生。

書香門第和暴發戶，門不當戶不對的……

張蘭蘭自然是捨不得寶貝女兒受一點委屈，若是她心繫章凌，兩人又難有結果，豈不是害得劉秀心碎難受？

以前章凌只是夜裡來書房唸書，跟劉秀沒什麼交集，難有照面的機會。可章凌要跟自己學畫，勢必會跟劉秀有所接觸，張蘭蘭忽然有些後悔自己腦子一熱收章凌為徒了。

章凌這會兒正纏著他二叔秉燭夜談，絲毫不知道自己被剛拜的師傅嫌棄了。

章楓見識談吐不凡，跟姪子許久未見，海闊天空聊了許多。章家一向子嗣不旺，章楓人到中年，卻只得一獨生女兒，早就把他這唯一的姪子當親兒子般看待。

章楓早些年一直被外派到各地做官，三年前調任回京，這才穩定下來。如今章楓在京城站穩腳跟，便想把還在徐州老家的父親和姪子接入京城，可章槐老先生捨不得私塾，捨不得親自教導的學生們，搬家入京的事就一直擱置到現在。

老人家喜歡在家鄉，乃是人之常情，章楓孝順，不好違背老爺子的心意，便由著父親去了。好在姪子一年一年長大，能代替自己常伴父親左右伺候起居，讓章楓放心了不少。

「二叔這次打算待多久？」章凌道。

「這次不急著回京，少說得待三、四個月，也好多陪陪你們。」章楓笑道：「都是自家人，二叔不瞞你。此次二叔來徐州，不光是為了給你祖父賀壽，身上還背著聖上指派的差事。」

「哦？二叔身負公務？」章凌了然，二叔在京城裡事務繁忙，若非因公，哪能出來這麼久。

章楓笑道：「我這次回徐州，打著為父親賀壽的旗號，暗地裡要查些事，正好掩人耳目，詳情二叔就不跟你說了。」

得知二兒子要在私塾住一、兩個月，章槐先生心中歡喜，精氣神都好了許多，彷彿一下子年輕了十歲。

章楓回家的第二天便起了個大早，早早出門忙公務去了，待到傍晚回來，本想指點姪子功課，卻發現姪子不在自己屋裡讀書。

「凌兒去他師傅家讀書了。」章槐先生將劉家書房的事跟章楓講了一遍。

章楓聽後，笑道：「沒想到劉家人這般心思靈巧。」當然更難得的是大方，讓章凌過去讀書。要知道同窗之間既是朋友，也是潛在競爭對手，特別是劉裕與章凌即將同年考秀才，每個鄉秀才的名額就那麼幾個，平常的考生都恨不得其他考生通通生病，發揮失常。

劉家倒好，竟然痛痛快快地讓章凌用他們家的書房！

看來這家人秉性正直，怪不得自己父親會允許凌兒與他家來往。

將近年底，私塾放了假，學子們三三兩兩回家過年，私塾裡一下清靜下來，顯得空落落的。

白日無須上學，是學子一年來難得能休息的時候。章凌特意起個大早讀書，好把學畫的時間省出來，用過午飯後便去師傅家學畫。

這是他拜師以來頭一次正式去跟師傅學畫。

「凌哥哥來啦！」劉秀正在畫畫，從窗戶瞧見章凌來了，忙放下筆迎出去，喜上眉梢。「外頭冷，你進畫室暖和暖和。娘放了兩個炭火盆，說手冷了握不住筆，故而這畫室最是暖和。」

章凌笑著掀了簾子進來，他與劉家眾人早就混熟了，這會兒並不見外，自己拿了茶杯灌了杯熱茶，只覺得從頭到腳都升騰起一股暖意。

「師傅和師姊呢？」章凌問道。

「娘午睡還沒醒，大嫂哄甜甜睡覺呢。她們一會兒就來。」劉秀笑道：「娘最近瞌睡多，每日都要午睡。」

「秀秀畫什麼，我能瞧瞧嗎？」章凌見她面前支著塊木板，木板上平鋪著宣紙，下頭用木架子支撐著，很是稀奇。

劉秀臉一紅，道：「沒什麼稀奇的，我娘吩咐的課業，我隨便畫著玩的。」

「喏。」章凌走過去一看，見宣紙上畫了個茶杯，那茶杯是用黑色的筆畫出，瞧著筆跡卻不像毛筆，不知是什麼筆。

「秀秀畫的是桌上那個茶杯吧？」章凌抬頭，順著劉秀的角度看過去，見桌上放了個茶杯，劉秀正是在畫那杯子。

劉秀點頭，道：「娘讓我畫的，畫得不好，凌哥哥莫笑話我。」

「不，秀秀畫得很好。」章凌搖搖頭，道：「我瞧妳的畫，跟那真杯子八九不離十。妳看，連陰影都一模一樣。」

兩個孩子正說著畫，門口羅婉掀了簾子進來。每日下午她將劉恬哄睡著，才得空來畫畫。

「大師姊。」章凌恭恭敬敬作了個揖。

羅婉噗哧一聲笑了出來，道：「行了，都是我娘的弟子，叫得我怪不自在的。心裡頭知道我是你大師姊就好，平日你就隨秀秀一樣，叫大嫂就好，我娘性子最隨和，不拘這些虛禮。」

「大嫂好。」章凌從善如流。

三人等了一會兒，張蘭蘭還是沒來。章凌對畫室很稀罕，到處瞧了瞧，又詢問了幾人畫畫上的事，羅婉年長，又有繡花的功底，故而畫技比劉秀好些，這會兒見新來的小師弟問東問西，便擺出她大師姊的範兒，耐心地跟章凌講解畫畫上的事。

又過了半個時辰，張蘭蘭才姍姍來遲，一進來瞧見三個弟子正融洽地討論畫畫的事，劉秀落落大方，章凌亦然，兩人相處得如同兄妹一般，便覺得自己的擔心是不是多餘的？

劉秀才剛滿十歲，章凌不過十四、五的年紀，一個小學生，一個國中生，自己怎麼開始操心他們談戀愛的事了？

張蘭蘭本就打定主意，要將劉秀留到十六歲之後再嫁，一來是自己捨不得女兒，二來年紀太小身體還沒發育好，怎能這麼早有性生活甚至生孩子？

反正還有六年那麼長，自己到底在瞎操心什麼？

「師傅好。」章凌規規矩矩地向張蘭蘭行禮。

瞧著自己俊俏又懂禮的新徒弟，張蘭蘭內心突然湧出一陣愧疚，自己竟然還後悔過收他為徒。

第一堂課教章凌一些基本技巧，然後張蘭蘭丟了顆圓石給他畫。

第一堂課的整個下午，章凌都在畫石頭中度過，到了晚上，章凌要回家吃飯，被張蘭蘭攔住了。

「下午下雪了，外頭天黑路滑，你在我這兒吃晚飯吧。正好吃了晚飯同裕娃、清娃一同去書房唸書，省得你來回跑幾趟。」張蘭蘭很是大方體貼。

跟師傅學畫，用人家的書房，還蹭人家的飯，章凌很不安，但拗不過劉家一家人的盛情，便跟一大家子一塊兒吃了晚飯，然後同劉裕、劉清唸書去了。

章楓在外辦事，回私塾的時候已是傍晚，左等右等不見姪子回家吃飯，便有些急躁。

章槐先生倒是不急，章凌去他師傅家了，下午又下了雪，多半是被留了飯。反正章凌常去劉家，熟門熟路的，章槐信得過劉家人，絲毫不擔心孫子。

見父親不急，章楓也平靜下來，陪父親用晚飯。

「明兒個我不需出去辦事，下午隨凌兒一同去拜訪他師傅。」章楓與那位牡丹大師只有一面之緣，倒是對她極感興趣。

按理來說，什麼名家大師一般都一副世外高人的清高作派，很多人都脾氣古怪，而這牡丹大師瞧著似乎很隨和，沒那些古怪脾氣。

果然，入夜了，章凌提著燈籠回家，很是興奮。

「凌兒，下午都學了什麼？」章楓見姪子回來，總算安心了。

章凌從懷裡掏出個石頭放在桌上，笑道：「跟師傅學畫石頭來著。」

畫石頭……章楓盯著那塊石頭，心道大師教畫還是和凡夫俗子不同啊！

「明兒個二叔去登門拜訪你師傅，可好？」章楓道：「眼見快過年了，年節的禮總得送去。」

「二叔說得是，怪我沒想得周全。」章凌忙道。

次日，章凌同二叔章楓提著厚禮拜訪劉家。正巧劉景今兒沒去鋪子裡，也在家，夫妻倆一同招待章楓。

章楓頭一次見張蘭蘭的丈夫劉景，見他身材修長，容貌俊朗，談吐之間並無畏縮之氣，瞧著俊朗不凡，夫妻兩個站一塊兒，很是般配。

用過午飯，張蘭蘭領著徒弟們去學畫，劉景與章楓在廳堂喝茶聊天。

章楓見多識廣，說話風趣，很對劉景胃口。章楓得知劉景新開了木材鋪子，極為感興趣，同他聊起了鋪子運作、賦稅等事。劉景見章楓對做生意十分瞭解，在諸多問題上頗有見解，很多自己百思不得其解的問題，章楓輕輕鬆鬆便道出其中關鍵，劉景越聽越佩服章楓，一番談話下來，只覺受益匪淺，恨不得引為知己。

而章楓亦覺得劉景人品正直，落落大方，雖做生意，卻沒有生意人的狡詐與奸猾。

不知不覺，兩個時辰過去了，章楓提出想看看姪子作畫，不知可否？

劉景心想妻子一向大方，不避諱家人看她教學，況且章楓是章凌的親叔叔，想必妻子不會見怪，便答應下來，領著章楓去畫室。

章楓不想打擾他們，只在窗外靜靜地看了一會兒，見劉秀、羅婉的畫，雖然與牡丹大師送給自己父親的那幅畫有著巨大差異，但兩個女子的畫已經有模有樣，頗得牡丹大師的真傳。

而自己姪子麼……章楓瞧章凌畫的黑乎乎的一團，算了，反正才只學一天，名師出高徒，不急不急。

章楓瞧了一會兒，對劉景道：「我聽凌兒說，你家的書房很特別，在黑夜中點燈宛如白晝。」

劉景笑道：「不過是擺了幾面鏡子，多點了幾盞燈罷了。走，我帶你瞧瞧去。」

由於是白天，書房沒點燈，但依舊能看見擺放的鏡子。

劉裕、劉清正在刻苦讀書，房間裡靜悄悄的。

兩個小兒讀得入神，連父親和章楓進來都沒察覺。

「二叔，我這裡不懂。」劉清看到一處不懂的地方，皺著眉頭把書遞給劉裕。

劉裕看了一會兒，搖搖頭，道：「這裡我也不太清楚，待凌哥兒來了問問他。」

「哦，哪裡不懂，我來瞧瞧。」章楓起了興致，笑著走進門。

「這位是凌哥兒的二叔。」劉景跟著進來。

兩個孩子問了好，章楓接過書看了看，笑著對劉景道：「我讀過些書，身上還有功名，不若讓我來給孩子們解答吧？」

劉景一聽說他身上有功名，立刻肅然起敬起來。

身負功名，最低也是個秀才，教自己兩個孩子當然是綽綽有餘。劉景忙道：「那就煩勞了。」

章楓拿起書給孩子們講解起來，劉景在旁聽著，只覺得他講得深入淺出，就連自己都能聽得懂。章楓講完一個問題，劉清又提了旁的問題，章楓又耐心地解答，劉景看了一會兒，便悄悄退出書房，不打擾他們三人。

張蘭蘭正好下課，羅婉估計劉恬該睡醒了，回屋哄孩子去。劉秀則興奮地和章凌討論畫技，仗著自己入門早，對章凌指點一二。

「餓了吧，走，吃點心去。」

張蘭蘭帶著孩子去廳堂喝茶吃點心，劉景從院子走過，要去廚房做飯，瞧見他們三人。

「凌兒他二叔呢？」張蘭蘭沒見到章楓，便問劉景。

「章先生去書房指點裕娃、清娃讀書了。」劉景笑道。

四人進了廳堂，劉景喝了口茶，對章凌道：「我雖沒進過學堂，但方才旁聽，卻覺得你二叔講得極好，有功名的人學問果然不一般。」

章凌臉上露出得意之色，道：「那是自然，我二叔可是皇上欽點的探花郎。」

媽呀，探花郎?!張蘭蘭一個激靈，章凌他二叔竟然是個探花！

探花出身，外放過，如今又回京做官……

章凌說完這句，臉微紅，道：「祖父和二叔不許我在外提，不過師傅、師丈你們都不是外人，知道也無妨。我二叔二十出頭便中了探花，如今在京城做官，乃是大理寺卿，正三品，掌管全國刑獄。」

正三品管刑獄的大理寺卿是自己徒弟的親叔叔！哎呀這大腿粗的！

章凌雖性子沈穩，可最多不過是個半大孩子，家裡唯一的叔叔是朝廷的三品大員，卻不能拿出去與旁人說道，難得今兒能說了，章凌心裡一陣自豪。

「我祖父身上亦有功名。」章凌補充道。

「我聽說章老先生是個舉人？」劉景道。他當初給劉裕挑選唸書的私塾，聽人說章老先生是舉人出身。

章凌搖搖頭，道：「祖父在本朝的功名確實是個舉人，而後辦了私塾。」

一聽「本朝」二字，張蘭蘭知道裡頭必有乾坤，便看著章凌，待他說下去。

章凌果然繼續道：「其實，祖父是前朝最後一個狀元郎，只是還沒來得及上任為官，前朝就國破了。本朝初年，有前朝餘孽作亂，太祖皇帝忌憚前朝勢力，祖父雖不曾為官，但依舊受了波及。直到當今聖上登基，掃平前朝餘孽，祖父這才出來考取了個舉人，只是那時祖父年事已高，再沒年輕時的壯志雄心，便開了家私塾，教學度日。」

劉家人還沈浸在大理寺卿的震驚中沒回過神呢，就又被「前朝狀元」炸了一波，這會子一家人都有點暈乎乎。

狀元郎、探花郎什麼的，只在話本裡出現的人物，沒想到竟然活生生地出現在自己的生活裡！

張蘭蘭立刻對章家肅然起敬起來，若換作其他人家，尾巴早就翹到天上去，章家真的是低調啊！

「祖父說他一輩子經歷了太多沈浮，只想安安靜靜教學生們，不想摻和官場的是是非非，故而極少提及二叔做官的事。」章凌補充道。

張蘭蘭點頭，確實是太多沈浮。學子十年寒窗，一朝金榜題名中了狀元，本該是前途無限好，哪想會遇見朝代更迭的亂世，白白蹉跎了年華。待到終於能考取功名之時，卻已是白髮暮年，再多的雄心壯志也只能化作泡影，張蘭蘭都替章老先生抱屈！

知曉章家過往和章楓的身分，劉家人對章家更加敬重起來。

當晚，張蘭蘭與劉景夫妻兩個齊齊下廚，做了一桌家常美味，盛情款待了章楓。

章楓已從姪兒那兒知道劉家人知曉了自己大理寺卿的身分，但見劉家人對自己態度只多敬重不見諂媚，章楓心裡對劉家的評價又高了一些。

晚飯後，章凌照例去劉家書房同劉裕、劉清一道唸書。章楓疼愛姪兒，惦記姪兒功課，便也去了書房，時不時對三個孩子指點一二。

本朝探花郎親自指點孩子功課，劉家自然求之不得，於是晚上的消夜多做一份，送給章大人。

夜深，張蘭蘭靠在劉景懷裡，摸了摸他下巴上的鬍碴，道：「城裡那麼多私塾學堂，你不選這個不選那個，偏偏選中狀元郎開的私塾，你眼光怎就那麼的好？」

劉景在媳婦臉上親了一口，道：「我娶妳的時候眼光就很好。」

張蘭蘭臉紅了一下，啐道：「又滿口胡說。」

劉景嘿嘿一笑，道：「那時我替裕娃選學堂，跑了好些地方，一進章家私塾的院子，我瞧裡頭的景致那般雅致，便猜想這私塾的先生定是個有學問的人。後來見了章槐先生，一見他那氣度，又聽說他是個舉人，我便認定了這位先生。」

張蘭蘭點頭。「沒想到你竟然給孩子們尋了個狀元郎當師傅，真是好，名師出高徒。怪不得章大人能中探花，凌兒年紀輕輕就是童生，我瞧他考秀才定能一次便中。」

劉景笑道：「我瞧凌兒能中，咱們裕娃也能中。等過幾年，裕娃考上了舉人，清娃就該考童生了。孩子們都天資高，又有名師指點，往後定能高中。」

張蘭蘭換了更舒服的姿勢趴在劉景懷裡，道：「我也這麼覺得。」

眼見就到了年關，無須張蘭蘭操心，羅婉如今能獨當一面，早就置辦好年貨，將家裡打理得井井有條。

張蘭蘭怕兒媳累著，又臨時雇了兩個婆子幫著做些粗活，羅婉在旁瞧著指揮。

臨近年關，木材鋪子歇業放假，劉景、劉俊父子倆忙活了大半年，終能歇歇喘口氣。

劉俊除了幫妻子收拾家裡，大半時間都被張蘭蘭發配去帶孩子了。平時那麼忙，終於閒了，可不得跟女兒多親近親近。

劉景是個閒不下來的性子，白日幫著女兒、兒媳準備家人的飯菜，晚上又包攬孩子們的消夜。

張蘭蘭整日的工作只餘下教孩子們畫畫，家務一點不挨著，都快趕上十指不沾陽春水了。

除夕前一日，徐州降大雪。

除夕那天，一大早孩子們就出門，在院子裡打雪仗。張蘭蘭賴床，窩在劉景懷裡，只打開一條窗縫，瞧著孩子們玩鬧。

羅婉起了個大早，帶著兩個婆子在廚房裡忙活，炸春捲，包餃子……

劉家買了好些紅燈籠，劉景起床後帶著大兒子把燈籠掛滿院子，待到天黑了點上，定會喜氣洋洋。

再晚些時候，便有鄰里鄉親們過來互送年禮，巡撫太太也遣了小廝來送禮，羅婉領著劉秀收了禮，記了單子，待下午的時候一家一家登門回禮。

羅婉張羅的回禮都比送來的稍微重些，尤其是巡撫太太家的回禮更重。

眼看著夜幕降臨，張蘭蘭招手叫了劉裕、劉清兩人過來，塞了個籃子給劉裕，道：「這是娘和小婉做的點心，尋常只能在鄉下吃著，城裡是沒有的，你們給章家送去，讓他們嚐嚐鮮。」

給章家的年禮是最早送去的，準備的也最精心，如今這點心，就當給他們的年夜飯添菜。

孩子們拿了籃子，高興地去私塾了。全家人一齊準備著年夜飯，有說有笑。

屋外是漫天大雪，屋裡頭溫暖如春，一家人和和美美地吃著年夜飯。

吃了年夜飯，劉景分了些炮竹給孩子們，讓他們去院子裡放炮竹，劉裕凍得小臉通紅，點了個竄天猴，然後飛快地跑到屋簷下。

煙花飛上了天，炸開七彩的花。小甜甜在羅婉懷裡，驚奇地看著煙花，咿咿呀呀地拍著手，笑得口水都流了出來。

孩子們正玩鬧著，忽地聽見有人敲門，劉景去開門，見外頭是五、六個青年男子，為首的那個對劉景作揖，道：「請問牡丹大師在家嗎？」

劉景剛要答話，那幾人忽地衝進院子，瞧見張蘭蘭，上下打量一番，道：「這位就是牡丹大師吧？」

除夕夜裡闖進自家院子，一看就來者不善。

「你們是什麼人？」張蘭蘭道。

那人見她不答，便當她是默認了，直接道：「今兒是除夕，我家主子一家人齊聚，想請大師去畫幅全家福的畫像。」

張蘭蘭皺眉，她的名氣自皇家傳開，又與巡撫太太交好，這樣一個連皇上都知道的名家，很少有人有那個膽子打她的主意，如今來的這是？

「我從不輕易作畫，更不會給除夕夜闖入我們家的人家作畫，你們走吧。」張蘭蘭冷著臉。

那人嘿嘿冷笑，道：「我們也是奉命行事，大師莫要為難我們。」說罷，手一揮，兩個壯漢徑直走過來，竟然將張蘭蘭架起來。

「你們放開我！還有沒有王法了！」張蘭蘭驚叫，實在沒想到他們竟一言不合就動手。

「嘿嘿，在徐州的地界，我家主子就是王法。」那人陰森森地笑。「我知道妳與巡撫太太交好，但那又如何？我家主子是知府太太，妳說巡撫太太會為了妳跟知府太太翻臉嗎？牡丹大師，我勸妳乖乖地跟我們走，不要敬酒不吃吃罰酒。」

原來這些人是知府家的。在徐州的地界上，除了知府家，還真沒人敢動她，如今知府家上門帶人……巡撫太太九成九是不會保她的，說不定還會跟著知府勸她畫畫。

可她張蘭蘭若是今天乖乖給知府作畫，一旦開了這個頭，往後就是無盡的麻煩。

劉景一見妻子被抓，趕忙上前救人，劉俊也跟著父親上去搶人，奈何面對人多勢眾，父子倆被嚴嚴實實地攔住，不得接近。

「我們只是來請大師回去，並不想傷人，你們莫要不識抬舉！」

好漢不吃眼前虧，張蘭蘭怕家人受傷，忙道：「你們別衝動，知府太太不過是請我過去畫幅畫，不是什麼大不了的事，我去去就回。」

張蘭蘭一邊說，一邊朝家人使眼色，朝私塾的方向努努嘴。

那家丁頭頭見張蘭蘭服了軟，笑道：「這才對嘛，牡丹大師，那咱們走吧。」

張蘭蘭搖頭道：「我去作畫必得帶著我徒兒打下手，還得收拾畫具，你這麼帶我走，我可是畫不成的。」

張蘭蘭說得有理，那家丁見她順從，便叫手下放了她，道：「那妳速速去收拾畫具，叫上妳徒弟。哼，莫要給我要什麼花樣，妳可給我記住，在這徐州的地界上，我家主子說了算。」

張蘭蘭對劉裕道：「裕娃，你去尋我徒弟來，叫他快些過來，省得這些爺等急了。」語畢逕自進了畫室收拾東西。

劉裕心領神會，一溜煙地往私塾跑去。私塾離劉家很近，劉裕一會兒工夫便到了，直接熟門熟路地衝去找人。

章家祖孫三人吃了年夜飯，正在喝茶下棋，一派其樂融融。

劉裕氣喘吁吁地抹著汗道：「知府太太派人來我家，要強抓我大嫂去給她家畫畫，現在人還在家裡院子呢，請章大人救救我家大嫂！」

章凌一聽師傅被抓，頓時急了，抓著章楓的胳膊急切道：「二叔，救救我師傅！」

章楓神色一凜，張蘭蘭她親兒子、親小叔是自己親爹的學生，自己唯一的姪兒是她的親傳弟子，兩家的關係不可謂不近，他沒有袖手旁觀的道理。

「來者是徐州知府家的下人？」章楓問道。

劉裕忙點頭，道：「不錯，我聽那些家丁說，是他們知府太太派的人。」

「徐州知府，哼……」章楓起身，微微瞇起眼睛。「我這兒正好查他呢，本想大家安生地把年過了再收拾他，誰想他自己急不可耐地往裡跳！真是找死還嫌慢！」

劉裕見章大人這是肯幫忙了，這才鬆了口氣。

章楓出了院子，召喚隨從來吩咐幾句，而後又走進屋，對劉裕道：「裕娃莫慌，有我在，牡丹大師定不會有事。」

劉裕點頭，道：「我是信大人的。」

第十二章

雪下得越發的大，張蘭蘭從畫室裡搬了畫架出來，招呼大兒子幫忙把畫架搬到門外的馬車上，而後又鑽進畫室，收拾裝顏料的瓶瓶罐罐。那家丁頭子皺著眉頭，看張蘭蘭搗鼓那些罐子，顯得很不耐煩。

張蘭蘭一邊收拾東西，一邊注意著門口的動靜，果然過沒多久，就聽見門外有腳步聲。抬頭一看，劉裕回來了，身後跟著章楓。

章楓隻身前來，穿著樸素的粗布衣裳，看著像是普通民家的人。

「師傅，我來了。」章楓走到張蘭蘭面前，拱手作揖，而後抬頭對她眨巴眨巴眼。

「哦哦，徒兒來了，來幫師傅收拾顏料。」雖然不知道章楓這一招打的是什麼主意，不過人家是大理寺卿啊，肯定自有深意，張蘭蘭立刻配合起來。

張蘭蘭用塊大包袱將二十多個小罐子裝進去，交給章楓，章楓一手提著包袱，率先走出屋子，張蘭蘭跟在他後頭走出來。

劉景立刻投來擔憂的眼神，章楓看了劉景一眼，示意他放心。

「我去去就回，沒事的。」張蘭蘭對劉景笑笑，跟在章楓後頭往外走。

「喲，妳這徒弟年紀不小啊，我瞧都四十多了吧。」家丁頭頭見了章楓，嘖嘖稱奇。

將東西堆放在家丁趕來的馬車上，章楓同張蘭蘭上了車，外頭幾個家丁左右守著，防止他們逃跑，趕著車冒雪前行。

劉家眾人聚在門口，滿眼都是擔憂，待那馬車走遠了，章凌一溜煙地從拐角跑出來，鼻尖凍得通紅，顯然是在雪地裡等了好一會兒。

「師丈，咱們進屋說。」章凌道。

眾人進屋，劉景將院門鎖上，劉家人一副愁雲慘霧的樣子，本該是溫馨團聚的年夜，一下子氣氛全無。

「我二叔說了，師傅沒事的。」章凌不瞞著他們，這時候也沒什麼好瞞的。「這次我二叔回來徐州，一是為了給祖父賀壽，二是為了公務，來查那徐州知府。真正要查什麼，二叔沒跟我說，只說已經查得證據確鑿，本想過了年就去知府家拿人，這會兒不過提前發動罷了，想必巡撫大人已經派兵將知府家給圍上了呢。」

「我自是信章大人的。」劉景眉頭緊鎖。「只是一旦起了衝突，勢必要見刀光，我怕你師傅她有什麼閃失。」

章凌對自家叔叔極是相信，道：「師丈，我也擔心師傅的安危，不過二叔說定會保證師傅安全。我二叔做事向來穩妥，咱們只管等消息，不出天明就能有信兒了。」

一家人的守歲變成了等張蘭蘭回家，小甜甜年幼，劉景心疼孫女，叫羅婉帶著孩子睡覺去。劉裕、劉清、劉秀三個孩子執意不肯去睡覺，堅持要等張蘭蘭回家，章凌亦留下等消息。眾人在屋裡安靜地候著，劉景只覺得這是他一生中度過最漫長的夜晚，似乎總也等不到天明的太陽。

不知等了多久，終於見外頭天朦朦亮了，而後聽見有人敲門的聲音。

劉景一凜，跑出屋，喊道：「是誰？」

門外熟悉的聲音響起。「是我，開門。」

門開了，外頭張蘭蘭立在門口，肩頭落了幾片雪花，劉景瞧著妻子，忽地覺得鼻頭一酸，猛的將她攬進懷裡緊緊抱住。

「好啦好啦，我這不沒事了嘛。」張蘭蘭心頭暖暖的，又恐孩子們瞧見，忙推了推劉景，道：「快進屋去，我耳朵都要凍掉啦！」

劉景將妻子迎進門，關好院門。

張蘭蘭一進屋，幾個孩子齊刷刷地撲過去，一時間她身上左腿右腿都掛著人。

「娘，想死我了！」

「大嫂，可算回來了！」

「師傅，沒事就好！」

好不容易安撫好幾個孩子，羅婉端了熱茶來，張蘭蘭身上冷，灌了杯熱茶下肚，才覺得整個人活了過來，然後眉飛色舞地跟家人講昨晚上發生的事。

昨晚她本期待著看大戲，可誰知道馬車才走出沒多久，就被巡撫大人給劫了。知府家的幾個家丁都被捆了，她也被救出來。而後一名女子假扮成張蘭蘭，跟著裝扮成知府家丁的馬車一同去了知府家，章楓也繼續扮成牡丹大師的徒弟跟著一塊兒進了府。

而後張蘭蘭被馬車送去巡撫大人家，由巡撫太太好生招待。原本張蘭蘭不過是個民間大師，同巡撫太太交好，只是利益捆綁與幾分面子情罷了。如今巡撫太太得知，這位牡丹大師的親傳徒弟竟然是大理寺卿的親姪子，這下又不一樣了。

要知道那位探花郎可是深得當今皇上賞識，前途無量，而且章楓四十好幾的人，只有個獨女，沒有兒子，那他這姪子可就寶貝得很了，跟親兒子沒兩樣。據說他那姪子天資聰穎，小小年紀已經是童生，又有他叔叔鋪路，將來恐怕也是不得了的人物。

張蘭蘭有這麼大的靠山，巡撫太太想輕視她都難！

張蘭蘭心繫家人，急著想回家，可巡撫太太勸道：「假冒妳的人還在知府家呢，不知那邊情況如何，妳可千萬不能露面。最近局勢緊張，知府他們早有警覺，知道我們該對他們動手了，說不定外頭就有他們的探子。妳若回家教人看見了，章大人他們還沒動手就會被人識破。我知妳怕家人擔心，可如今大局為重，妳暫且在我府裡委屈一夜，等章大人那邊傳消息回來，我再送妳回去。」

好吃好喝好招待，張蘭蘭在巡撫家待到快天亮，外頭才有消息說事情已經解決了，巡撫太太這才叫人備車，好生將她送回來。張蘭蘭走之前，聽巡撫太太說，這會兒知府是跟黨爭扯上關係，估計翻不了身，別說繼續當官，連身家性命都難保了。

若是貪官，還有罰酒三杯，下不為例的可能，可這知府跟黨爭有關，犯了皇上的忌諱，加之有大理寺卿親辦，可見皇上對此極為重視，知府九成九小命難保。

「那我二叔呢？」章凌沒見他二叔，有些擔心。

「放心，章大人好著呢，說是昨夜趁著知府一家不備，將他們一鍋端了，還抓了幾個來送禮的同黨，這會兒章大人正開堂審案呢。」張蘭蘭笑咪咪地對章凌道：「保證你二叔一根頭髮都沒少。」

章凌聽師傅如是說，一顆懸著的心便放下一半，還有一半，需得真的瞧見他二叔平安無事才能真正放心。

一家子折騰了一宿，這會兒見張蘭蘭平安返家，只覺得渾身的乏勁湧上來，各自吃了早飯，便回屋歇著。章凌在劉家用了早飯，急匆匆地回家給祖父報平安去了。

今兒是大年初一，因劉景一家遷入城裡，倒沒什麼親戚要走動。況且出了這事，哪還有心思走親戚啊。

章楓畢竟是救命恩人，劉裕自告奮勇，去私塾陪章槐老先生，順便看看章大人是否平安回家。

好好一個年，變得索然無味起來，連最鬧騰的劉清也沒了玩耍的心思，將剩下的炮竹丟了，自個兒回書房唸書去了。

「這孩子，大過年的，該歇歇了。」張蘭蘭心疼小兒子，要去書房將劉清拎回來，卻被劉景攔住了。

「隨他去吧。」劉景道。「清娃說要早早考功名，教誰也不敢欺負他娘，妳就成全孩子這份孝心吧。」

張蘭蘭便作罷，只親手做了熱呼呼的湯麵，讓劉清吃了，暖暖和和地看書。

傍晚時分，劉裕從私塾回來，一進家門便眉飛色舞。

「章大人真真威風！」劉裕一臉敬仰神往的模樣，道：「夫子不放心，便叫凌哥兒去探消息，我央著他帶我同去。我們一口氣跑到衙門，遠遠瞧見章大人穿著官服坐在堂上審案呢！你們瞧著平日裡知府大人威風得很，可他見了章大人，跟耗子見了貓似的，跪在地上大氣不敢出……」

劉裕繪聲繪色地跟家人講述章楓審案的事，眼裡滿是崇拜。

「這會兒章大人回私塾了沒？」張蘭蘭問道。

「還沒呢，章大人叫我們先回來。凌哥兒回家給夫子報平安，我便回來了。」劉裕喝了水道。

「章大人平安無事就好。」張蘭蘭這下才是真的放心，畢竟章楓大人是為了救她，提前發難。其實他原本可以不管她的，由著她被人強迫作畫，反正只要她畫了，知府家倒不會把她怎麼樣，橫豎受些委屈罷了。

張蘭蘭是個知恩圖報之人，本想送份厚禮作為答謝，可轉念一想，一來章楓位高權重，未必缺這些普通的東西，二來顯示不出自己的誠意。

張蘭蘭打定主意，等見了章凌，問問他叔叔喜歡什麼再打算。

整個年節，章楓都忙著審案，因裡頭牽涉甚廣，故而一直忙到十五才告一段落。這次知府是徹徹底底地落馬，知府本人以及相關主犯被斬首，家眷流放。

剛過十五，劉景夫婦便親自去私塾，登門道謝。

半個月沒見，章楓比先前瘦了一些，想必乃是查案辛苦勞累所致。張蘭蘭親手做了些徐州特產的糕點小菜，用食盒裝盛。

章楓並不矯情，爽快地收下，笑道：「今兒倒是能加菜，有口福咯。」

「多謝章大人救命之恩。」張蘭蘭福身行禮。

「哪裡的話，我身為朝廷命官，豈有看百姓受難而坐視不理的道理。」章楓笑道。「再說，妳是凌兒的師傅，豈能讓那些宵小之輩以為我章家人的恩師是好欺負的。」

「理是這麼個理。」張蘭蘭說著揚起手裡的一卷畫。「我有份禮物送給章大人，還請大人笑納。」

贈畫答謝。

牡丹大師的畫，千金難求，此次又是謝禮，章楓萬萬沒有推辭的道理，急忙道：「大師贈畫，我豈能不收！多謝大師了。」

張蘭蘭道：「章大人先看了畫，再謝不遲。」

畫卷緩緩在章楓眼前展開，畫上坐著三個人，最中間的太師椅上坐的是父親章槐，父親右手邊立的則是自己，父親左手邊站著姪子章淩。

「京城距離徐州山高路遠，這幅全家福送給章大人，以解大人思鄉之苦。」張蘭蘭道。

章楓深深地看了她一眼，鄭重道謝，小心翼翼地將畫收起來。

日子一轉眼又過了半個多月，出了正月，章楓便準備要啟程回京。

劉裕、劉清都很捨不得章楓，因為這些日子章大人得了空便會去書房指點他們功課，雖說是因為沾了章淩的光，不過劉裕、劉清也著實學習了不少。能得到當朝探花的指點，哪怕只有隻言片語，也夠讓人受益匪淺了。

此次同章楓一道回京的還有巡撫大人，本次查案巡撫亦有功勞，加之巡撫考滿，進京述職，便與章楓同行。

巡撫走得急，可忙壞了巡撫太太，要將整個家搬回京城可沒那麼簡單。所以巡撫太太暫留徐州，張羅搬家事宜。

臨走前，巡撫太太特意派人請了張蘭蘭過府一敘。

巡撫太太自然知道大理寺卿章大人的身分，也知道張蘭蘭是章楓姪兒的師傅，這樣的身分比起之前的繪畫大家身分，自然要貴重得多，所以走之前有些事情還是要處理，省得日後留下嫌隙。

張蘭蘭倒是很意外，不曉得為什麼巡撫太太要在走前特意請她過去說話。原先她們兩個不過因為畫畫結成利罷了，私下的交情有限。畢竟一個是官太太，一個是民婦，壓根兒就不是同個世界的人。

張蘭蘭進了巡撫太太屋裡，照往常一樣兩人說了些客氣話，張蘭蘭明顯感覺到巡撫太太的態度熱絡許多，她很有自知之明，這是因為章家人的緣故。

張蘭蘭很好奇，巡撫太太究竟找她來做什麼，難不成是想讓自己畫畫？張蘭蘭並不反感給巡撫太太作畫，畢竟她一直待自己不錯，臨走時贈幅畫也說得過去。

吃了會兒茶，又用了點心，張蘭蘭瞧巡撫太太的神色，知道終於進入正題了。

張蘭蘭本以為巡撫太太是來求畫的，誰知道巡撫太太完全不提這一茬，反而叫手下的僕婦押著個人進來。

「大師瞧瞧，可還記得她？」巡撫太太笑道。

張蘭蘭仔細瞧那女子，見她被打得渾身是血，臉腫得厲害，仔細一瞧，勉強能認出容貌，竟是那丫鬟芸姑娘。

「是芸姑娘？怎麼變成這副模樣？」張蘭蘭吃驚道。

巡撫太太仔細瞧她神色，見她是真的不知，不似作偽，便道：「這吃裡扒外的賤蹄子，若不是她，哪會害得大師大年夜被人強行押走！」

張蘭蘭張大嘴巴，她是真的不知道發生了什麼。

巡撫太太告訴張蘭蘭，原來大年夜那日，她派丫鬟芸兒去表妹知府太太家送禮，正巧知府太太正發愁要給家裡長輩送什麼了不得的禮，好在妯娌面前顯擺顯擺。芸姑娘便出了餿主意，說有個牡丹大師畫畫乃是一絕，不如叫她來畫畫，知府太太是個耳根子軟的，又與芸姑娘交好，一聽這主意好，便叫家丁去「請」人。

這一「請」，便請出了一件大麻煩。

「這賤蹄子估計是記恨我罰她銀子，又不敢把火衝著主子發，便想些個損招，來讓妳過不舒坦。」巡撫太太道：「這等刁奴，我豈能容她！」

而後巡撫太太當著張蘭蘭的面發賣了芸姑娘。

芸姑娘一聽主家要賣了自己，忙哭喊著磕頭，道：「太太，我錯了，我再也不敢使壞啦！」

巡撫太太冷笑道：「妳這一肚子壞水的奴才，我若留著妳，誰知道哪天妳再幹出什麼喪心病狂的事！留妳不得！」

芸姑娘忙對張蘭蘭磕頭道：「大師，救救我吧！我被賣了定是死路一條！大師我知錯了，從前是我教豬油蒙了心，做了些壞事，我如今知錯了，求大師救救我！」

張蘭蘭看著形容狼狽的芸姑娘，嘆了口氣，道：「當初妳昧了我的銀子，太太叫妳來登門賠罪，我受了妳的禮，便不再計較，誰知道妳暗暗記恨在心裡，找著機會，教我不好過。

妳若是初犯，我尚可當妳一時糊塗，今兒我若是再不計較，往後誰知道妳會怎樣對付我？」

巡撫太太見張蘭蘭並沒有給芸姑娘求情的意思，努努嘴，便有幾個粗壯的婆子來將她拖了出去。

芸姑娘是巡撫太太的奴婢，要打要賣全憑主家心意，巡撫太太打定主意要殺雞儆猴，整整家裡奴婢們的風氣，順便賣個順水人情給牡丹大師，一舉兩得。

芸姑娘被拖了下去，張蘭蘭又同巡撫太太說了會兒話，便告辭了。

二月，西北邊境有夷人來犯，打起仗來。徐州位於南方，距離西北邊境八竿子打不著，這邊的百姓該幹麼幹麼，除了多繳些稅之外，生活與往日無二。

倒是小石頭的生意隨著戰事越發興隆起來，畢竟有戰火，就必有傷亡，不論是軍士還是受波及的普通西北百姓，死後總想要有口棺材下葬。小石頭在戰事剛起時，便將棺材鋪的連鎖店開了過去，這會子西北那邊的生意好到不行，訂單如雪片般飛來，雇了三倍人手才勉強應付。

劉景自然抓住機會，把木材生意做了過去，劉景同劉俊想了法子，和一家鏢局合作，專門運送木材過去，供應小石頭的棺材鋪。

劉景、劉俊父子忙得腳不沾地，起初還每日回家，後來忙得沒日沒夜，索性住在鋪子裡。張蘭蘭擔心他們熬壞身子，每日精心做了飯菜送過去，亦是十分忙碌。

西北戰事持續了一月有餘，終於在朝廷大軍的鎮壓下平息。小石頭賺得盆滿缽滿，劉景家亦不差，均狠賺了一筆。

戰事平息，劉景父子終能歇口氣。

而後清明節至，該是回鄉祭拜祖先的時候。

劉景的鋪子如今生意紅火，賺了錢除了夠家人花銷之外，還結餘許多。劉景想著自家祖墳簡陋，父母當年下葬連口棺材都沒有，如今自己手頭有錢，便想重修祖墳。而岳父岳母的墳墓亦是年久失修，劉景便打算找個風水師傅瞧瞧，選塊風水寶地，將兩家老人的墳遷過去，好好安葬。

劉景這個想法得到全家人的支持，待到清明祭拜之後，便找風水先生來看。

清明那天，全家起了個大早，將祭祀的祭品紙錢從屋裡搬出。因劉恬太過年幼，不宜去墳地祭拜，所以羅婉留在家中照顧孩子。劉景提前把店裡拉貨的馬車趕來，清掃乾淨又鋪了軟墊，載著全家人去往河西劉家村。

清明祭奠的人極多，一路上碰見好些人拖家帶口的去郊外祭拜。

劉景趕著馬車一路前行，走了一個多時辰，終於瞧見劉家村了。

劉景父母的墳地和張蘭蘭父母的墳地離得不遠，劉景並沒有趕車進村，而是直接將馬車趕到村外的山腳下祭拜。

擺好祭品，焚香，燒紙錢。一家人磕了頭，劉景、劉裕兩兄弟默默對著父母的墳頭說話，劉景絮絮叨叨地將這些年家裡的情況念叨了一遍，如今家裡日子越來越紅火，裕娃考上童生，今年要考秀才了，就連劉清也開蒙唸書了……

而後又去祭拜了張蘭蘭的父母。

祭拜完兩家老人，已經過了正午，劉景趕著馬車回村，一家人回了老宅子。

老宅子還是那副模樣，由於張蘭蘭臨走前曾託付隔壁大嫂照看屋子，故而這會兒屋子並不顯得破敗，只是許久沒有人住，少了人氣罷了。

廚房裡鍋碗瓢盆還在，劉秀同劉清去外頭撿了柴火回來，劉景去挑水，張蘭蘭將廚房收拾一下，簡單能做飯。

食材是從城中的家裡帶來的，放在馬車上，這會兒取下來洗洗便下鍋。彼時住在村子裡時，大家伙兒最喜歡在院子裡露天吃飯，後來搬去城裡，堂屋寬敞，便都在屋裡吃。這會子回了老宅子，孩子們將桌子支了出來，一家人如同舊日那般在院子裡吃飯。

雖是簡單的便飯，一家人吃得有滋有味。

張蘭蘭仔細環顧這熟悉的院子，熟悉的房間，想起了她初來時的種種，不禁生出唏噓之意。午飯後，並不急著回城裡，張蘭蘭回原先自己的房間，從鎖著的大箱子裡取出一套被褥來。被褥有些潮氣，泛著淡淡的霉味，在院子裡曬曬後，鋪在她的床上，睡起了午覺。

孩子們也都想念老宅子，嘰嘰喳喳地到後院玩去了，劉景便走進屋裡，躺在妻子身邊，靜靜地抱著她同眠。

「住的時候不覺得，這一走反而還挺想老宅子的。」張蘭蘭忽然睜開眼睛，低聲道。

劉景也睜開眼睛，笑道：「是啊，這一走許久，突然回來了，倒是生出無限的唏噓。當年我便是在這老宅裡出生，後來是在這老宅裡娶了妳，妳也是在這老宅裡為我生兒育女……這屋裡的每件家具都是我親手打的，從前住慣了並不覺得多稀罕，這會子回來，瞧這每一樣物件，都能勾起舊日的念想。」

「我也是。」張蘭蘭翻了個身，勾住劉景的脖子，將頭埋在他頸窩間。「等兒女都成家，咱們都老了，就回老宅子來，每日悠悠閒閒地度日。」

「好。」劉景親了親妻子的額頭，道：「到時候咱們將宅子好好修修，再多蓋幾間房子，省得兒孫們回來住不下。到時候我要親手做家具，給每個孩子屋裡都做一套。」

「到時候你都老頭子了，連斧頭都拎不動，還做什麼家具。」張蘭蘭調笑道。

「哼哼，竟然敢小瞧為夫！」劉景眼睛忽地亮了，翻身壓上來，邪邪一笑。「為夫就讓妳知道為夫的威風！」

轉瞬滿室春風……

張蘭蘭萬萬沒想到劉景竟然大白天的就來這麼一齣，幸虧孩子們都玩得興起，連劉俊都忍不住去河邊了，沒人突然闖進來破壞他們的好事。

畢竟是光天化日，兩個人盡興後，臉上都紅撲撲的。張蘭蘭將床鋪整理好，重新將被褥封箱，孩子已經玩得滿臉通紅的回來了。

眼瞅著時間不早，收拾妥當之後，全家回城。

劉景第二日就去尋城裡有名的風水先生，親自駕車將那先生拉去劉家村，瞧瞧風水，最終確定了一塊風水寶地，準備為兩家先人遷墳。

畢竟是村裡的地界，要遷墳還得跟村長，也就是劉家族長打聲招呼。

劉景懂得規矩，拎著厚禮上門好說話，劉家族長一聽劉景要給先人遷墳，先是稱讚劉景孝順不忘本，隨後東拉西扯一番，愣是沒說同意。

劉景問了半晌，族長搖頭晃腦含糊其辭，最後繞了十八個圈圈，將話題拐在劉裕的婚事上。

「景娃，你弟弟裕娃的婚事還沒定啊？裕娃年紀不小啦，像他那麼大的男娃娃，哪有不趕緊訂親的？」族長摸著山羊鬍道。

「裕娃年紀還小，婚事暫且不急。」劉景打了個哈哈。劉裕如今中了童生，馬上要考秀才，將來前途無限，目前的首要任務自然是要專心讀書，不宜沈迷兒女私情，分了心思。再說等劉裕將來身負功名，娶的妻子只會更好，所以劉家並不急著給劉裕說親，反正劉家小有積蓄，劉裕有功名，不愁娶妻。

當然這話是不能跟族長說的，劉景只能推說劉裕年幼。

「裕娃不小啦，俊娃這年紀都說親了。」族長搖搖頭，道：「景娃，你一向孝順，你爹娘地下有知，也希望裕娃早日成親生子。你若是真心孝順爹娘，就要趕緊給裕娃娶妻才是。」

劉景道：「我父母生前最大的心願，便是裕娃能好好讀書，考取功名。我全力支持裕娃讀書，不教他分心，早日考了功名，好讓父母泉下有知，感到欣慰。」

族長嘆了口氣，道：「唉，你怎麼就一根筋呢。你要知道，好女娃少，等裕娃年紀過了，好的都給別家少年郎挑沒了。比如我妻弟家的么女，長得水靈，又能幹，看起來好生養，這才剛過十二歲，上門提親的人把門檻都快踏破啦！唉，要我說啊，那丫頭倒是與你家裕娃配得很……」

劉景一凜，立刻了然。

自從劉裕考上童生之後，來問親的人絡繹不絕，都讓張蘭蘭給擋了回去。可是千防萬防，劉景沒想到自家族長竟然也來提這事。

不過劉家人早就打定主意了，劉裕十八歲之前不訂親，讓他安心讀書科考。

於是劉景婉轉表明了意思，誰知道族長眉毛一橫，滿臉不悅，卻知親事不能勉強，眼珠子一轉，道：「遷墳之事得多考量，畢竟要動土，關係著莊稼人的根本。我得找風水先生算算，不然壞了咱們全村的風水，那我可擔待不起。」

事實上，村中其他人也遷過墳，無非是告知一聲村裡便好，根本無人會拿這個阻人。誰知道族長就跟劉景槓上了，說什麼都不鬆口。

「您老這是不講理！」劉景有些怒了，這擺明是胡攪蠻纏！

「我怎麼不講理了？村裡風水壞了，你負得起那責？」族長拔高聲調，吹鬍子瞪眼，見劉景也是一副堅持的樣兒，族長聲音軟了軟，道：「景娃，我妻弟家的女娃和裕娃的親事，你再想想……」

劉裕的親事可不是開玩笑的，且不說劉裕一心讀書不宜分心，退一萬步，就算要訂親，也得看看那家的姑娘是個什麼家世人品模樣。族長說的這個女娃，劉景雖然沒有見過面，但是知道有這麼個人。女娃娃本人是啥樣，劉景不知道，但族長那妻弟，年紀一大把了還整日胡混，養的幾個兒子都是好吃懶做的，有其父必有其女，想必那女娃娃也好不到哪裡去。再說，能想出阻攔自己家遷墳這損招來問親的，定不是什麼好貨！

劉景態度堅決，一點也不鬆口。

族長大怒，道：「我好歹也是劉氏一族的族長，由我做媒人，還不夠給你家體面？」

劉景冷笑道：「我家裕娃兄嫂健在，不勞族長費心張羅婚事了，您還是先想想您家么兒娶媳婦的事！」

族長家的么兒自小被寵上了天，偷雞摸狗的事沒少幹，眼瞅著都二十了，十里八鄉沒一家人敢把閨女嫁給他，正是族長的痛處。

族長氣得鬍子一翹一翹的，拍桌子站起來，道：「劉景！你想遷墳？我告訴你，門兒都沒有！劉家村的地盤我說了算，哼哼，你敢遷墳，到時候遷到哪兒我就去哪兒挖，萬萬不能讓你壞了村子裡的風水！」

劉景不傻，自然知道風水只是藉口，逼自己答應親事才是真，聽到這裡也真動怒了，同樣拍桌子瞪眼。「裕娃的親事，你想都別想！」

「你！你！你個不孝子，不想給你爹娘遷墳了？」族長指著劉景罵道：「瞧你不就賺了點小錢，發達了就不認祖宗了？你爹娘那破墳地，你好意思就那麼破著？」

「哼！我若是答應這親事，把親弟弟往火坑裡推，才是不孝！」劉景拂袖而去。

劉景回家，張蘭蘭瞧他一臉不快，夫妻兩個房中說話，劉景將事情同她說了。

張蘭蘭嘆了口氣，沒想到族長竟是那樣的人，拿遷墳之事為難人，就不怕遭雷劈。

「看樣子，是遷不成了，唉。」劉景嘆了口氣，對此很介懷。

「那老匹夫不過趁火打劫罷了，莫要為他生氣。」張蘭蘭安慰道。「要不這樣，咱們另外去城西的山上買一塊地，把墳遷到城西去。城西買下的地就是咱們自家的，不在劉家村範圍之內，那老匹夫想管也管不著啊。」

「我怎麼沒想到呢！還是蘭妹聰明！」劉景眼睛一亮，胸中不快頓時煙消雲散。

劉景先前只想著把墳遷到村子另一塊地重新安葬，壓根兒就沒想過出了劉家村，另外找地方。前朝戰亂至今還不到一甲子，劉景祖父祖母在戰亂中去世，早就不知道葬在哪裡，其餘劉家村中的人不過是親緣較遠的親戚罷了。整個村落形成時間也不算長，還沒有建造成規模的劉家祖墳，都是各家安葬各家人，劉景這支，所謂的祖墳就只有劉景的爹娘而已。而張蘭蘭的父母是逃難來的，連親戚都沒有，更別提祖墳了。

徐州城西有山脈，風水極好，許多有錢人家都在城西山中買了地，安葬家人。如今以劉家家境，買塊地不在話下，葬在那景色好、風水好的地方，比葬在劉家村要強得多。

「不光要買地重修墳墓，遷墳的時候還要請高僧作法事。」張蘭蘭補充道。「你我爹娘辛苦大半輩子，生前不能享福，死後教他們住得舒服些。」

「好好，都聽蘭妹的。」劉景眼角有些濕潤，抱住媳婦。

晚飯時分，劉景宣佈買地遷墳的決定，一家人極其支持，劉裕自告奮勇要親手寫墓碑。如今劉裕的字是學堂裡最好的，就連章槐先生也稱讚他寫得頗有風骨。

劉裕這一片孝心，自然要成全他。

既作了決定，劉景、張蘭蘭這兩個行動派立刻準備起來，劉景又將那風水先生請回來，去西郊看了一遍，相中了一塊地，談妥價格買了下來。西郊賣地的大多數做墳地買賣，從賣地到修墳服務全包，只要付得起錢，連另外找工匠修墳的工夫都省了。

張蘭蘭同劉景去看了幾次，選好建造樣式，又請風水先生看了看，確定這地極好，樣式選得也極好，葬在此處定能福澤後人。

墓碑則由劉裕親手所寫，交給匠人雕刻。劉景爹娘的墳頭和張蘭蘭爹娘的墳頭並排，離得並不遠，兩人都覺得張蘭蘭父母既然沒別的親戚，就同劉家人葬在一處，好教二老有親家陪伴。

小石頭聽說了劉家要遷墳的事，便將做棺材的事包攬下來。選了最好的木料，親自做了四口棺材，連邊邊角角都精心打磨。對小石頭來說，這是師傅兼恩人的父母和岳父母的棺材，自然無比用心。

選址、買地、修墳、造棺材，足足花了兩個月的工夫。

遷墳那日，劉景從廟裡請來一位高僧，帶了六個小沙彌作法事，還有專門遷墳、收斂屍骨的匠人，並一隊十二個抬棺的人。兩輛馬車拉著四口沈甸甸的棺材，和尚們坐一輛馬車，匠人同抬棺人坐一輛馬車，劉家人坐一輛馬車，小石頭也帶著鋪子裡的夥計來了，自帶一輛馬車，一共六輛馬車浩浩蕩蕩往劉家村駛去。

車重人多，一行人快到正午才行駛進劉家村的地界，劉景壓根兒懶得跟族長打交道，連村都沒回，直接讓人往墳地去。反正他要把爹娘和岳父母的墳遷出村子，跟族長並沒有啥關係。

這兩個月族長一直惦記著劉裕的親事，心裡急得跟小貓撓似的，在族長看來，劉景勢必是要為了遷墳的事來求自己的。就算那親事說不成，也得塞給自己點金銀做好處，好教自己鬆了口。

這會聽說劉景回村了，族長立刻跳起來，眼裡冒著精光，彷彿看見劉景捧著亮閃閃的銀子朝自己走來。

在村口等了一會兒，竟然沒見劉景進村子，族長納悶，忙教人打聽，才知道劉景直接去了他爹娘的墳地，說是要遷墳。

遷墳？自己沒同意，劉景遷個屁！族長頓時惱火起來，帶著三個兒子怒氣沖沖地往墳地走。

這會子高僧正帶著幾個小沙彌唸經作法事，劉家人並小石頭都跪在墳前，其餘人在旁邊靜立。

「你們這是幹啥？」族長嚷嚷著衝過來，見這麼多人這架勢，有些愣住了，他實在沒想到劉景竟然弄出這麼大陣仗。

族長再看看那四口大棺材，哦噢！這都趕上城裡大戶人家用的棺材了！看來劉景做生意沒少賺錢！自己竟然沒敲他一大筆，真不甘心！

族長立刻衝過去，推搡了那高僧幾下。「這裡是劉家村的地界，豈容你們亂來？」

劉景見族長前來阻攔，站起來嚴肅道：「我請大師為我父母作法事，哪裡亂來？」

族長一窒，想了想，道：「我都說了，你遷墳要動劉家村的地，影響村子的風水！你就這麼自私，只顧自己，不顧鄉親？」

劉景冷笑一聲，道：「我動我自己爹娘的墳頭，怎麼還會影響村裡風水？這是什麼道理！」

族長得意道：「你爹娘的墳你可以動，但是我劉家村的地你不許動！你有膽子把你爹娘挖出來，你有本事別往劉家村的地裡埋！哼哼，不過你要是給族裡捐一百兩銀子，彌補村裡損失，我倒是可以在村子東邊劃塊地給你用。」

劉景白了他一眼，不作聲。

小石頭在旁看不下去了，招呼跟著來的夥計們將族長和他的兒子們架到一旁，道：「沒瞧見大師在作法事？誤了時辰你們賠不起！」

小石頭的夥計都是做慣力氣活的工匠，族長和他的兒子們像被架小雞一樣抬到一旁，壓根兒就沒還手的力氣。

劉景懶得搭理他，原先在村子裡時還覺得族長人不錯，如今在利益面前，這嘴臉還真難看。

「劉景，你別得意，你敢遷墳，你前腳走，我後腳就把你爹娘挖出來！」族長氣急敗壞。

然而並沒有人理他。

高僧作完法事，又燒了紙錢，開始動土遷墳。夥計們將棺材抬過來，收斂屍骨的人小心翼翼地將四具屍骨分別裝棺，封蓋，抬回馬車上。

一行人都上了馬車，夥計們將族長幾人丟在地上，族長目瞪口呆地看著劉景一行人駕駛馬車離開村子。

「等等……劉景！你不是要遷墳嗎？你要把你爹娘的屍骨拉到哪兒去？」族長跟在馬車後頭攆著跑，這麼塊大肥肉可不能就這麼飛了！

劉景瞥了他一眼，淡淡道：「是啊，要遷墳。我在城西買了塊風水寶地，遷到那邊去。喔對了，你要是敢去挖……挖人祖墳是什麼罪來著？要流放還是砍頭？」

族長停下不跑，一口氣生生憋在胸口，半天緩不過神來。

劉景一行人直接行駛到新墳地，依舊由高僧作法，眾人抬了棺材，放入早就修好的墓穴中，封土掩埋，燒紙祭奠，就算是遷墳完畢。

折騰了這麼久，總算是將遷墳的事辦妥。

張蘭蘭環視四周，見新墳地寬敞開闊，四周的樹木長得鬱鬱蔥蔥，一片生機勃勃之象。

「有祖宗庇佑，咱們裕娃今年必定考上秀才。」張蘭蘭拍了拍劉裕的肩膀。

劉裕使勁點頭。「定不教爹娘兄嫂失望！」

第十三章

盛夏，眼瞅著天一日賽一日的熱，劉家人早就換上輕薄的單衣。張蘭蘭怕熱，每日坐在樹下吹風乘涼，真是一步路都不想多走，幸虧院子裡樹多，不至於讓人熱得受不了。

羅婉領著小甜甜在院子裡玩，怕日頭大曬著孩子，只讓她在樹蔭底下。劉恬搖著肉乎乎的小手在涼蓆上玩耍，等到秋天，她就滿兩歲了。

城中大戶人家多有冰窖，冬日派人去河裡鑿冰存著，夏日拿出來用。劉家雖說如今富足，可也沒到家僕成群的地步，更別說有冰窖了。劉俊心疼母親、媳婦、女兒，每日從後院的井裡打水，冰些瓜果給她們備上解暑。又恐瓜果性涼，吃多了鬧肚疼，索性隔一陣子就重新打一桶水，放在她們跟前。井水沁涼，雖然沒有冰那麼消暑，可是挨著井水桶坐著，也覺得涼爽不少。

劉景的鋪子已經步上正軌，不需要像開始時那樣整日泡在鋪子裡，現在自有做熟的掌櫃、夥計、帳房在招呼生意，父子倆終於得了閒，能在家多陪陪家人。

劉景切好瓜果端過來，又拿了扇子給媳婦搧風。

張蘭蘭喜歡搖椅，劉景親手做了把給她，這會子她坐在樹下的搖椅上，手裡捏了塊冰鎮西瓜，旁邊有丈夫搧著扇子，生活好不愜意。

「歇會兒，別搧了，來吃塊瓜。」張蘭蘭搶過劉景手裡的扇子，塞了塊西瓜給他。

劉恬盯著那西瓜，笑出兩個笑渦，搖搖晃晃地朝爺爺跑過來，嘴裡唸著：「瓜瓜……瓜瓜！」

劉景一把將孫女摟進懷裡，換了塊沒冰鎮過的常溫西瓜餵她吃。

羅婉在旁瞧著，笑得眉眼彎彎，女兒越發討人喜歡了。

「小婉，妳去叫秀秀來吃瓜，畫室裡這會兒熱得很，叫她別畫了，來歇歇。」張蘭蘭道。

「我這就去。」

羅婉起身去了畫室，瞧見劉秀面前的桌上擺著塊西瓜，而劉秀正認真地作畫，繞過去一瞧，見劉秀竟然在畫那西瓜。

「瞧妳熱得滿頭汗，擦擦汗吧！娘叫妳出去吃瓜。」羅婉遞了帕子過去。

「大嫂，妳瞧我畫得如何？」劉秀接了帕子，抹了把汗道。

「嗯，畫得很不錯，秀秀如今已經畫得比我好了。娘的三個徒弟裡，就數妳畫得最好。」羅婉由衷讚嘆。

初時因為羅婉有刺繡功底，又仗著年紀大，學得快，所以畫得比劉秀好。可羅婉有丈夫有孩子，難免分出心思去，不像劉秀這般全身貫注在畫畫上，故而時間一長，羅婉倒不如劉秀畫得好了。章凌因為入門晚，加之平日讀書為重，所以是三人中畫得最差的。

「嘿嘿，大嫂整日事忙，還得照顧甜甜，不像我總是躲懶跑來畫畫。」劉秀嘿嘿一笑，她也知自己是占了便宜。

「走，吃瓜去。」羅婉挽著劉秀的胳膊，姑嫂兩個親親熱熱地往外頭走。剛走出門，羅婉只覺得一陣頭暈噁心，身子一軟，歪到了劉秀身上。

「大嫂，妳怎麼了？」劉秀趕忙扶著她。

「我頭有些暈，犯噁心，估計是天氣太熱，有些中暑。」羅婉道。

劉秀趕忙叫了爹娘，劉俊將羅婉扶回房裡，心焦地要去找大夫。

「大約是中暑了，休息會兒就好，不用那麼麻煩去請大夫。」羅婉拉住丈夫。

「還是讓大夫來瞧瞧才放心。」張蘭蘭道。

劉俊飛奔出去請了大夫來，大夫瞧了瞧羅婉臉色，又給她診脈，臉色一喜，道：「恭喜啊！這位小娘子這是有喜啦！只是她身子弱，須得好生調理才是。」

羅婉有喜了！劉俊高興得嘴巴都合不攏。

羅婉躺在床上，一下子就哭出來，生劉恬時難產，穩婆、大夫都說她傷了身子，再不能生了，如今得知自己又懷上了，喜極而泣。

劉俊摟著媳婦，夫妻兩個又哭又笑，其餘人皆是喜上眉梢。

羅婉哭了會兒，許是太激動，許是害喜，只覺得腹中噁心，一口吐了出來。

羅婉吐了，劉俊忙去打掃，要羅婉好好休息。只是張蘭蘭聞到那穢物的味道，只覺得胃裡翻江倒海一般，竟然也開始哇啦地吐。

張蘭蘭這一吐，簡直天昏地暗，吐完之後幾乎面無人色。

羅婉見自己吐，害得婆婆也吐了，內疚得不得了。劉景更是緊張，幸虧大夫還在，急忙又叫大夫給妻子把脈。

「哎呀我沒事，不過是聞了味道難受罷了。」張蘭蘭道。

那大夫把了脈，臉色忽地變得凝重起來，問了問張蘭蘭的飲食起居，又問道：「這位娘子今年多大年紀了？」

張蘭蘭見大夫臉色變了，不由跟著緊張起來。「我今年三十有三。」

「三十三了啊。」大夫摸了摸下巴，若有所思。

劉景在旁都快急哭了，生怕媳婦有個什麼不好，拉著大夫不住地問：「大夫，我娘子究竟怎麼了？」

那大夫臉色又變了，忽地哈哈大笑起來，道：「好好，三十三了，身體保養得不錯啊。恭喜各位，你們家要雙喜臨門了。這位娘子也有孕了，這位娘子倒是身體強健，無須特別滋補。」

「什麼！」張蘭蘭只覺得平地一個驚雷響起，她竟然懷孕了！懷孕了！懷孕了！

上輩子張蘭蘭被判定不孕，壓根兒就沒想過懷孕這件事；這輩子穿來已經是兒女成群，連孫女都有了，更沒想到自己都當奶奶了還能懷孕，還能親身體驗一回生孩子。

可張蘭蘭忽視了一個事實，她十六歲生下大兒子劉俊，如今劉俊十七歲，她才不過三十三歲而已！放在現代，這年紀生孩子的比比皆是！現在三十三歲的張蘭蘭身強力壯，比現代坐辦公室、吃地溝油的很多白領女性身體要好，因此懷孕也不奇怪。

「這位小哥，挺行的啊。」大夫朝劉景擠擠眼。

劉景顧不上害臊，包了個大紅包給大夫，好生送到門口。

「蘭妹，我又要當爹啦！」劉景喜孜孜的，一把抱住媳婦，激動極了。

「行了行了，又不是沒當過爹，這麼大的人，孩子們都瞧著呢。」張蘭蘭一陣臉紅。

劉家婆媳同時有孕，雙喜臨門。

劉景高興地給鋪子裡所有的夥計每人多發一個月的工錢當賞錢，又特地在城中的酒樓請了個廚子來家裡，給家人做了頓好飯，美美吃了一頓。

入夜，張蘭蘭摸著自己還平坦的小腹，開始憧憬這個未出生的孩子，究竟是什麼模樣，長得像誰？不過瞧原身生的三個孩子，這個孩子的模樣性情定差不了。家裡多了兩個孕婦，還有劉裕這個秋天要考秀才的考生，家中的事務一下子繁多起來。劉景、劉俊父子誰也捨不得讓自己的媳婦受累，便商量著雇了個婆子每日來做家務，又請了隔壁的街坊大嬸每日來家做飯，絕不教兩個孕婦沾活。

於是劉秀便肩負起打點家中的重責，平日領著婆子打掃整理，而後幫著街坊大嬸做飯，晚上還得給劉裕、劉清、章凌做頓消夜。

好在劉景、劉俊父子去鋪子的時候少，多數時候在家裡，一家人分擔家務，倒是沒多累。不過就算是累了點，家裡人心中都美滋滋的。

張蘭蘭素日身體好，又生養過三個孩子，所以孕期沒有什麼特別的不適，該吃吃，該喝喝，該睡睡。而羅婉身體本就差一些，又害喜得厲害，整日吐吐吐，不思飲食，整個人瞧著比之前小了一圈。

好在三個月後害喜減緩，羅婉好生補了一個月，這會子臉色瞧起來還好。

懷孕初時，羅婉除了害喜，整日還忐忑不安，生怕自己這一胎再是個女兒，教婆家不高興。反倒是張蘭蘭這個做婆婆的安慰她，要羅婉不要在意男女，好好養身子就好，生男生女她都喜歡。

既然婆家無不喜，婆婆都發話了，羅婉便不再糾結，整日同婆婆一道安心養胎。

難熬的夏天終於過去了，入秋日子便涼爽下來，張蘭蘭和羅婉皆快五個月的身孕，已經顯露孕相。

臨近考試，劉裕同章凌越發用功，兩人互幫互助，進步極快。眼瞅著到了考試的日子，張蘭蘭身子不便，招呼不到他們，多虧了劉秀幫著準備一切。劉秀甚至還特地去請教章槐先生，問問他考試前要準備什麼、要注意什麼，準備得極仔細。

考試在省城，倒是不用去外地趕考，劉景把店裡的馬車趕來接送劉裕，章凌也同劉裕一道坐劉家的馬車出發。

張蘭蘭在家安心等消息，見孩子們回來後均神采飛揚，一瞧就知道考得不錯。

考完等放榜的這些日子，劉裕、章凌也不偷懶，繼續如同以往一般發憤讀書。私塾其他幾個考秀才的同窗都相約去城郊玩耍了，只有他們兩人依舊徹夜苦讀。

就算考上了秀才，以後還得考舉人，更加難，哪能鬆懈？

終於挨到了放榜的日子，劉景一大早就帶著劉裕、章凌去等結果。待張榜時，擠進去一瞧，兩個孩子的名字赫然在榜上。

章凌案首，劉裕次之。

劉裕考上秀才的事像插了翅膀一樣傳出去，劉家村全村譁然。

自從中了秀才，劉裕已然成了劉家村的焦點人物。村裡劉氏一族的人走到人前也覺得胸脯挺高了許多，恨不得十里八鄉的人都知道自己族裡出了個十四、五歲的少年秀才。他們也自覺身價抬高了不少，畢竟自己是那少年秀才的什麼堂兄姪子之類的親戚，就連劉家村其他姓的人也覺得臉上有光，畢竟其他村裡連出個童生都難，自己村裡可是出了秀才的！

劉家村本就貧困，男多女少，原本少年郎們出去說親都難，自劉裕考上秀才後，劉氏的後生們說親也變得容易起來，媒人介紹時也將「這是姓劉的少年秀才的堂姪子」之類的關係擺在前頭。

從前劉裕考上童生時，還有那麼幾個人酸溜溜地說什麼劉裕這輩子也就只是個童生，鄉下娃娃能考什麼秀才云云。此番成績公布，那些酸話都消失了，就連那些眼紅的人們也紛紛希望劉裕再接再厲，考個舉人。

村中出個舉人老爺，村民們不光是臉上有光，還能將田產掛在舉人名下避稅，這實實在在的好處可是誰都想要的。

全村人都替劉裕高興，劉氏一族的幾個年長者更是喜上眉梢，畢竟自己要入土的年紀，還能瞧見族裡後生出了個秀才，很是欣慰，死後見了老祖宗也臉上有光。姓劉的族人們唯一高興不起來的只有劉家族長。

族長跟劉景家的梁子別人都不知道，族長自知此事不光彩，也沒臉跟人提。族裡大夥兒商量著給劉裕送上賀帖和賀禮，這些事情都得族長出面主持，族長心裡真是苦得很，他要是帶著賀帖提著賀禮去拜訪劉景家，不被劉景拿棍子打出來就算好的呢，更別提劉景那個悍婦婆娘，還真能將自己打出來。

可面對全族人，族長他老人家又不能說，只能張羅著買了賀禮，請人寫了賀帖，親自進城去劉景家道賀。

族長來訪時，劉景恰好在家陪媳婦說話。劉景一家人都知道族長趁火打劫逼婚那事，見族長進門，劉秀推說要做飯跑了，羅婉、劉俊帶著孩子回屋，哄孩子睡覺去了。張蘭蘭挺著大肚子進屋，劉裕、劉清去學堂不在家，只餘下族長與劉景兩人。

族長很尷尬，按理來說他是一族族長，在族裡頗有威望，他親自提著賀禮來到後生家裡道賀，晚輩應該好酒好菜的招呼。可偏偏到劉景家碰了一鼻子灰，還不能埋怨，他能埋怨誰呢？還不是自己跟人結下的梁子唄！只能認了。

劉景雖說沒好臉色，不過他自然明白族裡對於劉裕中秀才之事的看重。劉景雖然搬出了村子，可畢竟是姓劉的，祖宅還在村裡，這會子族長主動來服軟，也沒有非要跟人家硬到底的必要。

收了禮，劉景臉色稍稍能看了些，族長便將族裡商量的結果拿出來再與劉景商量。族裡的意思是，劉裕如今光宗耀祖，想在村裡擺三天流水席以表慶賀，當然這流水席的花費是由族裡出錢，劉景只需要帶劉裕回村出席便可，到時候還會請戲班子去唱戲，全村一起熱鬧熱鬧。

這年代考了功名，也就是這種慶祝方式了，並無什麼過分的地方。劉景便答應下來，再與族長商議了些細節，便將此事敲定，定在十天之後。

張蘭蘭已有五個多月的身子，並不適合奔波坐車，所以這次就沒跟著去，要劉景帶著弟弟和兒女回村吃頓飯、看場戲就回來，自己和羅婉與劉恬在家。

古代娛樂匱乏，能看唱戲便是極難得的娛樂方式，幾個孩子，甚至是劉景本人都極期待。一路上劉秀嘰嘰喳喳地問二叔和弟弟關於戲文的事，一家人高高興興地坐車進了村子。

剛進村門口，就瞧見村口的大樹上掛著許多紅色布條，顯得喜慶。村裡人一見劉裕他們回來，呼拉就圍了上來，句句吉祥話捧著劉景一家人，族長也在等著他們，見人來了，便領著大家入席。

流水席擺在村子東邊的空地上，用泥巴砌了臨時的灶臺，村裡好幾個婦女在張羅著做菜。十幾張桌子擺在空地上，上頭擺著碗筷，這些碗筷都是各家拿來湊的，因此花色並不相同，放在一起，新的舊的、高的矮的什麼樣的都有。

族長坐在首座，下首便是劉景一家。

村裡好久沒有這樣熱鬧過了，村民們平日都是吃粗茶淡飯，窮的人家經常吃不飽，這回好不容易有機會吃席面了，個個都大吃特吃起來。

反而是劉景一家吃得最為矜持，因他們這兩年生活越發好起來，吃得也精細，平日就是白米白麵、雞鴨魚肉的，這席面的菜色還不如他們平時家常吃的好，味道更是差了十萬八千里。既然村民們難得吃這樣的好菜，劉景一家便不想與他們搶，橫豎回家還有好菜吃。

劉秀見鄰桌一個小女娃對著自己眼前的雞腿眼饞，便好心地將雞腿挾給那女娃，誰知道那女娃剛得了雞腿，就被她娘挾走，給了女娃的弟弟。

「女孩子家家的吃什麼雞腿，給弟弟吃。」那婦人訓斥道。

小女孩眼眶紅紅地點頭，眼巴巴地看著弟弟吃雞腿，直吞口水，同桌的其他人沒有一人覺得這樣不妥，都理所當然地認為雞腿應該給男娃吃。

劉秀瞧著那桌人，想起娘親教導哥哥要給弟弟妹妹讓菜的情景，雖然才半日沒有見到娘親，劉秀這會子突然特別特別想她娘。

吃了飯，聽著戲臺子的唱戲聲，一家人都坐不住了。劉景帶著孩子們去聽戲，戲子唱得咿咿呀呀，劉秀聽得不甚明白，只覺得那衣裳那花臉甚為有趣。劉清倒是感興趣，興致勃勃地拉著劉裕，兩個人討論著戲文。

劉家村這般大的動靜，周圍幾個村子的人都聽說了。有些走街串巷的貨郎挑著擔子前來販賣貨品，周圍村子好些人聽說劉家村擺了戲臺，紛紛跑來看戲，劉家村一時間熱鬧起來，倒像個小集市。

「俊娃，看好弟弟妹妹。」眼見看戲的人越來越多，劉景將女兒護在身邊，囑咐大兒子。劉俊忙應聲，坐在劉清、劉裕旁邊，父子倆將家人護在中間，省得被外頭越來越多的人撞到。

劉裕高興，吃飯的時候多喝了幾口酒，這會子尿急，從人群裡頭擠出去，去邊上的地裡上茅房。

「大哥，我去那邊上茅房。」劉裕跟劉景打了聲招呼。

「去吧。」劉景並不擔心，畢竟這是劉家村，劉裕從小長大的地方，他熟得很。

劉裕酒量不大好，這會子酒勁上頭，滿臉通紅，腦袋有些暈乎乎的。

村裡的茅房大多建在田頭，正好給地裡施肥用，故而距離村子邊的戲臺有些遠。人群都圍著戲臺，田頭並沒有其他人，劉裕去解了手，提好褲子整了衣裳出來。低著頭剛走了幾步，忽地撞在一人身上。

那人哎呀叫了一聲，一骨碌從田埂摔下去，掉進旁邊乾枯的水渠中。劉裕被嚇了一跳，一下就酒醒了，定睛一看，只見一個姑娘趴在水渠中，肩頭的衣裳破了個口子，露出雪白的皮膚。

「啊！」那姑娘扭頭盯著劉裕，滿臉通紅，眼中噙著淚花，急忙用手捂著自己肩頭。

劉裕還沒反應過來呢，從田頭的草垛後頭跳出來兩個少年，約莫十八、九歲的年紀，指著劉裕的鼻子道：「好啊，人說你是讀書人，我瞧你是個登徒子，竟然敢輕薄我妹妹！」

另一少年上前一步，抓著劉裕的胳膊，道：「你可別想這麼白白地走了，你瞧了我妹妹的身子，就得對我妹妹負責，你若是不想負責，我妹妹只有沈塘死了，你便是那殺人凶手！」

劉裕瞧著眼前的兩男一女，這下子完完全全地懵了。還沒待劉裕回過神來，周圍不知何時嘩啦啦圍了一圈人，個個盯著劉裕的眼神，就跟狼瞧見肉似的。

劉裕瞧那些人，大多都是生面孔。劉裕在村中住了十幾年，村裡人全都互相認識，如今這些人竟然沒一個是本村的！就算這些人是聽見動靜來看熱鬧，可這田頭本就離戲臺子遠，瞧著沒啥人，這些突然出現的人們未免來得太快，來得太蹊蹺。

「嗚嗚嗚，娘，女兒不活啦！」那姑娘哇的一聲哭出來，撲進一個粗壯婦人懷中，一手指向劉裕，哭訴道：「他、他輕薄我！」邊哭還邊偷偷往劉裕那兒瞅。

「好小子，敢欺負我女兒！」一個三十來歲的漢子滿臉橫肉，一把抓住劉裕的胳膊，拉扯道：「虧你還是個秀才，你輕薄了我女兒，日後要她如何嫁人！你若是不給我們一個交代，今兒就別想走！」

「我……我沒有！」劉裕被那壯漢拉扯著，真真是秀才遇到兵，有理說不清。

更何況，人家壓根兒就沒想聽他說什麼理。

「好啊，你個色胚，敢做不敢認！」壯漢一臉凶相，對周圍人道：「拿繩子給我把這個色胚捆起來！」

周圍立刻有人拿了繩子將劉裕捆起來，又怕他叫，拿破布堵了他的嘴。

那姑娘的娘親戳了戳劉裕的額頭，道：「我女兒若是有個三長兩短，我定教你好看！」

劉裕並不傻，他已經明白自己是中了人家的套，這些人肯定是提早埋伏好，就等自己往裡頭跳。

劉裕被捆了個結實，由兩個壯漢架著，往村裡走。

走了一會兒便到戲臺那處，村民們正看戲呢，就瞧見劉裕被人五花大綁帶了過來。劉景一眼就瞧見弟弟被人捆了，立刻衝過去想把人搶過來，可奈何對方人多勢眾，被人架著過不去。

「你們捆我弟弟做甚！還有沒有王法！」劉景怒道。

「劉景，你弟弟輕薄了我女兒，我不捆了他，我女兒怎麼辦？他壞了我女兒的名節，若是不娶我女兒，就是要逼死她！」粗壯婦人站出來道。

劉景定睛一看，臉色一下子陰沈起來。這婦人劉裕不認得，自己可認得，不就是族長妻弟的媳婦李氏嘛！

想來是族長以遷墳威脅不成，便想出這下作招數，逼劉裕娶她女兒，真是天下之大無奇不有！

「俊娃，去叫族長來。」劉景道。

劉俊帶了幾個族裡的男丁，飛奔去找族長。

「你叫我姊夫來也沒用，誰教你弟弟色膽包天！」族長妻弟名叫常波，生得一副無賴樣，無賴地往劉景面前一站。「你弟弟瞧了我家麗兒的身子，就得娶她！」

誰瞧她身子了！劉裕急得不行，奈何嘴被堵上，只能乾著急，發出嗚嗚咽咽的聲音。

「我家裕娃品行正直，斷不會做出那種禽獸不如的事！你少血口噴人！」劉景怒道。

劉家的秀才被人抓了，雖說是族長妻弟一家抓的，但是劉家村的村民可不管，族長妻弟算啥啊，護著自己族人才要緊。

劉家村的村民立刻嘩啦一下將常家人圍起來，劉裕可是劉氏一族的光榮，全村人都指望劉裕出人頭地，將來好沾沾光呢，哪能隨隨便便教他們捆走了！

雙方正在僵持之際，劉俊帶著族長趕來。

「瞧瞧他們做的好事！」劉景恨得牙癢癢，將牙齒咬得咯吱作響。

別人不知道族長用遷墳逼親的事，可族長自己心裡知道，劉景只是顧及族長的面子，才沒將事情給抖出去。

族長一來，瞧這架勢就猜了個八九不離十。

上次逼親不成，族長自己想明白過來，也斷了那念想，畢竟門不當戶不對的，劉景家肯定不會吃這一套，反過來還勸他小舅子別打劉裕的主意，將常麗另擇個人家嫁了。

可誰料常波就跟吃錯藥似的，硬是看中劉裕，而常麗也一門心思想當秀才太太，族長見勸不動，罵了他們一頓作罷。誰知道他們竟然動了歪腦筋，做起了這番不要臉的事。

族長頓時覺得，自己在劉景那兒僅剩的一點顏面，被小舅子一家丟光了。

「姊夫，你來得正好，你做長輩的，定要給麗兒作主！」常波道。

「是啊，姊夫，我們麗兒是個好姑娘，不能白白教人欺負了不負責！」李氏跟著道。

「你們真是不爭氣的東西，哼！跑出來丟人現眼，還不快把人放了！」族長一拍大腿，論親疏遠近，常波是他小舅子，可劉裕還是他堂姪子呢！

「嗚嗚嗚，我沒法做人了，不如死了，省得累及爹娘族人丟臉。」常麗嗚嗚哭著，立刻就要撞柱子自盡，被她兩個哥哥攔著。

「你瞧你瞧，這都要逼死人啦！」李氏號哭起來。

族長真是被搞得頭疼，道：「你們先把人放了，起碼讓裕娃說說是怎麼回事。」

旁邊劉姓的族人有的都拿了鋤頭過來，做好了一言不合就動手搶人的準備。

圍觀的人越來越多，常波有些心驚，便拿掉劉裕嘴裡的布，解開繩子，兩個兒子一左一右抓著劉裕胳膊，不讓他走。

「我剛去上茅房……」劉裕將事情經過原原本本講了一遍，末了氣憤道：「我連人影都沒看清，怎麼就輕薄她了，簡直血口噴人！」

「看看，你都碰著我姑娘身子了，還將她推進溝裡，要不是她哥哥們在旁邊，誰曉得你要幹啥！」李氏顛倒黑白的本事倒是有一點。

在場村民聽了劉裕的話，都明白是怎麼回事了，不就是有小姑娘動歪腦筋想嫁給劉裕嘛，這種事情話本裡聽得太多啦！大家伙兒頓時對常家人鄙視起來。

族長聽得頭大，這明眼人一聽就懂的事，偏偏常家沒臉地非要在這兒混淆是非，也不想想劉裕如果不娶常麗，往後常麗還怎麼嫁人？

李氏撒潑，劉景一個大男人還真不知道該怎麼對付。可劉家村裡的潑婦不少啊，立刻跳出來幾個，指著李氏道：「別跟我們裝，你們家女娃自己往人家秀才前頭湊，這會兒倒打一耙說秀才輕薄你家閨女，要不要臉啊！怎麼不乾脆脫光撲上去算了！」

「是啊，瞧這小姑娘長得還算人模人樣，可骨子裡那騷氣，嘖嘖。」

鄉下婦人罵得露骨，常麗聽得滿臉臊紅，直往李氏懷裡鑽，不敢抬頭。

常家一家這次來的除了李氏和常麗，其餘都是壯男，為的是武力方面壓制劉裕。可這會兒被全村的婦女輪番罵過去，李氏一張嘴哪應付得過來，一下被氣得胸脯一鼓一鼓的。

很快，這邊的動靜就被其他村落來看唱戲的村民們知道了，都圍過來看熱鬧。

看熱鬧不嫌事大，其他村的婦女們一聽那姓常的一家用這種下流手段想逼秀才成親，紛紛鄙視。這種無賴要是成了，那往後誰家姑娘看上哪家想高攀了，都脫光了往人身上一撲，成什麼樣啊！

於是更多婦女加入罵戰，李氏已經被罵得回不了嘴，常家眾男丁更是氣得不行，可是這些罵戰的婦女後頭，跟著的可是各家的丈夫、兒子、姪子，常家人只要敢動人家女眷一根手指頭，保管被後頭撐腰的男丁打得親娘都不認識。

罵也罵不過，打也打不過，更可氣的是身為劉家族長的姊夫竟然完全不站在自己一邊，常波氣到不行，只能眼睜睜地看著劉景把劉裕拉走。

常麗一個小姑娘哪見過這麼大的陣仗，幾乎所有人都是衝著自己家來的。她就想不明白了，自己不就是想嫁劉裕嘛，怎麼就犯了眾怒！

常麗又羞又氣，忽地衝出人群，朝戲臺邊的柱子上撞去，滿臉是血的倒在地上。

「麗兒！」

「哎呀，出人命啦！」

劉裕的心一下子揪了起來，這要是真出人命了可怎麼好！他雖不喜那小姑娘，厭惡她的所作所為，可也沒想過讓她去死啊！

村裡的大夫也在人群裡，忙趕過去，把了脈道：「命還在，只是撞暈了，頭上有些外傷，醒了好好養著就是。」

一聽人沒死，劉裕呼出一口氣來，心道往後自己定要加倍小心，可不能再著了別人的道。

常麗這番舉動把李氏嚇得魂都沒了，一家人顧不上鬧，趕忙抬了小姑娘往家走。常波臨走時惡狠狠地瞪著劉裕，道：「你別想就這麼算了，給我等著！」

出了這等事，劉景一家自然沒心情再看戲吃席，辭了村人便匆匆回城。

族人們本想多跟劉裕閒話家常，好等以後秀才發達了攀關係，這會兒被常家人攪局，都十分埋怨那姓常的一家。

而常家人都走了，族人不滿的矛頭便對準了族長——常波可是族長的小舅子，不怪他怪誰？

族長真是被小舅子坑慘了，安撫了劉景一家，又得跟族裡好好解釋一番，這才勉強壓住族人的不滿。其餘人繼續看戲吃席，族長吃也吃不下，徑直回家找媳婦麻煩去了。

劉裕回到家中，張蘭蘭一眼瞧出他臉色不好，一問才知劉裕中了人家的套。

劉裕惱得很，抓抓腦袋道：「教大嫂看笑話了。都是我不好，著了人家的道。」

張蘭蘭安慰道：「這哪能怪你，人家一心惦記著你，你防得了初一，防不了十五。」

劉裕連連嘆氣，道：「常家人那架勢，我是真的怕了，若不是今兒村裡人多，大哥將我搶回來，恐怕那常家人會將我押走直接拜堂成親！」

常波臨走前放話，叫劉裕小心點，劉家人真擔心那姓常的找上門來，如今家裡兩個孕婦，可禁不起一點閃失。

一家人商量一番，決定叫劉裕這陣子先別回家了，住到私塾裡避避風頭。劉裕應了，先讓劉清跑腿，跟章槐先生說明情況，而後劉裕便收拾東西準備搬回私塾住。私塾是章槐先生開的，章槐先生雖然未出仕，但人家是個舉人老爺！姓常的一家就是吃了熊心豹子膽也不敢衝進舉人老爺家搶人。

「咱家那書房……」劉裕撓撓頭，十分捨不得他那亮堂堂的書房。

「這陣子你先別回家了，省得路上讓常家人給堵上了。」張蘭蘭道。「我估算他們上次作怪沒成，接下來還會有動作。咱們以不變應萬變，瞧他們能玩出什麼花樣來。」

「以後清娃上下學我親自接送。」劉景補充道。「回頭我叫鋪子裡的夥計們去打聽打聽那姓常的是做什麼的，我弟弟被人算計了，我這個大哥可不是吃素的！」

收拾好行囊，劉景、劉俊爺兒倆親自護送劉裕去私塾。一路上劉裕耷拉著腦袋，心裡十二萬分不痛快。

章凌從劉清那兒聽說了，早就在私塾門口等劉裕。瞧見劉裕抱著包袱垂頭喪氣地走過來，章凌一副幸災樂禍的笑臉，拍了拍劉裕的肩膀，揶揄道：「你行啊，小姑娘逼婚都逼到那分兒上，我們裕哥兒真成香餑餑了。」

劉裕輕輕一拳砸在章凌肩頭，白了他一眼，道：「你且別笑話我，要不我告訴別人，咱們凌哥兒模樣好，也是個秀才，還有個舉人爺爺，你看那些狂蜂浪蝶不把你淹過去！」

章凌哈哈大笑，對劉景爺兒倆道：「師丈，裕哥兒就交給我了，你們放心吧。從前他住的那間屋子如今還空著，已收拾好，進去便能住了。」

劉景平安送了弟弟到私塾，又有章凌照應，便放心回家。

劉裕同章凌進屋子收拾鋪蓋，章凌靠在桌邊瞧他，笑道：「得，你就安心住私塾吧，你家那書房可就便宜我咯！」

劉裕哼了一聲，道：「那你可得多看點書，下回咱們一塊兒考舉人，小心我名次超過你！」

劉裕安頓好，便去見章槐先生，先生沒多說什麼，只囑咐劉裕莫要想旁的，專心唸書才是，便叫他回去了。

此時天色已晚，章凌去劉家書房讀書，劉裕點了盞燈讀書，誰知道習慣了自家書房的亮堂，總覺得這光太暗，點了三盞燈也還覺得暗。

「唉，真是倒楣。」劉裕看了一會兒，眼睛便痠痛難耐，只得放下書歇歇眼睛，轉而拿個字帖練字。

如此過了三天，劉裕越發忍受不了晚上不能像平時一樣看書的生活了。劉裕天資聰穎，但年紀輕輕考上秀才，不光憑著天賦，還有他的刻苦努力，如今為了那不知所謂的常家人，害得他無法苦讀，不禁氣惱起來。

「不行，晚上我得回家看書去。」下了課，劉裕對章凌道。「我還要和你一道考舉人呢，這樣下去，天長日久，我功課就落後你許多，又怎麼能與你同考？」

章凌亦是明白劉裕的焦急，道：「你先別急著回家，我回去同師傅說說。你想啊，說不定那常家人就埋伏在路上，你一出現，人家就拿個麻袋把你套進去扛回家，待你家人找著你的時候，已經生米煮成熟飯，那可如何是好？」

劉裕被章凌說得打了個哆嗦，立刻改口道：「那我今晚先不回家了，你先同我大嫂說說，想想辦法。」

章凌晚上去劉家，沒去書房，徑直找他師傅去。

「唉，這好辦啊。」張蘭蘭正吃果子呢，吃得滿嘴汁水，道：「私塾不是還有空房間，你回去跟章夫子說說，騰出個房間來，我叫你師丈將那些鏡子挪到私塾去擺好，以後晚上你們就都在私塾看書不就行了。」

章凌一聽，喜道：「還是師傅有辦法。」

張蘭蘭又道：「只是……這書房是我為你們三人布置的，除了劉家人和章家人可用之外，其餘私塾的學生都不能用。」

張蘭蘭又不是聖人，她家花了那麼大筆銀子買的鏡子，不是做慈善開自習室的。私塾裡除了劉裕、章凌，還有兩、三個考中了秀才，使勁想考舉人的學生，舉人名額有限，張蘭蘭可不想讓劉裕的競爭對手，用自家花大錢買的資源，跟劉裕競爭有限的名額。

人都有私心，張蘭蘭也不例外，自己兒子、小叔、徒弟用就行了，其他人除了章槐先生，別想！

「就按師傅說的辦。」章凌點頭稱是。

章凌回去便將挪書房的事跟章槐先生說了，章槐先生自然不會反對，至於不讓私塾其他孩子用，章槐先生倒覺得理所當然。人家有錢給孩子用好東西，讓你用是情分，不讓用是應該的，再說自己孫子還跟著沾光呢，大家都不是聖人嘛！

小童將院子最後頭一間沒人住的房子收拾打掃了一下作為書房，劉景將鏡子包好，用車拉來，擺放布置完畢。

劉裕沒想到大嫂為了照顧自己，竟然大費周章地將書房挪過來，十分感動。

晚上，書房的燈點了起來，章槐先生一瞧，真是亮啊，真跟白晝一樣！想著自己孫子每晚在這亮堂的書房裡讀書，再不怕壞了眼睛，章槐先生便覺得那劉家真是好，那牡丹大師也是個妙人。

如此亮堂的書房一點燈，其餘住在私塾裡的學生都發現了這麼一間屋子。如今私塾裡的學生不多，大大小小加起來不過十來個，除去住家中的，如今住在私塾裡的學生不過五、六人。幾個學生眼饞那書房亮堂，也想進去沾沾光，章槐先生站在書房外，將那幾個學生攔下來。這得罪人的事還是自己這個當老師的來做，省得學生們私下起了衝突。

「先生，書房裡亮，我們也想進去看書。」幾個學子眼巴巴地瞅著燈光。

章槐先生卻道：「你們幾個家中條件都好，每個人都點得起油燈，為何不回自己屋裡看書？」

學生們道：「油燈的光哪能和那屋裡的光比，在那屋裡看書定不費眼睛。」

章槐先生笑道：「彼時劉裕家窮，每日只吃得起稀粥鹹菜，你們有白米有肉吃，那時你們可見過劉裕眼饞你們的飯菜香，讓你們將飯菜分給他吃？以前你們富劉裕窮，不曾幫過他；如今劉裕富，你們卻想去沾人家的光，豈是君子所為？」

幾個學生面面相覷，低下頭。章槐先生說的是事實，曾經劉裕窮得叮噹響，衣服打補丁，吃的更是最差的食物，卻沒有一個人伸出援手，反而變相地擠兌劉裕，嘲笑他窮，常常使喚他做這個做那個。

如今風水輪流轉，劉裕兄嫂為劉裕花重金布置的書房，為的是讓人家好好讀書，不傷眼睛，他們和劉裕平日素無交情，這會兒一見人家的書房好就想去用，確實是不太君子。

「都回去吧，你們尚且用得起燈燭，還有多少貧寒學子連燈燭都點不起呢。」章槐先生擺擺手。

學生們再無顏要求劉裕進書房，三兩成群地回屋了，往後再沒人厚著臉皮要求去劉家布置的書房看書。

章槐先生年紀大了，晚上點油燈看書眼花得厲害，這會兒也沾沾劉家的光，光明正大地用起了書房。

有夫子坐鎮，三個孩子更是格外用功，若有不會的，則當場提出由夫子解答，不必等第二天到學堂再問。等於劉家用間書房換了夫子給孩子們開小灶，簡直划算得不得了！

張蘭蘭聽後，一揮手，道：「得，清娃一塊兒搬去私塾住吧，我看那書房就不必搬回來了。家裡雖說住得比在私塾舒服，可讀書哪有不吃苦的，晚上同你們老師在一起看書，學得可比在學堂上多。」

劉、章兩家因為孩子們的師徒關係，關係很親近，也沒人敢說章槐先生偏心劉家的孩子。老師上課時教的東西不摻水，下了課人家夫子喜歡誰便多指點誰，誰也不能說什麼。

劉裕在私塾裡安安生生讀了半個月書，因搬來了書房，又有夫子同讀，故而漸漸忘了初時心中的不快，一門心思苦讀起來。

不過劉景、張蘭蘭都覺得這事沒完。依常家能做出那麼不要臉事的風格，肯定不會如此就算了，半個月時間，那撞了頭的常麗應該就恢復，大概又會來鬧事了。

這陣子劉景格外小心，在家斜對街的小旅店租了三間房，讓店裡的夥計們都搬進去住，又將夥計們的上工時間改成輪班制。這樣夥計們多了休息時間還挺高興，劉家也即時能有叫得來的人，省得常家人來鬧事時，自己家中沒壯勞力吃了虧。

這日，張蘭蘭正在午睡，便聽見外頭一陣喧譁聲。

常波帶著三個兒子鬧上門來，徑直將門砸開，衝了進來，大喊道：「叫劉裕出來！占了我閨女便宜還想不認帳！門兒都沒有！今兒我就算綁也要把他綁回去，給我閨女一個交代！」

常家四個男人氣勢洶洶地往院子裡衝，哪知道剛踏進前院門，就傻了眼。幾把明晃晃的西瓜刀齊齊架在常家父子四人的脖子上，劉景、劉俊並七、八個壯丁將常家父子四人圍得結結實實。

張蘭蘭聽見外頭動靜，不懼怕反而笑了，由劉秀攙著，捧著肚子往前後院間的迴廊走，剛走過去，便見到常波原先那凶神惡煞的樣子全沒了，縮著腦袋，被兩個小夥子押著，正捆繩子呢。

「哈哈哈哈！」張蘭蘭忍不住笑出來。

常家這爺兒四個，忒不會挑時候了！

早上劉秀的乾娘送來好幾個大西瓜，入了秋本是吃不到西瓜的，這幾顆西瓜是夏天摘下來放在冰窖裡存到現在，王掌櫃家得了幾個，分了些送給劉家。張蘭蘭和羅婉有孕不能多吃，索性叫劉景喚了今日休息的夥計們來分西瓜吃。方才七、八個夥計從市場借了幾把西瓜刀，一夥人正蹲在院子裡切西瓜吃呢，偏巧常家父子就闖來了。

於是幾個壯丁提著西瓜刀把人給拿下來，常家人連繩子都自備好了，直接被捆了個結實，撂院子裡了。

「光天化日私闖民宅，你們真不怕蹲苦窯？」劉景道。

常波的性子欺軟怕硬，縮著脖子不敢答話。

私闖民宅與匪類無異，可直接捆了送官。

怕男丁走了，家中婦孺無人保護，劉景叫劉俊帶著三個夥計守在家中，自己帶著其餘人押著常家人去衙門，又將那壞掉的門板拆了，一同帶去衙門當罪證。

待人走後，張蘭蘭招呼劉秀道：「秀秀，妳去私塾，跟章槐先生知會一聲。」

劉秀應了，忙往私塾跑去。

章家雖然低調得很，但不代表好欺負，更不代表章家在徐州沒有勢力。先前的徐州知府被章楓拿下了，新上任的知府大人是由章楓舉薦的，同章家交好。旁人不知道章家的來頭，但新知府知道，更知道劉家和章家的關係。

劉秀傳了信兒便回來，說章槐先生聽後沒說什麼，只叫了個小廝吩咐幾句，叫小廝去了衙門。

章家都插手了，更沒有什麼好擔心的了。

根據劉景的調查，常家全家都是農夫，並沒有什麼背景靠山，全憑著在鄉間混的一股子不要臉的莽勁，想撞大運逮個秀才姑爺，誰知道一腳踢到鐵板上了呢！

簡而言之，常家這次倒楣了，倒大楣了。

有了章老先生的知會，劉景那邊順利許多，押送人過去，知府親自來問了情況，將常家四人收押候審，劉景便帶著夥計們回來了。一行人洗把臉，吃吃茶點，劉景請夥計們在家對面的小館子吃了頓，夥計們該上工的上工，該休息的休息，只一條，得時刻注意著東家的院子。

壞掉的門早就有伶俐的夥計安上新門，一家人收拾收拾，洗洗睡了。

反倒是常家人，這會見爺兒四個還沒回來，李氏和常麗在屋裡急得團團轉。可眼瞅著天黑了，兩個婦道人家不敢走夜路，再加上村裡離城裡遠，只得乾等到天亮。

天剛亮，李氏就帶著常麗出發往城裡去尋丈夫和兒子們。李氏在城裡並沒有認識的人，連劉景家住址都記不清，總算一路摸索一路問過來，待摸到張蘭蘭家門口時，日頭已經快落山了。

幾個盯梢的夥計一見有兩個臉生的婦人往東家門口走，忙上去攔住那二人。

李氏沒了丈夫兒子撐腰，又面對這群壯漢，沒了囂張氣焰，好聲好氣地打聽道：「你們可知道劉家村劉景家住哪兒？他做木頭生意的，我聽說就在這附近。」

夥計們自然是不會把東家的大門指給她們，索性瞎指一通，李氏聽得雲裡霧裡，只覺得這城裡實在太大，街道實在太複雜，找得人頭暈。

「你們可曾瞧見我家掌櫃的和三個兒子？」李氏比劃起來，將那四人的身高容貌說給他們聽。

夥計們相視一笑，道：「哦，他們啊，見過見過。昨兒見官差捆了四個人，可不就是妳們說的那四人嗎？怎麼，那是妳家掌櫃的和兒子們啊，妳要找他們可得去大牢裡找咯！」

李氏一聽，差點暈了過去，若不是常麗扶著，當下就要躺到大路上。

母女倆坐在路邊緩了緩，李氏哭喪著臉道：「都怪妳，非要嫁什麼秀才，現在好了，害得妳爹和哥哥們被官家抓了！這可怎麼辦好！」

常麗不過是個小姑娘，被這麼一嚇，也哭道：「怎麼能怪我，當時是爹非鼓動我去招惹那劉家人。」

母女兩個哭了一會兒，想著也不能這麼光哭啊，再哭天都黑了。母女倆不認識路，邊打聽邊去衙門，等摸到衙門大門時，天都黑透了，只得在城裡找間小旅店住下。

第二天李氏母女繞著衙門轉了好幾圈，她們兩眼一抹黑，啥都不懂，也不認識人，只打聽出常家父子四人確實是關押在這裡。見無論如何也見不著人，李氏不得不帶著女兒直奔劉氏族長家，畢竟是劉家族長，想必劉景會給幾分面子吧。

族長一聽，若不是礙於妻子的面子，真想將李氏母女趕出門去，這糊塗小舅子一家，教自己丟的臉還不夠嗎?!在劉景家面前，自己這張老臉都要丟光了!

可畢竟是自家人，族長咬著牙，應下了，道：「我就幫你們最後這一次，以後萬萬不可再去招惹劉景家。妳們也不想想，劉裕身上是有功名的，他的老師可是個舉人老爺，你們惹得起嗎！」

李氏耷拉著腦袋，連聲答應，急忙拿出銀錢備了禮，同族長一塊兒去劉景家。

族長親自登門，劉景總不好將人關在外頭，黑著臉叫那三人進了門，只在院子裡搬了凳子坐下，連廳堂門都不給進。

族長紅著老臉，替小舅子他們求情。劉景聽了，雙手一攤，淡淡一句。「人在官府，求我有什麼辦法？我等小民豈有在官老爺面前說話的分兒？」

李氏又哭了起來，道：「那可怎辦啊，我家掌櫃的可是家中的頂梁柱，他若是有個三長兩短，叫我們娘兒倆怎麼活？」

「哭什麼哭。」張蘭蘭捧著肚子坐在屋裡，叫劉秀開了窗戶，隔著窗對李氏道：「自己想的下流手段想算計我們家劉裕，這會兒知道哭知道怕了，捆我們劉裕的時候呢？怎不知道怕，咋不知道有王法？妳們老子兒子被抓了就沒法活，我們劉裕被你們捆走了，我們家怎麼活？」

李氏臉上青一陣紅一陣的，張蘭蘭又對常麗道：「妳個小丫頭年紀不大，野心不小，想當秀才娘子想瘋了吧？虧妳只想當個秀才娘子，妳要是想起來當皇后，還不得綁幾個竄天猴，竄天上去啊！」

張蘭蘭說話毫不客氣，絲毫沒有給李氏母女留臉面的意思。人家都不要臉了，何必巴巴地上杆子給人送臉。

李氏脹紅了臉，咕噥了一句：「一大把年紀了，欺負個小姑娘……」

聲音雖然小，卻被張蘭蘭聽見了。張蘭蘭換個姿勢坐好，瞧著那母女，笑得開心又燦爛。「妳們可別忘了，我是劉裕的嫂嫂，我一手把劉裕拉拔成人，又送他去唸書。所謂長嫂如母，我們裕哥兒孝順懂禮，妳心心念念地想嫁給他，若是真進了門，我可是長嫂，大半個婆婆。婆婆磋磨新媳婦，罵兩句都不算什麼，不給飯吃的、打罵的、當牲口使喚的，多得很。話說開了，妳家閨女要是真嫁進來，我手上收拾人的功夫可不少！妳若是這次還賊心不死，再想什麼下作法子非要進我們劉家門，我醜話說在前頭，妳閨女失德，聘禮是一分錢沒有的，嫁妝是一毛錢不能少的，嫁進來過個三、五個月要是熬死了，那就只怪命不好。橫豎我們裕娃前途無量，死了個媳婦算什麼，後頭再娶唄，倒是你們家，閨女沒了就沒了，連聘禮都沒賺到，白白養了十幾年，虧不虧？」

常麗聽著，冷汗流了一背脊。眼前這女人似乎脾氣不太好的樣子，一瞧就是心狠手辣的人，兩家結了梁子在先，哪怕日後自己真能嫁進來，恐怕也沒多少命去當秀才娘子了。先前自己只聽了秀才的名號，腦子發熱，加上爹、娘、哥哥們慫恿，便稀裡糊塗地認準了劉裕。如此看來，劉裕非但不是良配，他家還是個火坑！

張蘭蘭瞧那母女倆的臉色，心情越發好起來，再補一刀。「我們家的家產都是我跟我家掌櫃的賺的，裕娃讀書一應花費都是我們出的，妳們也別想著嫁進來給裕娃灌迷魂湯，攛掇著他分家！」

劉裕只有功名沒有財產，生活讀書全靠兄嫂支持，連分家單過的可能性都沒有。

李氏母女這下子全看清了，劉家是龍潭虎穴，萬萬嫁不得。雖說如今常麗的名聲不好，可畢竟她才十二歲，等晚幾年風頭過了，便沒人記得這些事，再尋個外地人家嫁去，好過嫁給劉家，三、五個月被磋磨死，人財兩空。

見她們聽進去了，張蘭蘭便關了窗，不再說了。從根源上輾斷常家人的念想，日後方有安穩日子過。

李氏母女想通了，連賠不是，這會兒她們什麼都不求，只求能把家人撈出來。

「他們犯了王法，自當依律治罪，我一個草民，哪能干涉官老爺判案？妳們求我也沒用啊！」劉景兩手一攤。

李氏母女徹底傻了眼，呆呆坐著半天。

族長見事情了了，趕忙拉著她們二人回去，省得在這兒丟人現眼。

常家的案子審得很快，章家跟新知府打過招呼，劉景只派了個夥計去，在過審的時候當證人。常家父子四人依照當朝律法，判處充軍五年，三日後發配邊疆。

判決下來，李氏母女忙將家中積蓄拿出來，想打點打點，看能不能判輕點。可一來她們沒有門路，銀子都不知道怎麼送，二來這案子是上頭特別關照的，斷然沒有改判的可能。

李氏母女急得跟無頭蒼蠅般亂撞，銀子遞不進去，消息探不出來，只能請衙門掃地端茶的雜役喝茶吃飯。雜役們也都是跟官家混久的，誰也不傻，這常家得罪貴人，誰也救不了。於是乎這些雜役問李氏母女要吃要喝，吃完還要拿，李氏不敢不給。三日後，本就不多的銀子就花光了，可她們連常家四人在哪兒關押都沒打聽出來。

直到三日後，常家父子四人被押送出了城，她們才得到風聲，可惜這時人都走遠了，再追也追不上，連臨行前最後一面都沒見著。

常家只剩李氏母女，家中三個兒媳婦並一屋孩子們，一家子婦孺哭成一團。幾個嫂子早就瞧小姑子不順眼，此事罪魁禍首便是常麗，往日常麗有父親和哥哥們撐腰，如今家中沒了男人，李氏年邁，家裡只靠三個媳婦撐起來。三個嫂子恨極了常麗，一怒之下將常麗遠遠賣給了個大戶人家當奴婢，李氏想攔又攔不住，丈夫、兒子不在，自己往後還得依仗三個兒媳，真不敢同她們撕破臉。

常家的事起初鬧得就挺大，這會兒鄉間更是街知巷聞，人們個個都是拍手叫好。常家人心術不正，自食其果，不過這也為其他打劉裕主意的人敲了警鐘，自此之後，再沒人敢用那些下作手段去鬧騰了。

劉家自然是聽說了常家的事，張蘭蘭咋舌，沒想到常家的幾個媳婦這般索利地將常麗賣了。

第十四章

入了冬，張蘭蘭身子越發臃腫起來，每日腿腳浮腫，劉景都要給她按摩半個時辰，才覺得舒坦。

張蘭蘭雖然沒親身懷孕生子過，不過原身生過三個孩子，她從原身的記憶裡知道了許多，並不很擔心。自己身體強壯，又不是頭胎，難產的可能性很低。倒是羅婉，頭胎難產幾乎送了命，此時還心有餘悸，加上她雖養了兩年身子，可畢竟底子太差，比不得婆婆健壯。

古代養胎，有條件的人家大多都給孕婦大補。劉景做生意爭氣，家中境況越來越好，每日並不是吃不起大魚大肉，只是張蘭蘭是現代人，懂點科學飲食的道理，故而不像一般婆婆那樣，填鴨似的補孕婦。每日蔬菜水果肉食平均搭配，兩人的身子並不胖得誇張，臉色都是極好的。

沒了常家人騷擾，劉裕本可搬回家住，可他說每日晚上聽老師單獨指點學問，受益匪淺，想住在私塾。而劉清從小就有劉裕這個勤奮讀書的榜樣，也跟著要留在私塾。兩個孩子有苦讀的心思，當家長的自然開心，只囑咐他們隨時可回家吃飯，改善伙食。

待到了臘月，天降大雪，張蘭蘭身子沈重，怕路滑摔倒，便極少出門，每日在屋子裡晃悠。劉秀指揮家中幹活的婆子將院中積雪掃乾淨，省得家裡兩個孕婦走路不方便。

算算日子，過了年兩個孕婦就快生了。這會兒張蘭蘭肚子越發的大，每晚怎麼躺都覺得不舒服，夜夜翻來覆去地折騰，劉景心疼媳婦，陪著折騰，又是墊枕頭又是幫忙揉肩膀、揉腿的。

今年過年張蘭蘭、羅婉婆媳是一點忙也幫不上，劉秀大了，索性將事情全丟給劉秀去打理。

劉秀先前一直管家算帳，這會兒接下準備年貨採買的活兒，做得得心應手，完全不用母親、大嫂操心。加之木材鋪子到了淡季，生意少，父親和大哥也能時常幫忙，一家人準備準備，將年貨備得齊全，送給各家親朋的禮準備得妥妥當當。

年前十天，私塾放假了，劉裕、劉清搬回家住，每日晚上照舊去私塾的書房讀書，不曾停歇。倒是章凌，白天常來劉家，去畫室畫畫，張蘭蘭如今即將臨盆，章凌不好打擾，多數時候便是劉秀教他。

章凌疏於練習，又被劉秀落下一截，心服口服地聽比自己還小的劉秀給自己講課。

劉秀除了給章凌講課，還要準備過年的東西，剪窗花，做紅包，每日忙得不可開交。

一眨眼便到了大年夜，一家人樂呵呵地團聚在一塊兒。去年的除夕被前任知府給攪和了，今年終於可以一家聚在一起過個好年。

張蘭蘭同羅婉坐在大床上，瞧著其餘人忙碌地張羅年夜飯。

傍晚，章凌冒著雪前來拜年，張蘭蘭拉了章凌，塞了紅包，道：「為師如今行動不便，不然就上你家去給章老先生拜年了，一會兒裕娃、清娃去拜年，替我也給老先生多說幾句吉祥話。」

章凌笑道：「師傅的心意，爺爺自然是知道的。」

張蘭蘭又道：「你二叔遠在京城回不來，這會兒私塾都有誰啊？」

章凌道：「做飯嬸子提前來做好年夜飯便回家過年了，其餘小廝也都放了各自回家，私塾只剩我跟爺爺了。這不，一會兒拜完年，我還得回去把年夜飯熱熱。」

張蘭蘭笑道：「既然你們家就剩祖孫兩個，不如就請章老先生來我們家過年。你瞧我們家人多熱鬧，屋子也多，住得下。」

劉清一聽，拍手道：「對對，我娘說得好，咱們把夫子請來一塊兒過年！咱家年夜飯可是我爹做的呢，我爹的手藝比咱私塾的廚娘嬸子好得多！」

章凌被說得動心了，道：「行，我回去請示爺爺！」

張蘭蘭拍了拍劉清的頭，道：「你和裕娃跟著去，給夫子拜年。若是夫子肯來咱家，路上積雪沒化，你們攙著夫子點，仔細老人家摔著。」

三個孩子攜手出去，過會兒，就聽見門外劉清嘰嘰喳喳的聲音。劉景去開了門，見章槐先生含笑健步走來，劉裕、劉清一邊一個，扶著章槐先生的胳膊，倒是把章凌這個正經孫子給擠一邊去了。

「既然大師盛情邀請，那老夫就打擾啦！」章槐先生進門，爽朗地笑了笑。

老人家都喜歡兒孫繞膝，熱熱鬧鬧的，章槐先生也不例外。只可惜章家人丁不旺，唯一的兒子和孫女遠在京城，膝下只有個孫子陪伴，每逢過年過節，家中連個熱鬧勁都沒有。而劉家不同，劉家孩子多，人正直又熱情，兩家孩子本就走得近，又套了幾層的師徒同門關係，章槐現在早就把劉家幾個孩子當成自己的後輩看待。

屋裡寬敞又暖和，擺著瓜果點心，孩子們玩玩鬧鬧，有的幫忙貼窗花，有的湊在一起說話，章槐先生邊喝茶邊含笑看著這熱鬧的一家子，連眉眼間的皺紋都舒展了。

入夜，點了好幾盞燈，屋裡明晃晃的，熱呼呼、香噴噴的年夜飯端了上來，大人小孩擠在一桌，吃得滿足，笑得開懷。

吃完，孩子們跑去院子裡放炮竹，怕鞭炮聲太響驚動了孕婦，今年劉景只給孩子們買了煙花、竄天猴之類的，張蘭蘭靠在丈夫身邊，含笑抬頭瞧著炸開的煙花，只覺歲月靜好，現世安穩。

孩子們精力充足，放完了炮又回屋，準備守歲。兩個孕婦和章槐先生卻熬不起，劉景將劉裕的屋子收拾收拾，鋪了套嶄新的被褥，燒好炭火，灌了湯婆子，準備好洗漱的熱水，請章槐先生來休息。章凌服侍祖父睡下，便又去同劉家孩子們玩鬧到一處。

羅婉由劉俊扶著回屋，帶著劉恬早早睡下，張蘭蘭也回屋洗漱休息，其餘人聚在一處守歲。

大年初一的早上，昨夜孩子們睡得晚，這會兒還沒起床。

劉景估算著老人家睡眠少，這會兒應該已經醒了，便叫上劉俊去廚房燒各屋洗漱用的熱水，自己則開始做早飯。

水燒好送過去，章槐先生果然醒了，待老先生洗漱完畢，劉景又去劉清屋，把劉清、劉裕、章凌三人叫醒。昨夜三個孩子鬧騰得晚，都擠在劉清屋裡睡了。

家人陸續起床，聚在一塊兒吃了早飯，送走了章槐先生和章凌，一家人關起門來吃吃喝喝，好不放鬆。

張蘭蘭同羅婉的娘家人都不在了，也沒娘家親戚可以走。直到大年初三，陸續有友人上門拜年，一一接待，回禮準備得妥當。

大年初四，劉秀的乾娘胡氏帶著兒子王樂來了。

兩家人好一陣子沒走動，王樂見了劉秀，再不復當年那個抱大腿搶姊姊的樣子，反而有些害羞，規規矩矩地跟著他娘。

胡氏同張蘭蘭也是許久沒見，兩人拉著說了會兒話，又交流了些懷孕生子心得。胡氏在城裡人脈廣，介紹了好幾個有名的穩婆，劉景都一一記下，待過完年去拜訪。

王樂被劉秀拉出去玩，王樂瞧見劉秀的畫，又是羨慕又是崇拜。這對乾姊弟素日不在一處玩，如今瞧著倒沒小時候那樣親密了，反而是劉清，小時候跟王樂打得有你沒我的，這會兒反而親親熱熱地拉著手，討論起學問。

王樂小時候最煩唸書，如今竟然主動討論學問，真教劉秀刮目相看。

劉景照胡氏建議，過完年就忙著把穩婆請好了。城裡有名的穩婆就那麼幾個，不早早地定下，臨到頭再找，那就不好找了。

付了一大筆定金，又按照穩婆說的準備好了東西。

古代的衛生觀念落後，張蘭蘭便絮絮叨叨給他們灌輸很多現代的理念。什麼接生前一定要用熱水皂角洗手，生產時的被褥要提前用開水燙煮，在陽光下曝曬。生產用的一應東西器具，都要煮過云云。

臨盆的日子越來越近，張蘭蘭一日賽過一日的緊張，每天跟羅婉手拉手在院子裡轉悠，為的是多活動活動，避免難產。

一月下旬的某日，張蘭蘭正拉著羅婉活動呢，忽地瞧見羅婉皺起了眉頭，捧著肚子喊疼。

怕是要開始陣痛！張蘭蘭急忙喊了丈夫和大兒子來。劉俊見自家媳婦要生了，緊張得頭上直冒汗。上次難產，不光是羅婉心有餘悸，劉俊也怕到不行。

「去叫穩婆來！慌什麼慌！」張蘭蘭一拍劉俊腦門，又對劉秀道：「妳大嫂要生了，快去準備東西！」

劉秀早就將要準備的東西背得滾瓜爛熟，撒腿就跑去準備。

張蘭蘭自己扶著羅婉進屋躺下，羅婉疼得直皺眉，張蘭蘭抓著她的手，道：「小婉，別怕，一會兒穩婆就來了，定會平安無事。」

她又怕羅婉胡思亂想，補充道：「不管生男生女咱們都一樣疼愛，妳莫要想這些有的沒的！」

羅婉擠出一絲笑，道：「娘，我早就不糾結男娃女娃了。」

「好好！」張蘭蘭笑著拍拍羅婉的手，看來自己洗腦很成功嘛！

羅婉額頭上的汗珠越來越多，張蘭蘭也跟著緊張起來，對外頭喊：「俊娃請穩婆回來了沒有啊！」

劉景在外頭應聲。「還沒呢，應該快了！」

張蘭蘭又道：「你幫秀秀燒水，叫秀秀進來鋪床。」

話音剛落，張蘭蘭忽然覺得腹中一陣異動，一股劇痛傳來，慌忙捧著肚子坐在床邊。

「娘、娘，妳怎了！」羅婉咬牙看向婆婆。

張蘭蘭被陣痛壓得說不出話來，羅婉立刻就明白了，大聲衝外頭喊：「爹，娘也要生了！」

劉景一聽，慌得手裡的水盆砸到了地上。

「爹，我請穩婆回來了！」劉俊氣喘吁吁地拉著穩婆進了院子。

劉景忙讓穩婆進屋，又對劉俊道：「你娘也要生了，你再去請個穩婆回來，快快快！」

劉俊本都要跑斷氣了，一聽娘也要生了，那一個穩婆肯定是不夠啊！附近唯一的穩婆被他請了，再請可就要去遠些的地方了，幸好昨兒鋪子裡的馬車停在後門，劉俊趕了馬車就跑，去尋他家先前定過的穩婆。

這邊劉秀扶著娘親回自己屋，鋪好專門為生產準備的被褥。一家有兩個孕婦同時生產，可苦了穩婆，兩邊跑著看情況，幸虧兩人都是剛陣痛，離生產還有一段時間。

過沒多久，劉俊趕著車把另一個穩婆也拉過來了。兩個穩婆一人接生一個，兩個要當爹的窩在廚房裡燒熱水洗布，可憐劉秀一個人顧兩間屋，跑得腿都快斷了。

直到傍晚時分，張蘭蘭屋裡終於傳來一聲嘹亮的嬰兒啼哭聲，劉景眼淚頓時就流下來了，急忙衝進屋瞧他老婆孩子去。

劉俊這邊也快哭了，爹你媳婦生出來了，我媳婦還在生呢！

又過了半個時辰，羅婉屋裡也傳來了嬰兒哭聲，劉俊哐噹一聲扔了手裡的東西，咻地衝了進去，問道：「我媳婦好著沒？」

分娩時無盡的疼，在嬰兒出生後就變成了鋪天蓋地的疲倦，張蘭蘭只覺得渾身沒一絲力氣，饒是她素日身強力壯，這會兒也招架不住這疲憊，閉著眼睛迷糊了一會兒。

待再睜眼，就瞧見劉景坐在床邊，一手握著她的手，懷裡抱著個小傢伙。

「蘭妹，妳給咱生了個女兒！」劉景獻寶似的將孩子捧過去給她看。

張蘭蘭看了一眼，皺了皺眉，這小傢伙怎麼長得又黑又醜，臉上皺皺巴巴的。復又想起，剛出世的孩子就是這般模樣，劉俊、劉秀、劉清生出來時也是醜得跟猴子似的樣兒，待滿月時，就變得白白胖胖惹人憐愛了。

小小的嬰兒躺在張蘭蘭胸前，張蘭蘭一手環著她，一種奇異的感覺升騰起來，越看越覺得懷裡這醜巴巴的小傢伙，竟然變得越來越漂亮了，真是親娘看親閨女，怎麼看怎麼漂亮。夫妻兩個湊一塊兒，怎麼瞧都不夠。

「小婉那邊怎樣了？」張蘭蘭自睡醒後就沒聽見羅婉那邊的動靜。

劉秀正在絞帕子呢，笑嘻嘻地湊過來幫娘親擦了擦額頭上的汗，道：「娘放心，大嫂好著呢，剛生了個大胖小子！就比小妹晚一會兒生出來。」

「小婉身子虛，沒出什麼狀況吧？」張蘭蘭不放心。「妳去妳大嫂那邊瞧瞧，這兒有妳爹和穩婆看著，看完了回來跟娘說。」

「好好。」劉秀忙跑出屋去。

忽然，張蘭蘭懷中的小傢伙扭動幾下身子，哇哇地哭了。

張蘭蘭摸了摸孩子襁褓，沒濕，想必是餓了。

「哦，乖，娘給妳餵奶吃。」張蘭蘭抱著娃娃，掀開衣服，劉景幫忙托著孩子的小屁股。只見小傢伙嘴巴一拱一拱的，叼住使勁吸了起來。

原身先前生三個孩子時，奶水便充盈得很，小傢伙吃了一會兒，吃飽了，又閉著眼睛呼呼大睡起來。

劉秀跑回來報告，道：「大嫂一切都好，只是奶水還是不出，大哥去後院擠奶去了。」

劉恬出生時買的那小奶羊，早已經不產奶了，劉家將其賣掉，又買了新的小母羊備著。

張蘭蘭餵飽了孩子，還覺得胸脹得很，對劉秀道：「擠奶燒開放涼還得好一陣子，秀秀妳去將孩子抱過來，我先餵著。記得裹嚴實了，外頭拿大罩子蒙上，雖說就幾步路，可孩子剛出生，別給凍著了。」

劉秀道：「娘，放心，我可會看孩子了。」

劉秀去了羅婉屋，羅婉正抱著孩子，嘴角都是幸福的笑。

雖然婆婆說生男生女都一樣疼，可沒有兒子，養老送終是個問題，劉恬長大了畢竟要嫁出去，羅婉依舊希望有個兒子傍身，將來老了有人在身邊照顧。

如今她終於得了個兒子，且兒女雙全，真真吁了口氣。

「大嫂，娘要我把小姪子抱過去，說給他餵奶。」劉秀道。

「真是太麻煩娘了。」羅婉知道婆婆好心幫她，感激不已，幫著劉秀把孩子包裹得嚴嚴實實，不透一點風。

劉秀抱了孩子，穩穩當當地送進母親屋裡。

張蘭蘭接過孩子，抱在自己懷裡，這個孫子也皺皺巴巴跟醜猴子似的。

「小傢伙，餓了吧，吃吧。」張蘭蘭揭開衣襟，小傢伙貪吃地湊上去。

「咱抱孫子了。」張蘭蘭對劉景道。

「是，咱家的大孫子！」劉景一天之內既添么女，又得了長孫，高興得眉開眼笑。

小孫子吃飽了，呼呼睡了過去，張蘭蘭將兩個小嬰兒並在一處放，越看越愛。

「蘭妹，妳就好好坐月子，家裡的事別操心。秀秀長大了，做事妥貼，再有我和她大哥在旁看著，有什麼缺的差的給補上，絕不會有問題。」劉景攬著媳婦肩頭，道：「蘭妹，妳為我生女兒辛苦了，定要養好身子。」

張蘭蘭笑道：「那是自然，往後我就做撒手掌櫃，什麼都不管，出了事只管找你。」

劉景笑道：「這就對了。」

張蘭蘭補充道：「也要讓小婉別操心，這會兒她得了兒子，也算是得償所願了。」

張蘭蘭果真就不再操心家裡的事，只管安心坐月子。

張蘭蘭奶水多得閨女吃不完，索性連孫子也一塊兒餵了，白天孫子餓了，便由劉秀抱過來餵奶，餵完再送回去，晚上就喝羊奶。

劉景本想住在屋裡晚上伺候月子，可開春之後鋪子生意越發的忙，劉俊也得照顧羅婉，劉景這個當爹的只能一人當兩人用，白天跑鋪子，晚上伺候月子。張蘭蘭瞧著心疼，便叫劉秀暫時搬過來住，女兒伺候親娘月子沒什麼不方便的。

劉景則被攆到劉裕的屋裡住，反正劉裕、劉清住私塾，屋子空著也是空著，正好省得收拾打掃。

劉俊則更是辛苦，他一個人不光要照顧媳婦和個奶娃娃，還有劉恬要照顧，每日忙得不可開交，哄完小兒子，又得哄大女兒，然後還得伺候媳婦吃飯。

幸虧劉家早就請了打掃院子和做飯的幫工，否則人手還真不夠用。

張蘭蘭每日吃吃喝喝睡睡，除了奶孩子就是逗孩子。劉秀心疼母親，包攬了母親坐月子的所有事，半夜孩子一哭，劉秀第一個爬起來哄孩子，若是換尿布，她就自個兒換了，若是要餵奶，才扶母親起來。

一個月過去了，張蘭蘭、羅婉兩人養得白白嫩嫩，氣色極好，倒是劉俊、劉秀兄妹兩個，每個人都瘦了一圈，還都頂著大大的黑眼圈。

兩個娃娃滿月了，都變得白白胖胖，十分惹人喜歡。

張蘭蘭給么女取了個乳名，叫安安，願她一生平平安安。而大孫子則取乳名叫睿睿，希望孩子將來睿智聰穎。

出了月子，張蘭蘭好好梳洗一番，神清氣爽，踏出屋門。

屋外的樹木已經長出嫩芽，一派春意盎然之色。春風已有一絲暖意，吹得人十分舒服。

「娘！」羅婉一個月沒見婆婆了，真心實意想她得很。況且她自己沒奶，婆婆還幫著奶孩子，羅婉活這麼大，真沒聽說過還有這樣的好婆婆，越發覺得自己好福氣。丈夫會賺錢會疼人，婆婆明事理拿自己當親閨女，說句掏心窩子的話，羅婉覺得自己的待遇跟劉秀沒什麼兩樣，一樣被婆婆疼著，一樣跟婆婆學畫畫，一樣算帳管家。

心底裡，羅婉早就把婆婆當成了親娘一般。

「嘿！小婉！瞧妳這模樣，我就放心了。」張蘭蘭拉著羅婉的手轉了兩圈，見她面色紅潤，氣色更勝從前，便真的放心她沒有因為生孩子而虧了身子。

「瞧娘的氣色這般好，我也放心了。」羅婉笑道。「多虧娘幫著餵睿睿，瞧那孩子長得多壯實。」

「自己的大孫子，我哪能不疼。」張蘭蘭笑道。「只是你們有了睿睿，也別冷落了甜甜。別看孩子年紀小，最能察覺出大人的態度來。」

羅婉道：「多謝娘提醒，我跟俊哥會注意的，定會兩碗水端平。」

正說著呢，劉恬就從屋裡搖搖晃晃地跑出來，一把抱住張蘭蘭的大腿，咧開小嘴笑著，奶聲奶氣地喊道：「奶奶！」

張蘭蘭將甜甜抱起來，她坐月子的時候一直沒叫劉恬進屋子，要不三個孩子擱一塊兒，都鬧騰起來誰也受不住。

「甜甜快下來，小心累著奶奶了。」羅婉笑著接過劉恬，對張蘭蘭道：「娘，甜甜這般重了，您雖說出了月子，可也別彎腰抱孩子，還是得仔細養著。」

放了小甜甜去院子裡玩，婆媳兩個瞧著此時陽光正好，搬了椅子在院子裡並在一處，各自抱著自己的孩子曬太陽嘮家常，好不自在。

安安生性恬靜，乖巧地躺在母親懷中，而睿睿則活潑好動，躺在母親懷裡也不安分，大眼睛骨碌碌地轉，揮舞著小拳頭。

「兩個孩子一塊兒作伴長大，真是好呢。」張蘭蘭感慨道。

「是啊，從小就有玩伴了。」羅婉亦道。

家中多了兩個奶娃娃，還有個精力旺盛滿院子亂跑的劉恬，整天圍著孩子轉都忙不過來。

劉俊不可能總在家中幫忙帶孩子，劉景一個人忙鋪子忙不過來。家人商量了一下，是該請人來幫忙了，那些街坊短工終究不能做久，且不如買回來的家奴可靠。

劉景從未買過奴僕，對此一竅不通，幸好有胡氏幫忙。胡氏常和大戶人家做生意打交道，認識不少靠譜的牙婆，介紹給了劉景。

劉家人尋思著若是買個婆子回來，少不得拖家帶口的，不如買兩個小丫頭。

劉景不會挑丫鬟，便將此事全權委託給胡氏代勞。胡氏在張蘭蘭出月子後去探望過她，瞧見乾女兒劉秀累得都瘦了一圈，心疼得不行，現在劉家買了丫鬟回去，劉秀便不會那麼累了，胡氏自然是熱心得很。

沒兩天，胡氏就帶著她親自選的兩個小丫頭去了劉景家。

兩個小丫頭是一對親姊妹，一看就是老實孩子，大的叫做春兒，十歲，小的叫做夏兒，九歲。

這樣的年紀剛剛好，既是懂事能幹活的年紀，長大又對主家忠心。

「她們兩個本是城裡錢員外家裡的小丫鬟，後來錢員外搬去京城，便將她們又賣給了牙婆。」胡氏解釋兩個丫頭的來歷。「她們被父母賣給錢員外家，在原先的東家那兒教了半年，手腳麻利著呢，妳收了她們，不用再另外教，上手便能幹活了。」

既是被大戶人家調教好的，那就更省心了，張蘭蘭讚了胡氏的眼光，滿意地將兩個丫鬟收了。

劉家並非什麼大戶人家，規矩並不多，春兒、夏兒很快就適應了在劉家的生活，兩人將堂屋旁邊的一間房子收拾收拾，便搬了進去。

家裡多了兩個丫鬟，劉秀覺得輕鬆了不少。春兒、夏兒都是原先東家教好的，做飯打掃不在話下，劉家便將原先請的打掃院子、做飯的幫工都辭了，家裡沒了外人，更加清靜。

兩個丫鬟手腳麻利，起初到家時拘謹得很，整日光顧著埋頭幹活，生怕東家再將她們賣掉，日子久了，發現新東家人都不錯，不像原先東家的太太、老爺們那般頤指氣使，不拿丫鬟當人看。

劉景家本就是莊稼人家出身，許多同村的女孩子都被賣去當奴婢，因此劉家人也沒誰覺得自己比丫鬟高人一等。

漸漸地，兩個丫鬟性子開朗了不少，夏兒年幼，性子活潑開朗，很能與劉恬玩到一處，每日帶著小甜甜在院子玩耍，令帶奶娃娃的兩個女主人省心不少。雖說有了丫鬟，劉秀依舊幫忙做飯，羅婉也會把孩子交給婆婆暫時照料，幫做其他家務。

眼見兩個孩子一天天長大，劉家熱熱鬧鬧地設了百日宴。宴席上來了不少劉景生意上的朋友，如今劉景生意做得開，結交的人不少，兩個孩子跟著沾光，光收禮都收得堆滿了整張大床。

張蘭蘭與羅婉一人抱一個孩子出來給賓客們看，兩個娃娃長得粉妝玉琢，十分漂亮，來客們讚不絕口。

小石頭挨著劉景坐著，喝得滿面紅光，藉著酒勁對劉景道：「劉叔，我真羨慕你，有妻有女，還有孫子。哪像我，孤家寡人一個。」

劉景笑道：「你趕緊娶了媳婦生個娃娃，省得羨慕得眼都綠了。」

小石頭嘆氣。「我這光棍，上哪兒娶媳婦？每日忙得恨不得住在鋪子裡。」

張蘭蘭抱著娃娃轉悠，聽見了小石頭的話，走過來笑道：「咱石頭娃是想媳婦啦？」

小石頭臉一紅，張蘭蘭哈哈大笑道：「依嬸子看，咱石頭娃是該娶個媳婦了！這麼大個人，該有個知冷知熱的暖心人！」又對劉景道：「石頭娃算你半個兒子，從今兒起你多留意著，瞧哪家閨女好，找個媒人給說道說道。石頭娃沒爹沒娘，沒長輩給他操持婚事，咱這當叔當嬸的，乾脆替他把事情辦了。」

劉景名義上是小石頭爹爹的朋友，實際上是小石頭的師傅，一日為師，終身為父，兩個人的關係，比親父子也差不了多少。

劉景立刻應承下來，他生意場上人脈攢了不少，到時候仔細給小石頭找找，相看相看。

劉景對此事十分上心，百日宴後不出兩個月，還真教他找著一家合適的人選。

那家人姓沈，家境普通，父母做點小生意，勉強維持生計，家中只得了個獨女。由於家裡沒有兒子，父母養老成了問題，礙於家境普通，招個上門女婿也難，因此那家閨女的婚事成了個難題。

而小石頭這邊，他是個棺材匠，即便現在做生意賺了不少錢，但一般人家忌諱這個，不願意與之結親。可小石頭父母不在，家中無長輩，婚後能將女方的父母接來同住贍養。

劉景先考察了那邊家境，又藉故親自上門拜訪，瞧了瞧那家的閨女，見她生得清秀，許是獨女的緣故，性格不似一般女子纖弱，反而透著股剛強勁。小石頭要娶的女子是要能同他一道撐起整個家，能幫襯他裡裡外外的，正是需要這樣性子剛強的女子。

劉景先問了問小石頭的意思，小石頭紅著臉點點頭，道：「我不求別的，只要人好，真心待我就成。至於她父母，婚後我自當將二老接過來同住，當親爹親娘一般奉養。況且她能顧著爹娘，不像是那種只顧自己嫁出去的自私之人，我想著這樣有孝心的女子，定不會差。」

小石頭點了頭，這事就算成了一半。

劉景請了城裡最好的媒婆從中撮合，提了禮上門。那家閨女沈依見了他們，落落大方，待人接物十分得體，但態度十分堅決，道：「我的親事只有一條不能改的，便是得為我爹娘養老送終，若是不能接受，便是再好的人家，我也不嫁。」

劉景笑道：「姑娘好一個孝女，劉某人佩服！我那姪兒無父無母，最是敬佩姑娘的孝心。他說了，婚後不光以財物供養二老，還要將二老接去同住，當成親生父母一般奉養，這點請姑娘不要有顧慮。」

沈依道：「如此甚好，其餘就請爹娘作主。」

沈家二老好不容易遇見個不但願意為他們養老，還願意將他們接過去同住奉養的人家，又聽說那小夥子年紀輕輕，白手起家闖下一片家業，是個有擔當的漢子，便答應下這門親事。

小石頭訂了親，高興得眉毛都快飛到天上去，恨不得馬上就將媳婦娶進家門。

劉景張羅著小石頭下聘訂親之事，又找人算了日子，將婚期定在八月初七。

小石頭在城裡又購置了一幢宅子，重新布置一番，還請胡氏買了兩個丫鬟、兩個婆子，日後免得新娘子還得自己動手做家務。小石頭如今算城中的富戶，新買的宅子挺寬敞，給沈家二老留了足足一間院落居住，還有座後花園。

一切準備妥當，八月初七，小石頭高高興興地把新媳婦娶進門，而劉景夫婦則代替小石頭的父母主持了婚事，接受新人敬茶。

沈家人見女婿準備的宅子如此寬敞漂亮，還專門給二老闢出院子，配上一個丫鬟、一個婆子伺候二老起居。沈家二老本是小戶，哪受過這樣的待遇，更對女婿滿意得不得了。

沈依見丈夫果然遵照諾言，不光將自己父母接來，還照顧得這般周全，立刻對小石頭生起了十二分的好感。而小石頭見沈依不光性子很對自己胃口，長得又清秀婉約，更是將媳婦疼到骨子裡，新婚三天，連鋪子都不去了，專心在家陪伴媳婦。

小石頭家中上頭沒有公公婆婆，沈依嫁過來便是一家主母，小石頭不欲與她生分，將家中大權都交給沈依打理，自己只管在外做生意賺錢。

沈依是個索利人，將家中打理得井井有條。小石頭每日回家有熱飯吃，有媳婦備下的衣裳換，再不是那冰鍋冷灶空蕩蕩的房子了，簡直覺得成親有媳婦真好！

這門親事兩家都極為滿意，沈家二老逢人就誇自己姑爺，簡直把小石頭當親兒子一般看待。

張蘭蘭知道小石頭婚後美滿，自是替他高興。

好景不長，小石頭剛成親才一個月，小石頭的親娘就找上門來了，大鬧了一場，弄得人盡皆知。

小石頭的親娘周氏不是自己一個人回來的，而是帶著她的姦夫，還有和姦夫所生的五個兒女。

兩個人在外混得不如意，欠了一屁股債。周氏偶然聽說與前夫所生的兒子如今做起了大買賣，便厚著臉皮帶著姦夫全家來找小石頭，要求小石頭讓他們住到家裡，幫他們還債，再給幾個孩子出娶嫁的錢。

張蘭蘭一聽，大罵那周氏不要臉。

當年拋下年幼的兒子和人跑了，不曾養育過兒子，如今兒子發達了，便又厚著臉皮跑回來，要這個要那個。可這個年代，孝道至上，周氏是小石頭的親娘不假，在這個愚孝的年代，她就算再不要臉，按照律法，小石頭也得養她。

小石頭對他這個親娘本還有一點幻想和好感，但是在她帶著一群穿著破爛的孩子闖進自己新宅子，對著沈依破口大罵，說不承認她這個媳婦，又嚷嚷著叫小石頭把沈家二老趕出去，讓自己一家住進去之後，僅存的一絲好感也消失殆盡。

小石頭不想養她，不想看到她，他壓根兒就討厭她，只願她從未出現過，起碼這樣他還能憑著一點模糊的回憶，告訴自己，他的娘親是個愛他的溫柔女子，只是因為受不了他爹的不爭氣才離開他們父子。

周氏渾天渾地的鬧了幾日，帶著幾個呱呱叫得比癩蝦蟆還響的孩子，硬是搬進小石頭的新宅子，占了最好的屋子住下，每日鬧得街坊四鄰都知道小石頭的親娘回來了。

沈家二老被折騰得受不了，但看著女婿同樣被折騰得苦不堪言的臉，也說不出什麼責備的話。小石頭對他們沈家真的很好，好得挑不出錯來，這周氏大鬧，也不能怪他不是？小石頭是第一個不想讓周氏鬧的人。

於是沈依作主，將二老先送回沈家舊屋暫住，等這邊的事情平息了再打算。

小石頭每日被鬧得頭都要炸了，索性拉上沈依，跑劉景家訴苦來了。張蘭蘭讓春兒張羅了一桌飯菜，小石頭只顧喝悶酒，喝醉了便趴在桌上嗚嗚大哭。張蘭蘭看得心疼，叫劉景好好開導他，自己拉著沈依去別處說話。

沈依對劉家的叔叔、嬸子很敬重，此刻她也是愁容滿面。憑空掉下來那樣一個便宜婆婆，放在誰頭上，誰也受不住啊。

張蘭蘭沒別的法子，只得安慰她。這破事就算在現代社會，八成也會和稀泥，判兒子得養親娘，更別說在古代社會了，這可是親爹讓兒子死，兒子就得去死的時代。

「嬸子，您要是我婆婆就好了。」沈依抹了把淚，這些日子她委屈得很。「我瞧小婉姊姊跟嬸子處得跟親母女似的，那福氣是多少做媳婦的都羨慕不來的。」

清官難斷家務事，張蘭蘭只聽沈依訴苦，只有柔聲安慰。她雖是小石頭半個師娘，可畢竟那是人家家裡的事，她不好手伸得太長。

沈依哭了會兒，覺得心裡好受了些，那邊小石頭跟劉景喝酒，喝得酩酊大醉。眼瞅著天黑了，小石頭醉得不省人事，劉家人跟沈依商量，收拾了間房子讓兩口子今晚先住著，明兒個再回去。

沈依如今是一萬個不想回家，那宅子他們本來住得好好的，周氏突然間帶著姦夫和幾個娃娃闖進來，說是要同住，其實就是霸占。周氏仗著自己生了小石頭，是沈依正經的婆婆，總要擺個當婆婆的譜，想著磋磨沈依。小石頭疼媳婦，自然會護著沈依，可一旦小石頭出去鋪子，沈依一個人對著那一家子貨，著實心塞。

依照張蘭蘭的想法，她若是小石頭，便將那夥潑皮攆出去，管他親娘不親娘的，生而不養，也有臉回來鬧騰？實在跟狗皮膏藥似的甩不掉，就賣了宅子，舉家搬遷，反正小石頭的分鋪遍布全國，隨便去哪個地方都行。

可小石頭畢竟不是張蘭蘭，誰也摸不著他怎麼想的，所以有些話，張蘭蘭不好說，要不然萬一日後人家母子言歸於好，她豈不就裡外不是人了？

第二日，劉景夫婦送走了小石頭夫婦，誰知道才過沒兩天，小石頭又帶著沈依上門來了。

沈依這次臉色慘白，哭得梨花帶雨，手裡拎著個包袱。張蘭蘭一瞧，便知道出事了，忙將他們夫妻迎進門。

「嬸子，我真是走投無路了。」沈依一見張蘭蘭，哇的一聲哭了出來。

「石頭娃，這是怎麼回事？誰欺負你媳婦了？」張蘭蘭鐵青著臉，不用問她也知道，定是小石頭那老娘！

小石頭臉色極不好，一個漢子竟然捂著臉嗚嗚哭了起來，張蘭蘭一看，這夫妻兩個一塊兒哭，哭得她頭都要炸了，忙跟哄孩子似的哄著他們，好歹止住了哭。

「嬸子，昨兒我覺得不舒服，石頭哥請了大夫來，大夫說，我有了身孕。」沈依垂淚道。

「懷上了?那是喜事啊，哭什麼?」張蘭蘭拉著沈依的手道。

沈依咬著嘴唇，眼神充滿幽怨，道:「嬸子覺得是喜事，可有些人，卻覺得這孩子是眼中釘!」

說罷，又嗚嗚哭了起來，邊哭邊說:「石頭哥知道我有孩子了，高興得不行，我們夫妻合計著，把這好消息告訴石頭他娘。」沈依頓了一下，眼裡浮現出無限恨意，繼續道:「我們本想著，她知道有了孫子，許會看在孫子的面上收斂一些，不再將家裡搞得烏煙瘴氣。誰知道、誰知道……」

「她竟然指著鼻子罵我，說我肚子裡的孩子不是石頭哥的，定是個野種!」沈依哭得聲音嘶啞。「我哪會是那樣的人!她明知道我每日足不出戶，卻要含血噴人!」

小石頭見媳婦激動，忙在旁哄著，道:「妳是什麼樣的人我最清楚，妳是天下最好的媳婦。別動氣，身子要緊。」

沈依並不瞧小石頭，似是對他有怨氣，繼續說道:「我們同她解釋半天，她一口咬死說我肚子裡的是野種，後來便不歡而散。誰知道第二天，她竟然趁著石頭哥去鋪子裡，帶著她那丈夫和幾個孩子闖進我的房間，拿了碗墮胎藥要強灌我喝下去。若不是那時我屋裡正好有個婆子在，拚了命打翻藥碗，護著我逃出來，我真不知道……嗚嗚嗚……」

竟然有這種事!張蘭蘭聽得倒吸一口冷氣。

小石頭抓著頭髮，面色十分痛苦，道:「都是我不好，是我害妳受委屈了。」

「現在說這有什麼用！」沈依拔高聲調。「今天算我命大，若是那婆子沒攔住他們，我的孩子此刻已經去見閻王了！」

沈依情緒激動，張蘭蘭怕她盛怒之下萬一真的流產，就不好了，忙讓劉秀領著沈依去後院廂房休息，省得她見了小石頭生氣。

待沈依走後，張蘭蘭嚴肅地看著小石頭，道：「石頭娃，不是嬸子想挑撥離間，只是你那親娘不是個好東西。原先我只以為她不過是貪婪罷了，只要你給她錢便可破財消災，可如今看來，她不光貪婪還歹毒。沈依肚子裡的是你的親骨肉，是她的親孫子，她竟然能下此狠手！我也是做婆婆的人，我也有孫子孫女，疼他們還來不及，哪會做出這種事！」

小石頭十分痛苦，道：「我也沒想到她會如此歹毒。」

張蘭蘭稍微想了想，道：「你想想，若是你的孩子沒了，對誰最有利？」

小石頭愣了一下，原先他沒往那方面想，現在一想……他若是有孩子了，將來他掙下的那份家業定然都要留給自己的孩子，可如果小石頭終身無子，那麼他的家業就會被他親娘和她那野種一家瓜分乾淨……

張蘭蘭見他想明白了，道：「你娘連你這個親兒子都不在乎，她還會在乎你的孩子？說實話，嬸子覺得，只要你那娘在一天，你就別想留後。」

小石頭嚇出一身冷汗，原先他一直念著那麼點血脈親情，對周氏總是有一點不捨，可今天的事讓他僅存的那點親情消失無蹤。

那哪是親娘！仇人都不會如此絕情！

「嬸子，我想明白了。」小石頭低著頭，道：「下半輩子我是要與媳婦一家過的，我那娘，哼！我就當她十幾年前拋棄我時就死了！」

小石頭想明白了，下了決心。張蘭蘭知道這孩子的性子，一旦認準一個理，定會克服困難去實現，周氏的事情雖然棘手，可張蘭蘭相信小石頭能解決，於是便不再多言。

「這幾日我想想怎麼解決這事。」小石頭道。「我媳婦就拜託嬸子照顧幾天。我岳父岳母身子不好，我不敢給他們知道，省得氣出病來。她在外頭住著我也不放心，只能麻煩嬸子了。」

張蘭蘭不與他客氣，叫他趕緊把事情弄好了，別再讓媳婦寒心。

小石頭都應了，臨走時留了一百兩銀子。他求劉叔嬸子照料媳婦，哪能吃住都花人家的錢。

沈依便在劉家住下來，住在劉秀隔壁的房間。劉家人活潑好客，加上有三個奶娃娃，每日笑笑鬧鬧的，沈依漸漸心情也好了許多。

羅婉很同情沈依攤上了這麼個婆婆，於是對沈依照顧有加，沒兩日工夫，兩人迅速熟了起來，好得跟親姊妹似的。

羅婉生育過兩個孩子，對懷孕生產頗有心得。沈依是頭胎，又沒娘家母親在旁教導，凡事便件件依賴羅婉。羅婉赫然一副大姊作派，將自己知道的傾囊相授，只盼沈依能好好養身子，將來生個大胖娃娃。

沈依這一住就是半個月，每日小石頭都會來陪她，夫妻兩個說些悄悄話，而後小石頭便回那邊的宅子去。

又過了半個月，天越來越冷，瞧著快要下雪了。沈依也越發安靜下來，每日同羅婉坐在屋裡做針線，給未出生的小娃娃準備衣裳。

在初冬的第一場雪那天，沈依收到了一紙休書。

小石頭要休了她。

張蘭蘭大吃一驚，心道小石頭不會腦殼壞了吧，要休了懷著身子的媳婦？為了那王八蛋老娘？

沈依見嬸子一副要為自己討說法的樣兒，噗哧笑出了聲，道：「嬸子別急，石頭哥不是那無情無義之人。」

休書都在眼前了，還不是無情無義？張蘭蘭睜大眼睛，心道沈依不會是傻了吧？

「妹妹別委屈，我這就去找那負心人說理去！」好脾氣的羅婉難得發了火，捲起袖子真的就要出去，像是要把小石頭打一頓才解恨。

「嬸子、姊姊，妳們且聽我說。」沈依將那休書合上，看都沒看一眼，拉著兩人坐下，道：「這些日子，石頭哥四處奔走，想著法子怎麼把他那老娘打發走。可妳們曉得，若是兒子不贍養親娘，親娘告上衙門，不光要吃官司坐牢，回頭還是得養。石頭哥便到處請教人，終於有個狀師給他出了主意。」

「什麼主意？」張蘭蘭、羅婉婆媳兩個齊聲問。

沈依笑得眼睛都瞇起來，道：「入贅。那狀師說了，只要入贅到女方家裡，依照本朝法律，女方在成親時給男方一筆彩禮，男方嫁入女方家之後，只需要贍養女方父母，男方父母生老病死，都不再相干。而我跟石頭哥是成過親的，所以他若是要入贅到我家，便只能先休了我。我們如今男未婚女未嫁，我爹娘正籌備著下聘禮，招贅石頭哥進我們家！」

入贅?!古代的上門女婿那可是教人瞧不起的，一般男人稍微有點本事的都不會去做人家的上門女婿，小石頭竟然為了媳婦，甘願入贅?!真教張蘭蘭刮目相看了。

「入贅到妳家，往後的孩子們得姓沈，小石頭願意？」羅婉不可置信地問。

小石頭家財萬貫，是城裡叫得上號的富商，竟然會入贅？

「他願意。」沈依彎著眼睛，笑得甜美。「他說，有我和我爹娘在的地方，才是他的家。他可不在乎什麼姓氏、名聲，只要我們一家子在一塊兒，過得和和美美的就好了，外頭誰想嚼舌根就嚼去唄。」

沈依在劉家吃得好又有閨密作伴，瞧著氣色極好，說起小石頭，她臉上都綻著光彩。

「上個月石頭哥在外忙活，將他的全部產業都過戶到我的名下。如今那開滿全國的鋪子，名義上都是我的。」沈依又拋出一個重量級消息。

這下連張蘭蘭都不禁咋舌，小石頭可真敢做啊！把全部財產都過到沈依名下，真真是信任他這媳婦。

「如今石頭哥名下只剩現在他住的那宅子，還有城西的一處鋪面，其餘的都算我的產業。」沈依道。「石頭哥說，這樣一來，他娘想爭財產也是不可能了。因為我如今被休，不是他家的媳婦了，我的產業自然也和石頭哥他娘沒有關係。那宅子和鋪面，石頭哥打算留給他娘，算是報答她十月懷胎的恩情，至於更多的，便不給了。」

沈依將他們的計劃和盤托出，道：「我如今身孕有三個月了，石頭哥的意思是儘快去提親，把婚事辦了，省得月分大肚子顯懷，再辦就不美了。」

這劍走偏鋒的辦法，張蘭蘭是真沒想到，估計也只有小石頭能做得出來。

又過了幾天，小石頭興高采烈地來了劉家，說親事辦妥啦！

張蘭蘭忙給兩人道喜，又拉著小石頭詢問，是用了什麼招，這麼快就辦好了。

原來小石頭在將產業過到沈依名下之後，便替沈家二老備了份聘禮，自己帶著聘禮上自己家給自己說親去了。當天小石頭帶個媒人同行，可那媒人並不是普通媒婆，而是省城裡最著名的訟師。

周氏一聽自己的搖錢樹兒子要入贅，哪肯答應，咬死了說什麼都不鬆口。而後那訟師上前，對周氏道：「依照本朝法律，妳與妳那丈夫並非合法夫妻。當年你們私奔通姦，若被告到官府，男的要終身流放，女的則要赤身騎木驢遊街，而後沈塘處死。你們那幾個孩子乃是姦生子，地位最低賤，要被官府抓去當娼妓、龜公。妳若是好好答應這門親事，咱們老闆有宅子有鋪子留給你們，足夠你們養兒育女，安度晚年；若你們不答應，哼哼！本訟師一紙訴狀遞上官府，你們全家都沒好果子吃！我勸妳還是乖乖答應，收了聘禮將人放了吧。」

那訟師很資深，從業二十多年，見過的無賴車載斗量，區區周氏，根本不放在眼裡。

周氏果然被嚇住了，她確實是與人通姦生子，先前是因為小石頭父系那邊沒旁人了，而小石頭自己則不忍心看著親娘遊街沈塘，無人將她綁了告官。可周氏自己心裡也知道，自從她強灌沈依墮胎藥後，她這搖錢樹兒子對她再不能容忍了。

保命要緊，周氏不答應也得答應，於是便收了聘禮，卻又不甘心搖錢樹落入他人手中，獅子大開口，要了萬兩黃金、二十多處鋪子。

小石頭早知道周氏那德行，冷笑道：「我如今只有這鋪子和宅子，妳要便收下，不要，我就不給了！」

周氏大吃一驚，怎麼都不相信，自己的兒子明明是富甲一方的富商，怎麼說沒錢就沒錢了？她急得親自跑去鋪子裡問了夥計，方才知道原來鋪子已經被老闆過給旁人了。

周氏眼見撈不到多少，又有訟師威脅，不情不願答應下這門親事，婚期就定在臘月初八。

劉家幫忙張羅著辦婚事，這次婚事不過是走個過場，加之沈依有身孕，不宜太勞累，故而一切從簡。早上將小石頭從家裡宅子抬出來，一切都依普通人家嫁閨女的流程走了一遍，賓客只請了相熟的人家到場，小石頭只叫他娘來了，那姦夫和幾個姦生子通通都給攔住沒來。

禮堂布置在沈家二老的宅子裡。沈家家境普通，宅子不大，說是宅子，不過是沿街一處兩層小樓閣罷了，連酒席都擺不開。

拜了天地，將酒席包在街上的酒樓裡，賓客們都是極為相熟的朋友，各自吃喝便回家去了。

劉景夫婦帶著羅婉、劉秀出席，沈依對他們卻有別的安排，故而劉家人沒同其餘人一般去酒樓吃席，而是由馬車拉著往城東去。

沈依同女眷們坐一輛車，小石頭和劉景他們男人坐另一輛。

沈依今兒心情極好，一手拉著羅婉，一手拉著張蘭蘭，道：「方才那人在，不想教她知道我們的新宅子，這會兒人散了，帶大夥兒去我們的新家，認認門。」

馬車行駛了約莫半個時辰，在一處大宅院門前停下來。

幾人下車，赫然看見一座極大的宅邸，門樓上掛著塊牌匾，寫著「沈宅」。

張蘭蘭一時沒反應過來，聽沈依說這便是新家，才反應過來，小石頭已經入贅沈家，他家的宅子叫沈宅當然合情合理。

「進去瞧瞧。」沈依迫不及待地邁步往大門裡走。

一行人進了宅子，張蘭蘭差點以為自己進了蘇州園林！這宅子不僅寬大，布置得還十分雅致；小橋流水，亭臺樓閣，真是美不勝收。

「真漂亮！」張蘭蘭讚嘆。「買這宅子花了多少？」

小石頭臉上微紅，道：「二萬兩銀子。依娘覺得貴，我倒覺得買得值。」

沈依臉也紅了，啐了他一口，道：「你慣會亂花銀子，這般貴的宅子，說買就買，敢情那銀子不是一個子兒一個子兒賺回來的。」

「妳喜歡，再貴也買。」小石頭道。

張蘭蘭默默看著小夫妻兩個秀恩愛，劉景悄沒聲息地走過來，握住媳婦的手，低聲道：「蘭妹，妳喜歡這宅子嗎？妳若喜歡，改明兒我也給妳買個。莫擔心銀子，我這幾年生意做得好，買得起。」

張蘭蘭臉也紅了，抽出手別過頭去，小聲道：「老夫老妻的，還在孩子面前動手動腳，小心教孩子們瞧見。」

劉景又將她的手抓回來，神色不改，故作淡定道：「自己媳婦的手，想抓就抓。」

張蘭蘭拗不過他，只好讓他這麼牽著，兩人並排走，參觀小石頭的新家。

張蘭蘭是真心喜歡這院子，有山有水，寬敞有格調。劉景將她的反應看在眼中，盤算著也買個宅子，最好離小石頭家不太遠，這樣以後兩家還有照應，只不過搬家之後，孩子們離私塾就遠了許多，幸好劉裕、劉清平時都住在私塾，遠些也沒問題。而且底下的幾個奶娃娃們漸漸長大，以後孩子只會越來越多，是該換個大宅子了。

劉家人在廳堂裡坐著，有小丫頭上茶，等了一會兒，沈家二老坐著車也來了。二老作夢也沒想到，能得了這麼個有本事又疼人的上門女婿，高興得臉上皺紋都少了幾條。

兩家人去飯廳落坐，自有下人端飯上來。除了原先的兩個丫鬟、兩個婆子之外，小石頭又買了四個婆子，做些煮飯灑掃的粗活，畢竟宅子這麼大，僅憑幾個人是打理不過來的。

一桌子好菜，大家吃吃喝喝，賓主盡歡，傍晚時分，小石頭遣了馬車將他們送回家。

小石頭的新宅，不光張蘭蘭喜歡，羅婉和劉秀也十分喜歡。當天晚上回去，三個女人便聚在一處，嘰嘰喳喳說那宅子，計劃著若是自家買了那樣的宅子，要怎麼怎麼布置云云。劉景瞧在眼裡，記在心上，第二天就出門尋小石頭，打聽買宅子的事。

可這宅子屬於可遇而不可求，小石頭還是恰巧遇見上一個主人急著脫手，才能買下這般好的宅院。若是劉景想買，得從現在留意，畢竟這樣的宅子少，出售的更少。

劉景記在心上，也拜託小石頭替自己多留意，心裡盤算著，定要買個好宅子給妻女們住。

幾個月後，沈依生了個大胖小子，小石頭高興地連擺了三天宴席。

小石頭的兒子隨他姓王，並不姓沈，畢竟小石頭不是真的入贅，沈家也是通情達理的人家，入贅不過是個說辭，等風頭過了，該是啥還是啥。

第十五章

時間一晃而過。

劉裕已滿十八歲，劉清也十二了，兩個人一個憋著勁考舉人，一個憋著勁考童生。叔姪倆一個拚一個的刻苦，就是章槐先生見了，也連連叫好。

考試前，張蘭蘭特地去問過章槐先生，好讓家人心裡有數，章槐先生只叫她莫要擔心，兩個孩子都沒問題。

果然如章槐先生所說，兩個孩子考試一切順利，還沒放榜呢，都胸有成竹，估計自己一定會考上。

章凌與劉裕同期應考，也是自信滿滿，放榜前，兩人打賭，看誰的名次最高，贏的人要請大夥兒吃一頓。

考秀才時，劉裕僅次於章凌，憋著勁就想這次翻盤。而章凌也不是吃素的，放話定要壓劉裕一頭。

終於熬到放榜的日子，劉清不負眾望考取了童生，而劉裕、章凌均中了舉！但是名次依舊同秀才那次一樣，章凌第一，劉裕次之。

家中同時出了個舉人和童生，劉家全家都樂得合不攏嘴。

劉景一手拉著弟弟，一手拉著小兒子，激動得眼淚都快流出來了。

劉家村得了消息，全族人都沸騰了。十二歲的童生，十八歲的舉人，兩個都是少年英才，將來必定前途無量。

劉氏族人感覺定是劉氏祖墳冒青煙，才出了這樣兩個人物。族長高興得老淚縱橫，直說全靠祖宗保佑，親自帶著全族人的賀禮登門道賀去了。可惜有考秀才那次的前車之鑑，劉景一家對他並不熱情，收了賀禮，請了頓飯，客客氣氣將人送回去，至於族長提議的大辦三天慶祝，張蘭蘭只能呵呵一笑帶過。上次差點把劉裕坑了進去，這次他家再不長點心，哪天骨頭都給啃得不剩了。

不過劉景家確實得有所表示，省得讓人說他家發達了，連祖宗族人都不認了。劉景便包了戲班，又請了城裡酒樓的師傅去村裡，大擺了三天流水席，不過劉裕、劉清沒有出席，在外推說是雖中舉卻不可驕傲，在家讀書。劉景與張蘭蘭兩人去村裡替他們應酬，總算將這事做圓了。

在城裡，相熟的朋友來道賀的也不少，譬如王掌櫃一家、小石頭家，劉景生意上往來的老闆們等等，還有些前來巴結投靠的，想賣身為奴的，想掛靠自家田產的，數不勝數。

一個城裡的舉人就那麼幾個，兩隻手都數得過來，況且劉裕年紀最小，年紀輕輕便能中舉人，傻子都知道劉裕前途無量，趁著這會兒能巴結趕緊來巴結。

劉裕中舉後，在家住了三日。張蘭蘭本意是瞧劉裕素日讀書辛苦，好不容易考個好成績，叫孩子歇歇，可這三日上門道賀的人絡繹不絕，劉裕煩不勝煩，乾脆想回去私塾躲著，省得瞧見那些各有所圖的人。

劉裕要跑，卻被張蘭蘭抓回來，她對劉裕道：「裕娃，我知道你不耐煩同這些人打交道。可你不能一味讀書，也要懂得人情世故，將來你做官，學問好自然是重要的，可為人處世更是一門學問。官場上的事嫂子不懂，可嫂子知道，你若是連如今來的這些人都應付不了，更別說應付官場上那些老人精了。」

劉裕略一思考，道：「大嫂說得是，是我想偏了。」

於是那些上門的人，除了劉景本就相熟的朋友，其餘的都丟給劉裕去應付。劉裕初時很不適應，這些人裡頭有看似純樸的鄉下人來賣兒賣女，有富商來送金銀的，有老賴來求賞錢的，這些形形色色的人是一直在私塾讀書的劉裕不曾接觸過的，讓他有些無措。

不過劉裕是個聰明人，秉性純良正直，又有讀書人的風骨，那些送金銀的一律不收，省得拿人手短；賣兒賣女的好生勸了回去；而見了老賴則厲色打發了……幾日下來，劉裕只覺得見識了百樣人，學了不少待人接物。

劉景夫婦見弟弟雖然青澀，不過好在心正，處事不歪，只需假以時日磨練，應酬上並無困難，也就放下心來，再不擔心劉裕只是那種死讀書不知人情世故的傻書生。

本來劉清十二歲考中童生，也算罕見，可惜被他二叔的光芒掩蓋了，倒是很少有人提到他。不過劉清卻一副無所謂的模樣，在他心裡，二叔是最了不起的，自己不過是個童生，沒什麼了不起，要更加努力向二叔看齊才對。

所以劉清自從考試結果出來後，便更加發憤讀書。

章家素來很低調，這次也不例外。章凌中舉之後，只有些章槐先生的學生同家人來賀喜，其餘時間私塾閉門謝客，對那些想攀附的人一概不見。章凌對中舉非常淡定，要知道他家爺爺是前朝狀元，二叔是本朝探花，他一個小小舉人還沒資格在長輩面前說道，比爺爺叔叔還差得遠呢。於是章凌一如往日一般，照常刻苦唸書，全然不覺中舉有什麼了不起的。

劉裕一直對自己名次不如章凌十分介懷，發誓定要在將來會試時超過章凌，在家應付了幾日之後，便跟兄嫂說明，搬回私塾讀書。

待送禮的、巴結的那波人熱乎勁過了之後，來劉景家的媒婆多了起來。大部分都是來給劉裕說親的，剩下的有給劉秀說親的，還有一小部分是為了劉清而來。

劉景夫婦早就同劉裕商量好了，親事暫且按下，劉裕如今心思不在成家，而且成親後事雜，必定會分了他的心思。劉裕如今有朝廷的錢糧，足以養活自己，束脩以及平日生活開支都不用再依靠兄嫂，剩下的銀錢反而可以貼補家裡。

劉裕自己能養活自己，且一心向學，這樣好學上進的孩子，張蘭蘭自然不會像古代迂腐的大家長一樣逼著他趕緊成親生孩子。劉裕又不是種豬，人家追求更高境界的理想是好事，再說等他將來功成名就，壓根兒就不用愁娶妻的事。

至於劉清，那屁孩還小，急什麼急，跟他二叔一樣先考功名再說。

外頭見給劉裕、劉清說親不成，便將心思放在劉秀身上。

如今的劉秀再不是那個鄉下不受寵的小姑娘，她二叔是舉人，親弟弟是童生，父親是省城富商，母親是繪畫大家，家中父母疼愛，與兄嫂、叔叔關係和睦，又會讀書繪畫，善理家事，還會算帳，已然是個富家千金小姐。

這樣家世好又貌美的小姐，自然是香餑餑。張蘭蘭此時真真體驗到什麼叫「一家有女百家求」，不光那些壓根兒就不認識的人家來說親，就連胡氏都來探她的口風。

胡氏當年就喜歡劉秀得緊，可那時王掌櫃勢利眼，嫌棄劉秀出身低、家裡窮，如今劉家今非昔比，比王掌櫃家高出不知多少，只有劉家挑王家的分兒。

劉秀滿十五歲，在她這個年紀的鄉下姑娘，大多嫁為人婦。劉家不缺錢，不用急吼吼地賣了女兒拿錢給兒子娶媳婦，加之張蘭蘭不想女兒太早出嫁，還沒發育好便受生育之苦，執意要將劉秀留到十八歲再出嫁。

不過，現在倒是該多看看些人家，若是遇見好的，早早定下，約好再過三年再嫁便是，若是連三年都等不了的人家，不要也罷。

於是張蘭蘭便開始留心那些來說親的人家，在裡頭挑挑揀揀，心裡選定了幾個備選對象，再叫劉景出去多打聽，看看那家人風評如何。

對於女兒的終身大事，劉景哪能不上心。他做生意人脈廣，稍微打聽一下就能摸得差不多，回來跟張蘭蘭一合計，又嫌李家公子通房多，又嫌趙家公子不上進云云，挑選了一圈，竟沒有一個合適的人選！

在張蘭蘭眼裡，自己的女兒當然是哪裡都好，懂事孝順，聰明漂亮，瞧哪家的渾小子都配不上自家姑娘。

至於胡氏的兒子王樂，這倒是個知根知底的。王樂不似小時候那樣胖，長大成了個清秀少年，樣貌瞧著是過得去，這些年一直讀書，雖比劉裕、劉清差，但好歹是個童生。家境雖然不如劉家，可也算是富足人家，加上胡氏和王掌櫃都是看著劉秀長大的，是她名義上的乾爹乾娘，對她疼愛有加，若是劉秀嫁到王家，乾娘變婆婆，倒是不用擔心她被婆婆欺負。

王樂幼年時就極喜歡他這個乾姊姊，長大後懂得男女有別，兩人不如幼年時那般親密，可往昔的情分擺著呢，也算半個青梅竹馬。王樂家只有胡氏房裡有個粗使丫鬟，沒有什麼通房之類亂七八糟的女人，家裡人丁簡單，乾乾淨淨。

張蘭蘭思來想去，突然覺得王樂算是挺合適的人選，便去同劉景說了。

劉景也覺得王樂不錯，夫妻兩個說來說去，越發覺得王樂適合。

「若是咱們秀秀嫁到王家，平日倒是可以常往來，省得見不著女兒想得慌。」劉景這便開始盤算起來。

張蘭蘭推了他一把，道：「咱們盤算歸盤算，還是得問問秀秀的意思。萬一咱秀秀不喜歡王樂，只拿他當弟弟看怎辦？」

劉景道：「咱們替女兒選的，當然是好人家，自古成親不都是父母之命、媒妁之言嗎？」

張蘭蘭白了他一眼，真真是封建家長，道：「咱女兒的婚事，還得她自己點頭才好。強扭的瓜不甜，你先別跟王掌櫃那兒透風聲，我探探咱秀秀的口風，若是她答應了，再知會王家；若是秀秀不願意嫁到王家，咱們便攔了，省得傷了秀秀跟她乾爹、乾娘的情分。」

劉景想想，道：「還是蘭妹想得周到，都依妳吧。」

張蘭蘭便尋了由頭探劉秀口風。

劉秀並不傻，這陣子門檻都快被媒婆踏平了，她自然知道為的是什麼，故而母親一繞到王樂身上，她就明白是怎麼回事，索性大大方方將話說開了。

「娘，您和爹可是想將我嫁去乾娘家？」劉秀臉有些紅，畢竟她一個小姑娘，提起親事還是有些害羞。

張蘭蘭見女兒大方不扭捏，自己也不彆扭，將話說明白，道：「我和妳爹盤算著，該是給妳張羅親事的時候了。王家與咱家知根知底，且妳乾爹乾娘都極喜歡妳，妳若嫁過去，不會同別的新媳婦一樣受婆婆磋磨；再者妳跟樂娃知根知底，他從小便喜歡妳，那孩子雖然不如妳弟弟、二叔一般書唸得好，但好歹是個童生，我瞧著將來中個秀才是沒問題的。其他人家，說實話娘也相看了不少，不是有惡婆婆，就是家中有通房、小妾，娘不想妳嫁過去受委屈。」

劉秀拉著母親的手，道：「我知道爹娘定是為了我好，本來婚姻大事應由父母作主，可娘既然來問秀秀了，秀秀便說一句，我對樂兒弟弟，只有姊弟之情……況且……況且我喜歡的……」

咦?!張蘭蘭瞧著劉秀耳根子都紅了，難不成這小妮子心有所屬？

「秀秀喜歡什麼？」張蘭蘭慈愛地笑著，繼續套話。「娘往後照著秀秀喜歡的樣兒找。」

劉秀別過臉去，道：「娘就愛打趣我。」

小姑娘害羞，張蘭蘭不再追問她，只需知道她無意王樂便好。回頭同劉景說了，劉景雖覺得很可惜，但畢竟女兒不願嫁過去，只得放棄王家，再繼續相看。

胡氏再來探口風，張蘭蘭同她委婉說了，胡氏心道可惜了，卻也不怪劉家。畢竟如今兩家地位不同，劉秀要是嫁他們家，那是大大地低嫁，人家不願意也是情理之中的事。

胡氏忽然後悔起來，有些埋怨丈夫，早知道趁著劉家還沒發跡，早早把劉秀定下不就成了，認什麼乾女兒，現在也只能當乾女兒了。

胡氏心知這親事八成是沒戲了，回到家中對王掌櫃發了頓脾氣。這兩年王掌櫃眼見著劉家家境越來越好，劉秀出落得越發水靈，能識字會畫畫，早就想撮合劉秀和自家兒子，如今見著因自己早些年瞧不起人，害得如此優秀的閨女落不到自己家，也懊惱得很。

「唉，不成就再給樂兒尋門親事。」王掌櫃嘆氣，他家王樂若不跟劉家比，條件還是很不錯的。家境殷實，還是個童生，想跟王家結親的人家也不少呢。

「你我都多留意留意吧。」胡氏也跟著嘆氣，不知道多惋惜，卻還懷著一絲絲希望，道：「秀秀她娘說要把秀秀留到十八歲再出嫁，這不還有三年嗎？說不定這三年裡頭有啥轉機，誰都不知道呢。」

「能有啥轉機？」王掌櫃聲音悶悶的，道：「她那二叔和弟弟，妳又不是不知道，個個頂爭氣。我瞧劉清三年之內，必中秀才，劉裕更是前途不可限量，指不定就做官去了。秀秀將來成了官家小姐，身價只會水漲船高，尋的婆家越來越好。」

胡氏被王掌櫃這麼一說，滿腔希望頓時破滅，夫妻兩人又為王樂的婚事發愁起來。

胡氏磨著牙，有些恨鐵不成鋼，道：「咱樂兒要是有劉家那倆一般爭氣就好了。不說中舉，就算是中個秀才，這親事也不會這般難說了。秀秀娘我是知道的，疼秀秀得很，咱兩家本就關係好，她要是把秀秀嫁過來，定沒有那婆媳不和狗屁倒灶的事，從這層上講，咱家占盡了優勢，可惜樂兒不如人家，唉……」

胡氏這麼一說，倒是把王掌櫃點醒了，道：「劉家那倆爭氣，除了自己肯努力，估計也是名師出高徒。我聽說今年他們上的那私塾還出了個舉人，似是那章夫子的孫子，同年出兩個舉人，可不得了，想必那章夫子教學有方，弟子們才這樣爭氣。要不，咱把樂兒也送去讀書，讓他跟劉家人多學習，興許能讓樂兒學業大有進步。」

胡氏一拍手，笑道：「多虧你腦子活，我竟沒有想到這一層，只以為是劉家孩子爭氣，沒想過名師出高徒。」

王樂如今就讀的私塾，其老師也是正經的舉人，當初還是王掌櫃千挑萬選才選中，就因著那舉人老師去的。城裡私塾大多數都是考不上舉人的老秀才開的，只有幾家有舉人當老師，普通老百姓只覺得是個舉人就厲害得很，殊不知舉人同舉人也是有區別的。

本朝初年，歷經戰火人才凋零，科舉便鬆了很多，為的是多納人才，為國分憂，故而本朝初年的科舉是很好考的，城中大部分老舉人都是在那個時候考中的。後來官員充實，科舉變得難考起來，那些老舉人本就資質有限，再往上考實在考不出什麼，便紛紛尋別的門路。

王樂如今的舉人老師，就是這批老舉人中的一員。

外人只知章槐先生是個老舉人，卻不知道他與其他老舉人的不同。人家章先生可是正經八百的前朝狀元！前朝末期，科考嚴酷到近乎苛刻的地步，那狀元的含金量豈是本朝初期那些老舉人能比得上的？

狀元和老舉人的學生，能一樣嗎？

說白了，章夫子一根手指就能碾壓一票老舉人，只是人家低調不跟你顯擺罷了。

當然這些都是王掌櫃他們不知道的內情，王掌櫃只覺得章先生私塾出了兩個舉人，肯定比王樂現在的私塾好，便動了想換私塾的念頭。

第二天王掌櫃就去打聽私塾的事，傍晚回家，垂頭喪氣地告訴胡氏，原來那章夫子年事已高，早就不收新徒弟了，如今只帶了幾個學生，劉清還是最後一個入門的小弟子呢。

兩口子一琢磨，為了兒子的前程，還得去運作運作，把王樂塞到章夫子門下。

章夫子的嫡親孫子章凌，乃是牡丹大師的入室弟子，這胡氏是知道的，劉家和章家關係親密，胡氏想託劉家幫忙說說，給王樂開個後門。

於是王掌櫃夫妻兩人提著禮上劉家，跟張蘭蘭商量王樂入私塾的事。

張蘭蘭瞧著他們兩個提著禮上門，原以為是為了劉秀的親事而來，正盤算著怎麼婉拒呢，就聽胡氏說起了王樂入學的事。

說起這事，張蘭蘭就發愁，她嘆氣道：「咱們兩家親得跟一家人似的，樂兒又是我瞧著長大的，這忙我若是能幫，定會幫。可是如今，怕是幫不上了。」

胡氏笑道：「我知道這事為難，唉，可憐天下父母心，蘭妹妹就幫我們這一回。雖說妳家兩個孩子爭氣，往後秀秀有的是大靠山，可靠山不嫌多啊，秀秀她乾弟弟立起來了，多一家子助力，往後日子過得更順遂，嫁了婆家腰桿子更直。」

「真的不是我不幫。」張蘭蘭搖頭。「實話跟姊姊說吧，章夫子自從裕娃中舉後，身子就一天比一天差。起初還能下床走動，每日教會兒書，如今連下床都勉強，更別提授課了。私塾裡的學生沒了先生教，大半都走了，剩下幾個年幼的，平日都是章凌那孩子又當師兄又當老師，抽空教他們，估計再過兩、三個月，私塾就得遣散學生關門了。」

胡氏大吃一驚，道：「章夫子病了？我竟不知道呢。」

張蘭蘭道：「唉，章夫子是個極好的人，我只盼他老人家早日康復呢。」

張蘭蘭臉上堆滿愁容，這年代醫學落後，章夫子的症狀很像是高血壓引起的腦溢血，身子不靈活是中風，如今只能每日進湯藥，這病擱在現代都難治，更別說古代了。只能好好養著，熬日子。

張蘭蘭正說著，劉秀提著個食盒進來，見乾爹、乾娘在，先見了禮，而後挽著胡氏胳膊坐下。

胡氏見了劉秀就喜歡，這麼漂亮聰明又知禮的孩子，真是恨不得拐回家當兒媳去。

「乾爹、乾娘，我這會兒正要去私塾送飯呢，估計回來都到下午了，可能不能陪乾爹、乾娘說話了。」劉秀道。

「秀秀要去給章夫子送飯。」張蘭蘭幫著解釋。「私塾裡雖有廚娘，可做的飯實在不如自家做的可口。秀秀每天親自下廚，做好了又給送過去，好教章夫子吃得舒心些。」

胡氏瞧著劉秀，讚許不已，這孩子真有孝心。

「夫子是二叔、小弟的老師，又是章凌師兄的祖父，秀秀照顧夫子是應該的。」劉秀提起食盒，道：「我先走了，不然飯菜要涼了。」

劉秀送飯去了，王掌櫃、胡氏夫婦見狀，知道章夫子是真的不可能再收學生了，坐了一會兒便回家去了。

私塾裡，劉秀熟門熟路地提著食盒進了章夫子房間。

夫子正靠著床頭瞇眼睡覺，章凌坐在房間的書桌前靜靜地看書。

「凌哥哥，吃飯啦。」劉秀輕輕喚了一句。

章凌放下書，揉了揉眉心，走過去接過食盒，小聲道：「祖父還在睡覺，差不多也快醒了。」

劉秀也小聲道：「你吃過飯沒有？」

章凌搖搖頭，道：「方才祖父一直咳嗽，我伺候他老人家拍背，又哄他吃藥睡下，錯過了飯點。」

劉秀邊開食盒邊道：「我就知道你這兒忙得走不開，今兒我連你的飯也送來了，你先吃，吃好了等夫子醒來，咱們照顧他吃飯。我在家吃過才來的，你吃吧，不用顧我。」

劉秀帶來的食盒分兩層，上層是給章凌的飯，下層是給章夫子的。為了保溫，劉秀只開了上層食盒，取了飯菜出來便將食盒蓋上。

章凌肚子餓得咕嚕叫，瞧見飯菜，只覺得肚子裡的饞蟲都被勾出來了，兩人相熟，沒那麼多客套，章凌直接坐下開吃。

劉秀的手藝很好，做的菜色香味俱全，章凌吃飽了，幫忙將碗筷收拾好，道：「謝謝秀妹妹，每日都麻煩妳送飯來，真是過意不去。」

劉秀道：「沒什麼麻煩的，我早就把夫子當成自己爺爺一般敬愛，伺候自己爺爺，哪有什麼麻煩不麻煩的。只希望夫子頓頓吃得舒心，快快好起來。」

劉秀的動機很簡單樸實，章夫子是個有趣的老爺爺，又是自己二叔和小弟的恩師，當年章夫子在自家過年時，劉秀就覺得這個老爺爺真是和藹，不由得親近起來。如今章夫子病了，劉秀不自覺地就想照顧他，當成自家爺爺。

劉秀手腳俐落地將章夫子的飯菜取出擺好，將章凌用過的碗筷收進食盒，章凌在旁打下手，兩人相顧無言，一時間氣氛有些詭異的尷尬。

「咳咳……」內室的咳嗽聲打破了這尷尬，劉秀臉微紅，跑進去，見夫子剛剛醒來，趴在床邊咳嗽，忙跑過去扶著拍背，章凌將痰盂拿來，又遞過來藥碗。

劉秀親手餵藥，一勺一勺地送進章夫子嘴裡。

章夫子雖然病著，可是精神還算好，瞧見劉秀餵他，竟然跟個老小孩似的，皺著眉頭。「這藥忒苦，喝得我舌頭都麻，不喝不喝。」

劉秀笑著舀了一勺藥，送到夫子嘴邊，道：「章爺爺，今兒秀秀給你帶了魚頭豆腐湯。那魚湯可鮮了，湯汁白白的，豆腐嫩嫩的，喝進嘴裡滿口都是鮮味。爺爺乖乖吃了藥，秀秀就給爺爺喝魚頭豆腐湯，好不好？」

章夫子眼睛一亮，他最喜歡劉秀做的魚頭豆腐湯，忙點頭。「好好，我喝我喝，待會兒得給我喝兩大碗魚湯！」

說罷，真的就乖乖喝藥，再不說苦。

章凌在旁看著，忍著笑。祖父真是越活越像小孩，難怪人常說老小孩老小孩，以前教書的時候還是個嚴肅的先生，這會兒在劉秀面前，就跟個怕苦撒嬌要糖吃的小孩一模一樣。

不過只要祖父開心，什麼都好。章凌神色不由黯淡下來，大夫說祖父的病是好不了了，只能喝藥維持罷了。

劉秀餵完藥，叫章凌把小桌擺到床邊，端來飯菜。

三菜一湯，有葷有素，看著就教人食慾大開。章夫子的飯量雖然吃不了多少，但是劉秀堅持頓頓按照這個規格來做。按劉秀的想法，病人食慾不好，就要想辦法讓他吃得多些，這樣身體才能好起來。剩下的飯菜帶回家，春兒、夏兒都搶著吃，不會浪費掉的。

章夫子中風，拿筷子不大穩，劉秀在旁只幫著挾菜，夫子說要吃什麼，她就挾什麼，完全沒有不耐煩。

一頓飯下來，吃了半個時辰，天天如此。

「章爺爺，今兒吃得還滿意嗎？」劉秀幫著擦嘴漱口，笑咪咪道。

章夫子摸了摸肚子，覺得十分滿足。以前他同學生們一道吃私塾廚娘做的飯菜，雖然不說多難吃，但廚娘手藝有限，做得不如劉秀用心，飯菜好吃不到哪裡去。倒是生病後，每天都有劉秀精心準備的一日三餐，這讓夫子很滿足。

章夫子笑咪咪道：「秀秀的手藝真是天下一絕。」又做可惜狀，瞪了章凌一眼，道：「人都說孫子好，我瞧孫女才好。」

章凌哭笑不得，祖父又來了！

自從病後，祖父天天念叨著孫女好，孫女貼心，整日眼巴巴地羨慕人家閨女，恨不得劉秀是自己親孫女。自己每天要讀書，要伺候他老人家，也很辛苦好不好！

「您也有孫女啊。」章凌扶著章夫子靠床坐著，不讓他飯後立刻躺下。「二叔家的堂妹，是正經八百的孫女啊。」

章夫子看著收拾食盒忙碌的劉秀，道：「那個離得老遠了……」

意思是他就喜歡眼前這個孫女！

劉秀聽見章夫子的話，知道他又耍小孩子性，笑著拉著夫子的胳膊撒嬌，道：「爺爺，我就是您孫女啊，親親的孫女。」

章夫子哈哈大笑。「對對，乖孫女，以後別喊什麼章夫子章爺爺了，就叫爺爺。」

說罷，拉著劉秀對章凌道：「瞧見沒，這是我親親孫女。」

章凌已經無言以對了。

章夫子病後，精神不濟，極少看書，劉秀伺候他吃飯之後，便陪他說話解悶。

章夫子原先看著嚴肅，其實混熟了極其健談，他學識高，見識廣，劉秀很喜歡聽他說話。老爺子難得遇見這麼好的聽眾，每天吃完飯就拉著劉秀絮絮叨叨，從年輕說到年老，從天南扯到地北。

老人寂寞，喜歡傾訴，劉秀正好喜歡聽故事，兩人在一塊兒十分投緣。

說了會兒話，劉裕、劉清來了。自夫子病後，劉家兩個孩子並章凌，三人輪流照顧夫子。劉清年幼，力氣不夠，劉裕便與他一班，章凌伺候整整一夜到現在，精神疲憊。劉家叔姪來了，換了章凌去休息。

午後太陽正好，外頭風和日麗，劉裕和劉秀攙扶著夫子去院子裡逛逛。

章夫子病後，起初還能自己走路，現在連走路都有些搖晃，估計再過陣子，連自己走路都不能了吧。

在花園裡曬了會兒太陽，夫子有些睏，三人扶著回去休息。路上夫子還點菜，劉秀忙笑著答應，伺候夫子睡下，劉秀又匆忙回家，準備晚飯，做好了再送來。

一日三餐，頓頓如此，其實十分辛苦。

張蘭蘭看著女兒勞累也心疼，讓羅婉並春兒帶著三個孩子玩，親自下廚幫忙做飯。

劉秀做飯時會跟母親說說在私塾的事，張蘭蘭聽見劉秀說章夫子腿腳越發不好，恐怕再過幾個月難以獨立行走，便道：「回頭我叫妳爹做把能走的椅子送給夫子。」

「能走的椅子？」劉秀奇道。

張蘭蘭道：「等我畫張圖，叫妳爹做，做好一看妳就知道了。」

劉秀做好了飯菜，張蘭蘭幫著裝盒，瞧著裡頭的飯菜，下層三菜一湯，都是好咬容易消化的食物，明顯是給夫子準備的。中層的食盒卻不是給病人吃的飯菜，劉裕、劉清兩個孩子可從沒說自己吃過秀秀帶去的飯菜，這飯菜是給誰吃的，張蘭蘭用腳趾頭都能想出來，定是章凌。

張蘭蘭故作不知，道：「哎呀，秀秀做了這麼多菜，夫子吃得完嗎？」

劉秀耳根一下子就紅了，故作鎮定道：「夫子胃口不好，我多做些，他愛吃什麼能多吃些。剩下的我帶回來，春兒、夏兒都喜歡我做的菜，不會浪費的，娘放心。」

「哦，這樣啊……」張蘭蘭笑咪咪地摸摸劉秀的頭，心中有了計較。

「我、我走了，夫子該餓了。」劉秀慌慌張張提著食盒出門。

張蘭蘭倚在門口，瞧著女兒遠去的背影，嘴角噙著笑。這小妮子，小心思還想瞞著妳娘？

章凌那孩子，確實不錯。

張蘭蘭很早以前就知道劉秀對章凌有小心思，只是那時候兩小無猜，不過當朦朦朧朧的情愫，由她去了。當年章家地位比劉家這窮村民高得多，要想結親只怕門不當戶不對。可如今不同，多虧了劉裕、劉清讀書爭氣，劉景、劉俊做生意爭氣，劉家現在有錢又有功名，雖然比章家還是差，但是距離已經縮小了很多，使得兩家聯姻成為可能。

張蘭蘭能瞧出劉秀對章凌有意，當然也能瞧出章凌對劉秀也有意思。

章凌是自己徒弟，當師傅的哪會不知道徒弟那點小心思，畫畫教學時，章凌瞧劉秀的那眼神，張蘭蘭只要不瞎，便能瞧見裡頭的情愫。

如今章家爺爺病了，劉秀每日去伺候湯藥，陪著說話，比人家親孫女伺候得還周到，章夫子顯然也很滿意劉秀的。

既然兩家門戶沒有問題，兩個孩子兩情相悅，若能結親，當然是極好的！

章家家風淳樸正派，章凌是自己看著長大的，人品相貌學識均是一等一的好。加之章凌父母雙亡，劉秀若是嫁過去，無須伺候公婆，只需伺候章夫子便可。

章夫子麼，都恨不得把劉秀搶過去當自己孫女了，哪會對劉秀不好？

唯一可能反對的，估計只有章凌的二叔章楓了。

那位大理寺卿大人有恩於劉家，章凌沒有親爹，很多事情得二叔作主。這些年章楓沒有提過章凌的親事，這可是他唯一的姪子啊，張蘭蘭想著，章楓是想等章凌考上進士，入京為官之後，再替他求娶官家千金，這樣一來，章凌有本家和岳家的助力，在官場上便能走得更順利。

張蘭蘭擔心的就是這個。

自己女兒劉秀確實不錯，可是京城裡那些世家千金、官家千金，更好、更優秀的成百上千，劉秀同她們一比，唯有青梅竹馬這個優勢了。

可這優勢，在滔天的權勢差距面前，又能維持多久？

張蘭蘭忽地發愁起來，若劉秀嫁給章凌，她很怕劉秀將來成了糟糠之妻，張蘭蘭不覺得不下堂勉強掛個名分是什麼好事，她在意的是劉秀過得幸不幸福。

唉，人生真是糾結，張蘭蘭嘆了口氣，還是趕緊畫個輪椅圖紙給劉景做出來吧。

章夫子是個好人，也是劉家的恩人，張蘭蘭十分願意為他做點什麼，讓他晚年過得更舒坦。

張蘭蘭當天晚上就把輪椅的圖紙畫好了，待劉景回家，吃過飯便遞給他。

劉景瞧了，嘖嘖稱奇，道：「蘭妹心思就是巧，將輪子安在椅子上，推著就能走，而且輪子上另有一圈木圈，自個兒坐著就能轉動輪子到處行走，真是巧！」

張蘭蘭嘿嘿一笑，這並不是她的發明，不過是照抄罷了。繞過這話題，她抱著劉景的胳膊，道：「你速速給夫子做個輪椅，我聽秀秀說，夫子身子行動越來越不方便了，自個兒想出門曬個太陽都得讓人扶著，有了這輪椅，夫子行動便能方便許多。」

劉景點頭，將圖紙仔細收好，第二天一大早就上鋪子裡尋木料。

給章夫子做的東西，自然是要用最好的木料，劉景親手做。夥計們只知道老闆是木匠出身，今兒親眼瞧見老闆做活，手頭閒著的夥計都過來圍著瞧。

一大堆木料堆著，起初看不出什麼形狀，有好事的夥計瞧見旁邊桌上放著的輪椅設計圖，紛紛圍過來看。

「這椅子看著真神！」夥計們哪見過這種東西。「你瞧，還長兩個輪子。」

「這畫得也太像了吧！跟真的一樣！」

劉景嘿嘿一笑，道：「我媳婦隨手畫的。」

「隨手畫的都能跟真的一樣?!」

雖然早就知道自家老闆娘是那什麼有名的牡丹大師，但是誰也沒瞧過她的畫，如今見這椅子畫得這般傳神，還是隨手隨便畫的，個個都服了。

瞧了會兒熱鬧，夥計們幹活去了，劉景從早一直忙到晚，足足忙了五天，終於將輪椅做好了。

每一處都精心地打磨、上漆，做得十分精緻，還特地在座椅靠背後頭做了雕花，連扶手都精雕細琢過。

將輪椅曬了兩、三日，散了漆味，劉景叫夥計將輪椅裝上送貨的馬車拉回家。

家人也沒見過這種東西，劉恬圍著輪椅轉了幾圈，好奇地爬上去坐著，叫她娘推著在院子裡轉了幾圈，樂得拍手直笑。

當天，輪椅就被送到了私塾。

夫子正睡著呢，章凌在房中守著，一邊讀書，劉秀悄悄叫他出門來。章凌走到院子，見劉家人來了大半，他們前面是把長輪子的椅子。

「凌哥哥，你坐坐試試。」劉秀推著章凌坐在輪椅上，輪椅上放著軟墊，坐著十分舒服，而後劉秀在後頭輕輕一推，章凌感覺整把椅子帶著自己往前動了起來，不禁驚呼一聲。

「哈哈。」劉秀笑道：「別怕，摔不著你，可穩了。」

椅子一動，章凌立刻知道這是送給他爺爺的。

「法子是我娘想的，椅子是我爹做的，上頭的墊子是我做的。」劉秀歪著頭，笑嘻嘻道：「往後爺爺想往哪兒去，自己就能去了。」

「師傅，師丈，秀秀……」章凌看著眼前眾人，又瞧那輪椅，眼眶濕漉漉的，差點就哭出來。

「行了，好孩子，把椅子推進去吧。」張蘭蘭摸了摸章凌的頭。「瞧你累的，都瘦了一圈。」

劉家人送了輪椅便走了，劉秀忙著回去做晚飯，也跟著離開。

章凌將椅子推進屋，看見祖父已經醒了，靠在床邊發呆。

「爺爺，您瞧，師傅、師丈給您做的椅子。」章凌推著輪椅走過去。

章夫子上上下下將那輪椅打量一番，覺得甚為有趣，道：「這東西瞧著巧，是誰想的？」

章凌一邊扶著祖父坐上輪椅，一邊道：「圖紙是師傅設計的，椅子是師丈做的，上頭的軟墊是秀秀做的。」

章夫子坐在輪椅上，身子扭了扭，手搭在扶手上，忽然發現輪子外頭有一圈扶手，用手抓著稍微一動，椅子竟然自己動了起來。

章夫子頓時覺得這椅子挺有意思，也不要章凌推，自己搖著輪椅在屋子裡轉了幾個圈，笑道：「這是個好東西，有意思！你師傅、師丈有心了，回頭替我謝謝他們。」

自從章夫子生病行動不便之後，連出房間到外頭走走都得人攙扶。章夫子素來是體恤人的，不好總讓孩子們扶著自己出去轉，大部分時間都自己待在房中悶著，除了跟劉秀聊天解悶，平日其實悶得慌。有了這輪椅便不一樣，他自己就能搖著輪椅在私塾裡到處逛。

「凌兒，陪我去院子走走。」章夫子迫不及待地試用他的新椅子，叫上章凌到院子，自己想去哪兒就去哪兒，頓時覺得天更藍、草更綠了，心情大好。

章凌顯然也感受到祖父情緒的變化，見他頗有精神地到處逛，十分高興。

「給你二叔的信裡也寫上這輪椅。」章夫子道。「我猜我這輪椅是只這一把，別處都沒有，教他也長長見識。」

私塾裡大多都是平地，有臺階的地方便由章凌推著上下，唯獨門檻不好過。反正如今私塾裡其餘學生都遣散了，除了劉家叔姪倆之外就只剩小廝、廚娘，章凌便趁著章夫子回房休息，帶著小廝將家裡門檻全部拆了，又尋了工人用小石頭填了那些臺階，全部鋪成斜坡，這樣一來，章夫子自己就能在家中來去自如。

能隨時出來轉轉，像正常人一樣生活，章夫子心情好了，病也好了不少。

章凌極高興，提了厚禮上師傅家道謝。張蘭蘭收了禮，又從屋裡抬出好些物件，說都是給夫子準備的。

中間挖了個洞，下頭可以放恭桶的椅子啦、一根長粗線兩頭一邊是鈴鐺一邊是把手的玩意兒啦、一整套木製的碗筷之類。

「這椅子下頭放著恭桶，給夫子放在房裡用，上茅房便不用人扶著了；這鈴鐺綁到你房裡，另一頭的把手放在夫子床頭，萬一晚上夫子有情況尋你，一拉把手，鈴鐺就響了；秀秀說夫子手上沒勁，拿著瓷碗容易打碎傷著手，你師丈做了套木頭的，又輕又耐摔……」

張蘭蘭絮絮叨叨地介紹這些東西的用途，章凌看著東西，雖然都是小玩意兒不值多少錢，可件件都花了心思，都是為了讓祖父過得更舒服。

章凌感動得不知道說什麼好，張蘭蘭見他傻呆呆地站著，招呼自家人幫忙把東西往私塾送。

章夫子一瞧孫子回來了，還帶回來好多東西。

「小子，我叫你去送禮，你怎麼拿了人家這麼多東西。」章夫子瞧孫兒一臉呆傻，搖著輪椅上前打趣他。

「正好做好想給您送來呢，晚上我家掌櫃做了紅燒豬腳，我讓秀秀給你們帶來嚐嚐。」張蘭蘭擺擺手，放下東西，帶著家人便走了。

章凌默默將東西擺好，都是頂實用的東西，不帶一點花稍。章夫子拉了拉把手試試，聽見外間鈴鐺響了起來，笑道：「這鈴鐺不錯。」

「二叔寫信來，說二嬸和堂妹要來，約莫下月月中就到了。」章凌道。

「唔……」章夫子點點頭，神色有些黯淡。

章夫子嘴上不說，可是心裡還是很想兒子的。可自古忠孝難兩全，章楓身居高位，手頭事情千頭萬緒，便是想抽身離京回來伺候老父，只怕不能，如今叫妻女回鄉替自己盡孝，也是無可奈何的事。

「你把屋子收拾收拾。」章夫子道。「薇兒九歲了吧？上次見她，她才那麼丁點大，抱在懷裡只知道笑，也不知道如今還記不記得我這個爺爺。」

提到孫女，章夫子臉上有了光彩。

「怎麼不記得？二叔說，薇兒妹妹十分惦記爺爺，日盼夜盼回鄉找爺爺呢。」章凌笑道：「這會兒爺爺的孫女來了，爺爺就別瞧著別人家的孫女眼熱了。」

章夫子瞥了他一眼，道：「咱家的薇兒好，秀秀也好，都好。」

章夫子有了盼頭，日日盼著兒媳、孫女來，好不容易熬到了下月十五，便時時念叨著怎麼還不來。

「爺爺，您別急啊，凌哥哥說他們有打頭報信的小廝，若有消息定會先來通知咱們的。」劉秀道。「爺爺不會有了親孫女，就不疼秀秀了吧？」

章夫子被她逗得哈哈大笑，道：「兩個都疼，秀秀跟我親生孫女沒差的，都一樣。」

又盼了三日，總算有小廝騎著馬先來報，說他家夫人和小姐坐的船剛剛靠岸，一會兒就到。

章夫子剛吃了午飯，劉秀正收拾食盒，章夫子立刻叫章凌伺候自己換了新衣裳，又讓劉秀幫著重新梳了頭髮。

人逢喜事精神爽，章夫子彷彿一下年輕了十歲。

「秀秀，下午妳在這兒陪著爺爺可好？薇兒年幼，正好妳同她有個伴。」章夫子道。

並不是什麼難事，劉秀應下了，叫私塾的小廝往家去送個口信便可。

章凌、劉秀推著章夫子去院子裡，過了一炷香的工夫，聽見外頭有馬車的聲響，便見有人進了院子。

打頭進來的是兩個年輕的丫鬟，而後一個三十左右的端莊婦人領著個八、九歲的粉嫩小姑娘走進來，見了章夫子，齊齊跪下磕頭，道：「不孝兒媳、孫女，見過老太爺。」

「快快，起來。」章夫子激動得很。

兩人起身，章凌上前見禮，道：「姪兒見過二嬸、薇兒妹妹。」

章夫人娘家姓陳，瞧著甚為和氣，看著章凌讚道：「凌兒果真一表人才，你二叔常同我說起你呢。」又對章薇道：「薇兒，到祖父那兒去。」

章薇很順從地走到祖父面前，章夫子上下打量孫女，見她生得玉雪可愛，骨子裡透著聰明勁，越看越愛。

此時外間許多健壯僕婦抬著一口一口的大箱子進來，均是陳氏帶來的行李。京城三品官太太攜女回鄉，縱然輕裝簡行，東西也裝了滿滿當當十口大箱子。

私塾並沒有多少下人，小廝都忙著招呼抬東西去了，章凌道：「我帶他們將行李先放好，再回來說話。」

便領著僕婦們將東西往後院專門闢出的院子裡抬。

「老爺子，咱們進去說話。」陳氏笑咪咪道，正要伸手去扶老人，見章夫子自己竟然轉動椅子往前走，便眼神示意章薇跟上。

章薇走在章夫子身側，陳氏跟在另一側，兩人一邊一人站著，一道往屋裡走。

因章夫子囑咐，叫她留下陪章薇玩耍，劉秀也跟著往屋裡走，低著頭剛走了幾步，險些撞在陳氏身上。

劉秀抬頭，看著陳氏，陳氏依舊是那副端莊的笑臉，此時卻笑得很疏離，輕輕對劉秀道：「妳便是秀秀吧？我們一家人許久不見，想說說體己話，妳先回家吧。」

說罷，從懷裡掏出個荷包塞在劉秀手裡，當作見面禮。

劉秀剛想張嘴說話，兩個丫鬟便擋在她身前，陳氏轉身進屋，順手將門帶上。

劉秀往屋子裡瞧，可門窗緊閉，又低頭看了看手裡的荷包，扭頭回家了。

第十六章

張蘭蘭正和羅婉帶著三個小的在院子裡玩，瞧見劉秀一臉悶悶不樂地回來，奇道：「不是剛叫小廝傳話來，說夫子叫妳留下嗎？怎麼這麼快就回來了。」

劉秀進了院子，一屁股坐在母親身邊，將手裡的荷包放在面前的石頭桌上，道：「章夫人攔著不給進屋，給了這個，打發我回來。」

婆媳兩人一聽，便知道劉秀在章夫人那兒受委屈了。

羅婉捏起那荷包，見做工不過普通，還沒自己家平時用的荷包精緻呢，又往裡頭掏了掏，掏出十枚銅錢來。

張蘭蘭皺起了眉頭，章太太雖然是官太太，可劉秀畢竟是章凌正經的師妹，又幫著章家照顧老爺子，一見面給這麼個破荷包就把人打發回來了？把劉秀當什麼了？

張蘭蘭火氣頓時就起來了，往日劉家、章家關係好，雖然章家幫了劉家不少，可劉家也沒少照看章家啊！就說章夫子病後，劉秀、劉裕、劉清三個孩子哪個不是悉心照料著，當自己家長輩一般？

章夫人倒好，一輩子沒見過公公幾面，沒伺候過一飯一茶，一來就把劉秀往外攆，這做的是什麼事?!真當劉家是不要錢的傭人？

既然一上來就落自家女兒的臉面，那就別怪劉家不給她臉了！

張蘭蘭素日就是個護短的，此時更見不得女兒受委屈，立刻站起來，招來春兒、夏兒照看三個小的，對羅婉道：「上次我不是給妳畫了些新花樣，妳繡成荷包了嗎？拿個過來，好歹是我徒兒堂妹來了，怎好沒個見面禮。」

羅婉知道婆婆這是要為小姑子出頭，忙去屋裡，挑了最好的荷包出來。

張蘭蘭從房裡拿了個小銀元寶，足足有十兩，塞在荷包裡。

如今劉家不缺錢，十兩銀子根本不放在眼裡，能打章夫人的臉也算值得。

又對劉秀說：「秀秀，前陣子妳剛畫好的花鳥圖，取一幅最拿得出手的來。」

劉秀應了一聲，去畫室挑了張已經裝裱好的畫拿過來，張蘭蘭又叫劉秀把章夫人給的荷包掛在腰間，而後帶著兒媳、女兒往私塾去。

劉秀捧著畫，跟在母親身旁，三人走到私塾門口，有守門的生臉小廝將三人攔下。

「三位是要找誰？」那小廝見來的三位女子均容貌不俗，身上的衣裳也是綾羅綢緞，故而客客氣氣地問道。

張蘭蘭瞥那小廝一眼，道：「怎麼今兒門口多了守門的？」

小廝點頭哈腰道：「小的跟我家太太返鄉，太太怕閒雜人等打擾老太爺養病，叫小的守在門口。」

「我是你家少爺的師傅，這兩位是你家少爺的師姊。」張蘭蘭伸手，從劉秀腰間的荷包裡把那十個銅錢掏出來，遞給小廝。

小廝得了銅板，笑成朵花，忙開門迎著三位太太、小姐進門。

「不用通報，我們同你家老太爺常來往，熟門熟路認識路。」張蘭蘭道，不管那小廝，領著兒媳、女兒，徑直往章夫子院子走去。

院子外頭守著兩個婆子，身上衣裳比尋常人家穿的都好，一看就是大戶人家的手筆。

於是三人又被攔了問話，張蘭蘭已經很不耐煩了，耐著性子同那兩個婆子說話，心裡極為不滿，這章夫人真拿這裡當自己家啊，還當這是京城裡的官家府邸？這可是私塾！哪有私塾裡兩步一問三步一攔，到處是小廝婆子丫鬟的？

院子門口兩個婆子顯然比門口的小廝難纏多了，問明了張蘭蘭三人的身分，道：「我們太太說了，老太爺睡了，待醒了再見客，三位若無急事便回去吧。若想等，後頭便是花園，三位自個兒坐會兒賞賞花，待老太爺醒了再來。」

張蘭蘭冷笑一聲，這譜擺得忒大了。若是真按照官家的作派，人家官家最講究體面規矩，客人提著禮上門，縱然老爺子睡著呢，陳氏也得出來親自接待，畢竟是姪子的師傅，不是外人，哪有這麼晾著的道理。

那章太太定是存心為難她們。

張蘭蘭不欲與幾個婆子多費口舌，轉身帶著人直接去往章凌院子裡。

章凌原本同其他學生們一塊兒住在一處，後來人都搬走了，他便單獨占了個院子。這院子在私塾最角落的位置，既清靜離書房又近。章凌的院子門口倒是沒人把門，張蘭蘭叫羅婉、劉秀先進去廳堂待著，自己出去轉悠了幾圈，想著劉裕、劉清兩人都在私塾住著，便打算去知會兩個孩子一聲，省得他們不明情況，只聽是章凌二嬸便生出親近，冷臉貼人家熱屁股。

劉裕、劉清如今同住一個院，屋子挨著書房。

張蘭蘭估算好時辰，這會兒兩人應該在書房中讀書，可誰知道才進了院子門，卻瞧見院子中間立著不少小廝，人人手裡都提著東西，張蘭蘭仔細一瞧，他們手裡拿著的都是劉裕、劉清的東西！

「哎喲兩位哥兒，就別為難我們了。」屋子裡一個小廝的聲音傳來。「我們家小姐住進來，外男住著不方便，兩位都是讀書人，還請行行好，自己搬回家住，省得我們做下人的為難。」

張蘭蘭衝進屋，見劉裕、劉清臉色鐵青，跟三個小廝對峙。

「我們是夫子的學生，你們有何權力趕我們走？」劉裕氣得渾身發抖。

張蘭蘭一瞧就明白了，無須解釋。

她一腳跨進門來，徹底惱怒了，對劉裕、劉清道：「人家既然趕人，咱賴在這兒也不好看，你們這就回家去，跟家裡人知會一聲，叫上鋪子裡的夥計們回來搬東西。」

又對那幾個小廝道：「我們的東西我們自己搬，你們若是亂動，丟了壞了的，這可是舉人老爺的東西，你們自己掂量著點！」

一聽舉人的名號，幾個小廝客氣了些，放下東西拱手道：「那我們就放著，還請各位早些搬出去，太太吩咐要在天黑之前整頓完畢。」

張蘭蘭哼了一聲，帶著兒子、小叔拂袖而去，幾人到章凌院子與劉秀、羅婉會合。

「簡直欺人太甚！」張蘭蘭一拳砸在桌上。「我瞧那章楓大人門兒清的一個人，頂頂聰明的探花郎，怎麼娶了這麼個回來?!」

眾人沈默，這委屈受大了，誰心裡都不好受。

「清娃、裕娃，你們回家張羅搬東西的事。」張蘭蘭吩咐道。「秀秀，妳對私塾路熟，妳悄悄去找凌兒的小廝，叫他給凌兒報個信，說他師傅在他院子裡等他，叫他速速來見。」

眾人聞言，分別辦事去了。

婆媳兩個在堂屋坐著等，羅婉嘆了口氣，道：「娘，若是凌兒來了，依舊向著他二嬸……」

「若他這般狼心狗肺……」張蘭蘭咬牙切齒。「這種徒弟我不要也罷！」

剛說完，就聽見門外傳來章凌急切的聲音。「師傅、師姊來了？」

章凌跑進屋，身後跟著劉秀並他的小廝。「出什麼事了？」

劉秀只說師傅叫他來，多一句不肯說，路上他追問得急了，劉秀只冷著臉瞪他一眼。劉秀素來溫婉，如今這樣反常，章凌心中忐忑不安。

「你們官家的規矩多，若是為師哪點衝撞了，還請多擔待。」張蘭蘭不冷不熱道。

章凌見師傅、師姊們個個臉色難看，都快急哭了，還是羅婉心軟，瞧他急成這樣，拉著他坐下，將事情原原本本說了一遍。

「怎麼會？」章凌簡直不可置信。「我在信裡都跟二叔說了啊，二叔知道兩家關係親如一家，二嬸怎麼會……興許二叔沒告訴二嬸？」

「這話說出來你自己信嗎？」張蘭蘭輕輕敲了敲桌子。

章凌閉上嘴，確實，這話說出來他自己都不信。二叔做事向來周到，二嬸、堂妹回鄉前，定會仔細囑咐，一定不會遺漏劉家的事，那麼二嬸她究竟為何這般無禮？

「我尋她問問去！」章凌也冒了火氣，他的師門、好友哪能教人隨意侮辱，哪怕那個人是他二嬸！

「你不必去了。」張蘭蘭眼睛瞧著門外。「你二嬸來了。」

陳氏領著章薇，帶著兩個丫鬟站在門外，眼睛盯著張蘭蘭瞧。這就是傳說中的牡丹大師，連皇上都讚譽的那個？

姪子在旁邊瞧著，陳氏客客氣氣地招呼劉家人，張蘭蘭一臉皮笑肉不笑。

「我聽說我徒弟的二嬸來了，故而上門拜會。」張蘭蘭同陳氏落坐，嘴角噙著笑，道：「我們鄉下小民哪知道貴人事忙，不巧連人影都沒見著。正打算託我這徒兒將禮物轉交呢，哪想到貴人親臨，真真是不勝惶恐。」

張蘭蘭句句綿裡藏針，陳氏眼角抽動幾下，沒想到牡丹大師竟然這般牙尖嘴利，先前還以為她是個普通農婦，不過畫的繡樣畫多了，自成一派而已。

不等陳氏接話，張蘭蘭從懷中掏出一個荷包來，塞到章薇手裡，道：「我徒弟的堂妹是我的小輩，這是一點見面禮，我們鄉下貧窮禮薄，不比京城來的大戶人家出手闊綽。」說著，眼睛瞟了一下劉秀腰間的荷包，陳氏頓時覺得臉上一熱。

張蘭蘭給的荷包鼓鼓的，能瞧出裡頭是個元寶的形狀。

章凌在旁垂頭立著，只覺得臉上臊得慌，二嬸真是太沒禮數了。

「我聽說京城的規矩，送給小輩的銀錢不過是拿去玩的，裝銀錢的東西才是真個好東西。」張蘭蘭喝了口茶，笑盯著陳氏，道：「原先我是不信的，可今兒瞧見太太給我們秀秀的荷包，我才信了，果然裡頭的東西不重要，最貴重的是荷包。我想著既然是送給大戶人家的小姐，我就效仿大戶人家的規矩，荷包裡的銀子不算什麼，我那荷包上的圖案，可是我親手所繪，我的關門大徒弟親手繡上去的。」

章薇下意識地低頭瞧那荷包，見上頭的圖案果真奇絕，知道牡丹大師說得不假。

眾人不約而同齊齊望向劉秀腰間的荷包，都瞧出來不過是個粗製濫造的普通荷包，壓根兒不值什麼錢。可張蘭蘭卻說，荷包裡頭的東西比那荷包還不值錢，可想而知裡頭才有多少東西。

陳氏老道，心裡雖然臊得慌，面上不顯。章薇卻嫩得多，她娘做的事她知道，如今被人找上門來打臉，章薇臉上早就掛不住，羞得滿臉通紅，手裡捏著那荷包，感覺跟捏個火炭沒啥兩樣。

「今兒我們初來，亂糟糟的，怠慢了幾位，真是對不住。」陳氏捏著帕子笑道：「我們自然是備了見面禮的，只不過方才東西都在行李中擱著沒拿出來，身上只帶了那個荷包，就隨手給了，一會兒叫婆子親自送到府上去。」

原以為劉秀是個鄉下小姑娘好糊弄，誰知道她娘這般不好惹，竟帶著人上門來，陳氏在京中多年，自詡手腕高明，沒想到竟然栽在個鄉下婦人手裡。

「禮什麼的不重要，夫人的心意我們知曉了就行。」張蘭蘭笑咪咪道，在座誰都不是傻子，陳氏縱然這會兒解釋得再圓滿，誰還不知道是怎麼回事啊！

張蘭蘭笑了笑，道：「我們聽說夫人、小姐遠道而來，特地登門拜訪。」

說罷，對劉秀使了眼色，劉秀捧著畫卷上前，放在陳氏面前的桌上。

「不過是隨手畫的，不成敬意。」張蘭蘭攤開畫卷。

陳氏、章薇一聽她們送的禮是畫，忙朝畫上看去，不約而同倒吸一口冷氣。

這是一幅花鳥圖，卻不同於她們往日見過的任何花鳥圖。眼前這幅畫，畫上的喜鵲簡直跟真的一樣，每一根羽毛都唯妙唯肖；那樹與花朵，連葉子的紋路、花瓣上的露珠都彷彿真的一樣！

早就聽聞牡丹大師畫技卓絕，天下無雙，得皇上親口讚譽，京城之中無人不知，無人不曉，陳氏和章薇自然也聽說過。只不過因牡丹大師的畫作極少，現世的四、五幅作品如今都被收於禁宮之中，成了皇上的私人收藏品，世人根本無緣相見。

眾人只聽過其名，未曾見過其真跡，時間久了難免覺得那牡丹大師不過爾爾，興許是沽名釣譽之輩。陳氏與女兒如今竟親眼瞧見牡丹大師的畫作，大師還說將那畫作贈給她們，這可是價值連城的寶物啊，連陳氏這種高官太太都難免心動。

「這……這……」陳氏母女頓時覺得臉上燒得慌，人家先是隨手丟出價值起碼上百兩的荷包和銀子當給晚輩的見面禮，又隨隨便便送了幅可當成傳家寶的畫作。反觀自己……隨手丟個荷包就將人家女兒打發了，這要是傳到京裡，還不得被那些命婦貴女給笑死。

陳氏極好面子，被人當著姪子、女兒的面打了啪啪兩巴掌，縱是臉皮再厚也掛不住了，紅著臉道：「不愧是牡丹大師，出手同我們這些後宅婦人就是不同。」

說罷，仔細端詳那畫，將這畫誇了一遍，最後道：「人說字如其人，我覺得畫亦如其人。大師的畫心思靈巧，筆力驚人，真真有一代大師風範。」

陳氏心想，所幸說好話不掉肉，誇誇人家的畫，讓人消消氣也好，這麼難惹的牡丹大師，自己還是別惹了一身騷。

張蘭蘭笑而不語，聽陳氏從誇畫到誇人，滔滔不絕，不得不說京城來的官太太說話就是不一樣，誇人都誇得比一般人好聽，聽進耳朵裡既不覺得諂媚，又覺得通體舒暢。

章凌在他二嬸旁邊站著，聽得滿臉尷尬。

章凌乃牡丹大師的徒弟，自己師傅的畫還是能分得出來的，眼前這幅雖然已有師傅六、七成功力，但明顯跟師傅的畫差得很遠。從這畫的風格來看，分明就是秀秀畫的嘛！他二嬸誇了半天，誇的全是秀秀。

劉秀在旁，亦是滿臉尷尬，羅婉憋著笑，強忍著不笑出聲。

張蘭蘭待陳氏誇完，笑著點頭道：「夫人說得極是，我瞧這畫也不錯。只不過這畫並非我所畫，是我女兒秀秀畫的，現在雖說秀秀的筆力稚嫩了些，不過她天賦不錯又肯努力，將來總是能有所成就的。秀秀既得了夫人賞賜，來而不往非禮也，夫人不缺金銀吃穿，她便將自己悉心畫的畫作送給夫人。」

陳氏的臉頓時就綠了，敢情自己誇了人家牡丹大師半天，說的全是那鄉下小姑娘的好。中午還看不上人家鄉下小姑娘，一個破荷包就給打發了，這會兒反倒把人家的畫誇出花來，自己打自己臉，簡直不要太尷尬。

再者劉秀這畫即便不能跟牡丹大師相比，但也絕對是上乘之作，得了牡丹大師真傳，離傳家寶的水準也差不離。拿這畫明晃晃地打臉，陳氏再能裝，這會兒實在繃不住了，臉上一陣白一陣紅的。

這牡丹大師真是奸詐，竟不告訴自己，任自己說！

「我瞧夫人說得起勁，想著打斷人家的話不禮貌，便聽完再解釋了。」張蘭蘭瞧出她的心思，輕飄飄道：「夫人不會怪罪吧？」

陳氏乾笑著。「我怎麼會怪罪大師……」

「行了，禮也送了，人也見了，夫人事忙，我們便不打攪了，這就回家去。」張蘭蘭起身，笑盈盈拜別，轉頭瞧見劉裕正好進院子，對劉裕道：「裕娃，家裡的人來了沒有？東西收拾得如何了？」

劉裕進來，道：「叫了七、八個夥計來，東西都打包裝上車了，橫豎東西不多，好搬得很。我來之前大哥正帶著夥計去書房拆鏡子呢，估計這會兒早就裝好箱，往家裡去了。」

劉裕說完話，又見了陳氏、章薇，禮數一點不差。

章凌聽劉裕說要搬走，一下子急了，這些年他同劉家叔姪感情深厚，一道讀書一道進步，早就當他們是摯友。尤其是劉裕，是他同年的舉人，兩人學業上互信互助，彼此為師為友，劉裕這一搬，大概就不會再搬回來了，章凌哪會同意。

「你們住得好好的，搬什麼搬。」章凌急道。

劉裕瞧了陳氏一眼，心道還不是你那好二嬸趕我們走的嗎？不過一碼事歸一碼事，章夫人的帳總不能算在章凌的頭上。

劉裕道：「你家人回來，又有女眷，我們住在此處諸多不便，不如搬回家中。你平日晚上也可來書房看書，只是我與清兒不在，無法與你輪班伺候老師，就得你多辛苦些了。」

章凌此時簡直恨不得將他二嬸趕回京去，這裡是私塾！不是她官家後宅！

雖說私塾不再招學生了，可誰見過私塾不許男學生住的？私塾裡那麼多小院，劉家叔姪又不和章薇住一個院，有什麼不方便的？

一來就攆女主人的譜趕人，到底有沒有搞清楚這私塾誰說了算？這是章夫子的地界，不是她大理寺卿夫人的後宅！

擱章凌看，該搬走的是他二嬸一家才對！

章凌看了他二嬸一眼，道：「二嬸，他們都是祖父的學生，一直住在私塾，祖父病後他們每日幫著照顧祖父，我同劉家人親如一家，豈有趕人走的道理？」

陳氏這會兒正難堪呢，被姪子質問，悶聲道：「他們想住，便留下好了。」

章凌更是生氣，這是什麼態度？想趕人走便趕人，想留就留，當劉家叔姪是什麼了？

「二嬸遠來是客，本不該教二嬸操心這些雜事，是姪兒疏忽了。」章凌忽地對陳氏拱手鞠躬。

妳啊就是個客人，誰要妳操那麼多心的？

陳氏本就沒見過這個姪子，兩人壓根兒就談不上有啥親情，此時瞧見章凌這般劃清界線，強調自己是客人，心中知道自己已將這姪子得罪了。

陳氏最不想得罪的就是章凌。

章楓一輩子沒納過妾，家中只章薇一個獨女，陳氏沒有兒子，將來女兒嫁出去之後，後半輩子陳氏得指望章凌這個親姪兒。

陳氏準備了好些禮物帶給章凌，為的就是要和這從未見過面的姪子培養感情，可誰知道，一見面頭一天，就將人給得罪了。

陳氏支走劉秀，是有她的理由的。章楓同章凌每隔十日通信一封，彙報章夫子的身體情況和近況，從章凌的隻言片語中，章楓似乎很滿意劉秀，有意想讓章凌娶劉秀為妻。

可陳氏並不喜歡劉秀，一來劉秀是個鄉下丫頭，陳氏壓根兒看不上，二來陳氏希望把自己娘家的表姪女說給章凌，這樣以後自己的姪媳婦是娘家人，她在家裡也更能說得上話。

所以儘管臨走前丈夫再三叮囑她要對劉家人多客氣些，陳氏依舊沒放在心上，故而一見著劉秀，瞧她長得清秀可人，更對劉秀心生厭惡，想著隨意打發了她便好，省得她整日在私塾裡同章凌抬頭不見低頭見的。

至於劉裕、劉清叔姪，完全是因為陳氏官太太的習慣作風而中槍。住到一處便得將裡頭無關的外男遷出去，是陳氏習慣使然，在京城並不出錯，可在徐州，錯就錯在她其實並非這裡的女主人，章槐、章凌才是這兒的主人。

陳氏對著客客氣氣卻拒人千里之外的姪子，不知說什麼好。

按道理來說，她和章凌才是一家人，應該更親近才對，可他們只有名義上的親屬關係，並無感情可言；劉家人同章凌日日相處，又是他的師門，章凌同劉家人親近，是理所當然的事了。

陳氏忽地想明白這個道理，有些後悔自己先前所為。

「搬回家也好。」張蘭蘭發話了。「私塾裡多了那麼些丫鬟、婆子、小廝的，定不得清靜，搬回家清清靜靜好讀書。」

師傅都說搬了，就再沒有不搬的道理，章淩同師傅相處這麼些年，她的脾氣還是多少能摸得清。

「行了，我帶孩子們回去了。」張蘭蘭擺擺手。「夫人不用送了。」

劉家人果真回去了，並且第二日劉秀便不再到私塾，只送了食盒到私塾門口，遞給小廝就回去。

陳氏不待見她，她也沒必要上杆子往裡頭跑，但是章爺爺的飯食不能落下，所以劉秀雖不再進私塾，卻也頓頓往裡送飯。

陳氏、章薇每日在旁伺候老太爺，章夫子雖然病著，但是腦袋不糊塗，接連三日沒有瞧見劉秀，卻有章淩親自提了劉秀的食盒進來送飯，加之劉裕、劉清再沒來過，便猜出了七、八分。叫章淩來一問，章淩本不想說這些惹病中的爺爺憂心，可是耐不住祖父的再三追問，就將那日的事說了。

章夫子一聽，當場就摔了手裡的茶杯，對陳氏怒道：「我的好兒媳，真有能耐，官太太好大的威風。我兒子來了且對劉家人客客氣氣的，妳比我兒子還能耐！一來就趕這個趕那個的，好厲害！」

公爹發怒了，陳氏趕忙跪下認錯，說自己初來乍到不知情，才做了糊塗事，早就後悔不已。

章凌忙幫著順氣，生怕祖父給氣出個三長兩短來。

章夫子罵了一句，便趕陳氏和章薇出去了。他雖然老，但不糊塗，誰跟自己親，誰真的對自己好，他心裡清楚得很。

劉家那三個孩子，哪個他都當親生的一般看待，怎麼捨得教他們受這樣大的委屈。

這兒媳，章夫子其實並不是很看重，一來離得遠沒親情，二來她一來就毫無緣由地欺負了自己最喜愛的幾個孩子，章夫子才不管她是不是官太太，老太爺最大！

章夫子素來護短，摸了摸鬍子，對章凌耳語幾句，章凌聽後先是一愣，而後面露喜色，忙出去辦祖父交代的事。

第二天一大早，陳氏來到章夫子房中準備伺候公爹起床，誰知道房中竟然空無一人，公爹連帶那輪椅都沒了。

又去尋了章凌，見他也不見了。

陳氏急了，忙抓了看門的小廝問，那小廝道：「今兒天剛亮，老太爺就和少爺出門去了。」

爺孫倆出門，大清早的這是要去哪兒啊！陳氏急得都快哭了，章薇比陳氏鎮定些，在祖父房裡尋見一張紙條，看完忙跑出來，對陳氏道：「娘，祖父說咱們規矩多他住得不習慣，說這私塾留給咱們住，他和堂哥住到劉家去了。」

老太爺帶著孫子離家出走了！

陳氏一愣，一顆心使勁往下沈。這下完了，逼走公爹的不孝名聲她是攤上了，若是被丈夫知道，那可真不得了了。

陳氏頓時急得六神無主，她嫁入章家，只生了個女兒便再無所出，連個兒子都沒生出來。眼瞅著丈夫的官職一年年高升，同僚們的後宅哪個沒七、八個小妾，可章楓一直遵守微時成親時的諾言，沒再納妾，更不曾拿生兒子的事來教她難堪。

但章楓不說，不代表他不想要兒子，陳氏心裡清楚，這是她的軟肋，是她對不起丈夫。說白了，陳氏在章家唯一能依靠的就是丈夫，一身榮辱全都繫在章楓身上。章楓不是沒良心的人，念著艱難時期陳氏對他的支持，就算發達了，照樣對待妻子，不曾變過。可章楓亦是個孝子，尤其對自己不能在親爹身旁伺候耿耿於懷。

陳氏什麼都能碰，唯獨不能碰「孝道」這條底線。

一想到丈夫的雷霆之怒，陳氏慌慌張張地抹起了淚，哪還有一絲京城官太太的威風。

幸虧章薇是能主事的人，忙道：「娘您別哭，我瞧祖父不是那心硬的人，咱去軟語哄哄，哄回來了便好。」

陳氏哭道：「哪有那麼容易，妳爺爺跟妳爹一樣脾氣，平時瞧著和善得很，一旦發起脾氣，誰說都沒用。」

章薇道：「難哄也得哄啊！咱娘兒倆是回鄉伺候爺爺的，這剛回來就把爺爺氣走，教爹爹知道了……」

一提章楓，陳氏哭得更厲害了，心裡怕了起來，若是老爺子說一句不喜她這媳婦，丈夫真能休了她！

「哎喲我的娘親啊，您就別哭了。」章薇年紀雖小，卻有主意，道：「我瞧爺爺是因劉家人跟咱們生氣，娘，不是我說您，前幾天的事是咱做得不厚道。」

陳氏哭喊道：「連妳也說娘做錯了，妳是不是娘親生的，怎地胳膊肘往外拐！」

章薇道：「娘您想想，平日都是劉家人幫忙伺候照顧爺爺，爺爺對劉家的孩子們當然疼愛得緊。咱們一來，又是攆人搬出去，又是不叫人進屋的，爺爺知道了定會生氣。」

陳氏停了哭聲，瞧著女兒，道：「難不成妳還真叫我去跟那家鄉巴佬賠禮道歉？」

章薇真是恨鐵不成鋼，自家老娘平日看著端莊大氣，處事沈穩，怎麼這會兒就死活轉不過彎來。

章薇耐著性子解釋道：「娘，爺爺是因為劉家人而生氣出走，您想把爺爺勸回來，就得先解決劉家那邊的問題，要不然爺爺帶著氣，肯定不願意回來。」

陳氏想了想，咬牙道：「罷了罷了，娘去劉家賠禮道歉去。唉，沒想到我一個朝廷命婦，還得向鄉野村婦賠禮道歉，若是傳出去，真是臉都沒地方擱。」

陳氏洗了面，重新梳妝換衣，叫章薇去打點禮品。

上回跟那牡丹大師正面交鋒，陳氏曾說過過後會準備禮品送上門，可劉家人走了之後，陳氏壓根兒就沒當回事，更別說準備東西了，這會兒還是由章薇親自去挑選。

章薇年紀雖小，辦事卻有她爹的風範，先不急著去挑東西，而是向私塾裡的廚娘打聽清楚，劉家都有什麼人，他們性情如何，這才逐一給每個人挑了禮。

牡丹大師送的那幅劉秀的畫價值不菲，所以章薇就揀著貴重東西挑。

陳氏便埋怨幾句嫌送多了，章薇一句：「娘，您還想不想爺爺回來了？」陳氏這才住了口。

東西準備妥當了，母女倆帶著幾個僕婦，提著禮上劉景家去。

然而，劉家並沒有人在家，朝街坊鄰居一打聽，才知道劉家全家都去郊外遊玩，晌午前就出發了，人足足裝了三輛馬車。

「人不在，這可如何是好？」陳氏嘆氣。

撲了空，章薇也發愁，兩人只得又帶著東西原路返回，留了個婆子守著，一旦人回來就立刻來報信。

郊外，藍藍的天，綠綠的樹，青青的草，劉秀推著章夫子在山腳下的石子路上散步。

劉家的大人們坐在旁邊的亭子裡，擺出好些吃食，小的則在草地上撒歡玩耍，由春兒、夏兒看著。

章夫子自從病後，便沒出過門，更別說到郊外來散心了。

昨兒晚上章凌來劉家，同劉家人說了章夫子生氣的事，說夫子不想住在私塾裡，嫌那京城官太太的威風大規矩多，想到劉家住一陣子。

兩家親如一家人，劉家全家都十分歡迎章家祖孫來住，立刻叫劉清將房間收拾出來，安排劉清搬到隔壁跟他二叔住，劉清的房間讓給章夫子祖孫，反正章夫子白天夜裡都需要人守在旁邊，四個人住兩隔壁，照顧起來也方便。

今兒一大早，章夫子嘴裡嚷嚷著：「小牡丹小牡丹，我瞧我那兒媳就心煩，我得賴在妳家住陣子。」一搖著輪椅就進來了。

張蘭蘭肚皮都快笑破了，章夫子自從病後，性情越發像小孩子，忙迎過來道：「隨便住，住多久都行，反正咱家早就打算給您養老了。」

章凌遞了包銀子給師傅，劉家雖說不差那麼點錢，但是白吃白住這種事，章夫子是不屑做的。

張蘭蘭不扭捏，立刻就收了銀子，安排夫子祖孫住下。

都不是外人，劉家不跟他們客氣，章凌推著章夫子出來，在廳堂與劉家人一塊兒吃了早飯。

劉家人多，圍著個大桌子坐，大家吃得熱鬧，顯得飯食都比平常香，章夫子心裡高興，連飯都比平日多吃了半碗。

吃了早飯，張蘭蘭道：「昨兒凌兒來跟我說，我就知道您老心裡頭不痛快，今兒我家掌櫃的和俊娃都不去鋪子了，我們從鋪子裡調了三輛馬車，咱去城郊痛快玩一天散散心可好？」

章夫子立刻笑道：「好好，小牡丹這主意好。我這把老骨頭，再不出去曬曬太陽，可就要發霉了！」

準備好外頭吃的飯食，一家人上了車，把輪椅也帶去，挑了塊山清水秀的地方，各自玩耍起來。

郊外地表不平，自己搖輪椅吃力，劉秀便同章凌一塊兒推著夫子。

「秀秀，教妳受委屈了。」章夫子拍拍劉秀的手背，很是看不慣自己兒媳欺負人家小姑娘。

「可不是，可委屈了。」劉秀癟著嘴，湊過去，道：「爺爺今兒中午得多吃兩塊紅棗糕，那可是今兒我起了大早特地做的。大夫說爺爺吃紅棗好，您要不多吃兩塊，我可委屈得很。」

章凌跟著湊趣，道：「爺爺您就疼秀秀吧，趕明兒我得離家出走，人家問起來，我就說我爺爺光疼我師妹，敢情我是撿來的！」

「你這孩子！」章夫子被兩個孩子逗得哈哈大笑，被陳氏搞的那點不痛快煙消雲散。

張蘭蘭挨著丈夫坐，兩人瞧那祖孫三個笑得開懷，張蘭蘭對劉景道：「夫子心裡舒坦就好，我可怕他被氣著了。老人家不能受氣，心平氣和笑口常開才能長命百歲。」

「小牡丹說得是。」劉景學著章夫子的叫法，笑道：「若夫子她兒媳找上門，咱們咋辦？」

張蘭蘭雙手一攤。「涼拌唄。她氣走了自己公爹，又不是咱們拐走的，哄不哄得回去看她本事咯！」

難得一家人玩得開懷，直到太陽落山，劉家三輛馬車才緩緩駛入城內，等回到家，天已經黑了。

陳氏留下守著的婆子早就睏得迷瞪了，被馬車聲吵醒，瞧見劉家人帶著老太爺、少爺回來了，忙一溜煙地跑回去報信。

陳氏同章薇等了大半天，如置身油鍋般難受，這會兒終於瞧見報信的回來，簡單問了情況，陳氏趕忙帶著女兒、婆子提禮上門。

劉家大門緊閉，陳氏叫婆子敲門，敲了半天，才有個打著哈欠的小丫頭將大門開了個縫。

全家人玩了一天，都乏得很，回來早就各自休息了，春兒剛睡著，迷迷糊糊被吵醒，開了門，黑燈瞎火的看不清楚，只見是個臉生的婆子，便衝那婆子咕噥道：「妳找誰？」

那婆子笑道：「姑娘，我家夫人來拜訪妳家主子。」

春兒睡得迷糊，打了個哈欠道：「哪有大半夜上門拜訪的？又不是有啥急事。我家主子都睡了，你們明兒個再來。」

啪嗒一聲，春兒關了門，上了門閂，繼續回去睡了。
堂堂官夫人提禮上門道歉，竟然被個鄉下丫鬟關在門外吃了個閉門羹！
陳氏氣得手都抖了。
「夫人，要不我再敲敲門？」那婆子小心翼翼問道。
「鄉下丫頭就是不懂規矩！別敲了，回去，都回去！」陳氏臉色鐵青，帶著女兒拂袖而去。
「氣死我了，氣死我了！」回屋，陳氏氣得睡不著，在屋裡繞圈。
「娘，別氣了，這大晚上的，去拜訪人家確實不太方便。」章薇跟著勸道：「娘睡吧，明兒一早咱們再去。」
陳氏憋了一肚子氣，可也沒其他方法，只得睜著眼睛到天亮，頂著兩個黑眼圈，一大早就領著女兒登門道歉去。
陳氏來的時候，劉家人並章夫子祖孫正在吃早飯。
章夫子昨兒玩得開心，夜裡睡得沈，一大早精神極佳，心情也好，瞧見兒媳來了，立即擺出一副公爹的嚴肅樣兒。
張蘭蘭瞧著章夫子，差點沒笑出聲來，剛才還一口一個「小牡丹」的喊著，非要劉裕、劉清背出一段什麼書才肯喝粥呢，明明就是老頑童一個，這臉變得忒快了！
陳氏在公爹面前，規規矩矩站著，再不敢擺那官太太的架子。

章夫子的髮妻去得早，陳氏嫁進門後便南來北往跟著丈夫到處奔波，年輕的時候雖吃過苦，可從沒受過大委屈，跟那些從新婦時就被婆婆磋磨掉脾氣的小媳婦不一樣，陳氏當家久了，骨子裡很有股傲氣。

如今被人挫了銳氣，心裡別提多膈應難受。

陳氏跟個木樁似的杵著，一桌子人立刻沒了胃口。劉家大大小小都吃得差不多了，紛紛離席，轉眼間只剩章夫子一人坐在桌邊，旁邊立著章凌，章薇同陳氏一道低眉順眼站著。

章夫子一下子也沒了胃口，皺著眉頭放下筷子。

陳氏瞧見，立刻陪笑臉道：「爹想吃什麼，媳婦給您布菜。」

章夫子從懷裡掏了帕子擦擦嘴，道：「不吃了。」又對章凌道：「我累了，推我回屋歇著。」

祖孫兩個拍拍屁股說走就走，獨獨留下陳氏母女並幾個丫鬟、婆子晾在屋裡。

一屋子主僕對著一桌子剩菜，簡直尷尬。

幸虧沒多久張蘭蘭就進屋，招呼春兒、夏兒將桌子撤了，再上茶待客。

陳氏碰了一鼻子灰，這會兒終於有人搭理她了，便安安分分坐著陪笑臉。

「前幾日我們剛安頓好，事務繁雜，一直想拜訪大師，可卻不得空。」陳氏陪笑道：「我想著初時與大師家人有些誤會，今兒特來拜訪，順帶將誤會解開。劉家、章家本就交好，我家薇兒在京城的時候就極為仰慕大師的風姿，若是因些許小誤會弄得不快，真真是不值。」

話說完，立刻有兩、三個婆子並丫鬟捧著禮上前，總共三個小箱子並兩個蓋著布的托盤。

裡頭從書籍到首飾，什麼都有，且價值不菲。劉家每個人一份，就連最小的安安和睿睿都有份，禮物瞧著準備得甚為用心，定是事先打聽好劉家的情況才特地備下的。

「夫人費心了。」張蘭蘭喝了口茶，淡淡笑道。

提著禮品登門，道個歉還得繞這麼多彎彎，非得說什麼誤會，官太太的面子真值錢。不過陳氏好歹是個命婦，跟張蘭蘭就不是同等級的。能登門說句誤會已經很不容易，也沒必要非逼著人家親口承認自己做錯了。

張蘭蘭讓夏兒將東西收下，陳氏見她肯收東西了，心中稍微鬆快一點，有信心將局面打開。若是劉家不肯收禮，油鹽不進，那就真是難辦了。

張蘭蘭一直淡淡的，對陳氏不冷不熱，完全就是當普通客人對待。倒是陳氏，挑著京城裡的趣聞說著，又留意劉家有幼童，說了些養孩子方面的事，張蘭蘭全程都在聽，極少插話。陳氏說得口乾舌燥，她本想藉著婦人的家長裡短跟牡丹大師拉近距離，誰知道人家當真是個好聽眾，認認真真地聽，偶爾嗯啊一聲，一句話也不插。

陳氏絞盡腦汁說了些話活絡氣氛，平素在後宅，都是她屋子的丫鬟、婆子變著法地說俏皮話哄她，如今陳氏自個兒試了，方知道這真是件苦差事。

張蘭蘭真的是認真在聽，並且認真地不想插話。

她是穿來的，原身又是個農婦，對京城官太太的圈子一點也不瞭解，且家裡孩子這樣多，早就不像頭胎生孩子那般稀罕。陳氏只生了一個閨女，壓根兒就體會不到張蘭蘭這種家裡孩子一籮筐，壓根兒已經懶得說的心情。

既不瞭解，又不感興趣，張蘭蘭見陳氏說得滔滔不絕，本著「打斷別人說話是不禮貌」的原則，耐著性子聽陳氏絮叨，其間還怕她口乾，親自給她添了兩次茶水。

章薇立在母親旁邊，站得腳都麻了，實在受不了母親絮絮叨叨一直說不到重點。她們今兒來劉家，一是為了給劉家賠禮道歉，二是來接祖父回家。賠禮了，劉家也收禮了，道歉麼，就算道過了，接下來該說祖父的事了。

「娘。」章薇果斷地截下話頭，對張蘭蘭福身，道：「大師，實不相瞞，我和我娘是有求於大師的。」

終於有人堵了陳氏的嘴！張蘭蘭坐得屁股都瘮了。

「哦？」張蘭蘭瞧著章薇，見小姑娘生得眉清目秀，氣質頗像她親爹，瞧著倒是比陳氏順眼多了。

「大師是知道的，我娘初來不瞭解情況，做事惹得我祖父不高興。」章薇道。「我們久居京中，初來乍到，實在不該擅自作主。薇兒知道大師和您的家人都是真心對祖父好的，而母親與我，也是一片孝心。

「祖父離家後，娘與我擔心得一夜未眠。」章薇有些臉紅，頓了頓，道：「其實不光是擔心惹怒祖父後，爹爹怪罪，更擔心祖父一大把年紀，身體又不好，若是氣著凍著，餓了睏了，有個三長兩短，那我們母女就百死莫辭了。」

小姑娘說得還算真心實意，張蘭蘭臉上終於帶了點真誠的笑，點頭道：「是啊，老人家的身子是最重要的。」

章薇又對張蘭蘭福身，道：「薇兒多謝大師照顧祖父，剛才薇兒瞧見祖父面色紅潤，精神極好，又聽說昨兒大師一家為了給祖父散心，特地去郊外遊玩了一天。大師如此替祖父身子著想，這般照顧有加，是我們章家的恩人，而我們卻如此怠慢，真是不應該。」

張蘭蘭瞧著章薇，笑意更深，這小姑娘還挺會說話，嘴巴也甜，性情直率，比她那裝腔作勢的娘可愛多了。

「哪裡的話，這麼說可就見外了。」張蘭蘭笑著衝章薇招招手，章薇乖巧地走過去，張蘭蘭牽著她軟軟的小手，道：「妳祖父是我兒子、小叔的老師，妳堂哥又是我的徒弟，我厚顏說一句，跟一家人也沒差別。再說我們住得近，鄰里之間照顧起來也方便。」

張蘭蘭輕飄飄看向陳氏，就差沒說一句「遠親不如近鄰」了。

章薇年紀小，對長輩道歉說軟話也不覺得心裡膈應，順帶連她娘的錯一道認乾淨了，這般爽利的認錯道歉，倒教張蘭蘭不好意思再端著了。

「對了，薇兒，妳方才說要求我什麼來著？」張蘭蘭笑咪咪道。

章薇道：「祖父生我們的氣，不肯回家，還請您幫著勸勸，讓祖父早些消氣。」

張蘭蘭哈哈笑道：「夫子哪是那麼小氣的人，妳們過去好好說，他定就不怪妳們了。不過至於夫子願不願意回家，這我可勸不了，妳爺爺啊，主意正，況且我早就答應他了，他若想住我們家，我們便給他養老了。」

陳氏聽她如此說，又開始為難。

陳氏此行的目的本就是為了接公爹回家，此時聽張蘭蘭如是說，面露難色，道：「我們母女倆千里迢迢趕來，就是為了伺候公爹，若是公爹不願回家，教我們母女如何自處？」

張蘭蘭搖頭，道：「夫子辛苦半輩子，如今年老生病，作為小輩應該首先顧及他老人家的感受，他若是覺得回家住開心，願意回家，那我們定好好地送走他，我還會叫孩子們每日去陪著說話解悶；可若是夫子覺得住我家更開心，不願意走，那我們何苦為了自己的面子強行接走他，而罔顧老人家的感受？」

說白了，又不是殺人放火這種無理要求，夫子這個年紀的老人，想吃什麼想住哪兒，都由著老人去吧。

陳氏還在糾結，章薇想了想，拉了拉母親的袖子，道：「大師說得有道理，娘，咱們還是先去祖父那兒吧。」

陳氏點點頭，公爹的脾氣她可是領教過了，那可是一言不合就帶著孫子離家出走的老人家哪！

陳氏拉著章薇準備往夫子房間走，章薇轉頭，輕輕拉住張蘭蘭衣角，輕聲細語道：「大師跟我們一塊兒去吧，我怕爺爺瞧見我們生氣，氣壞身子了。」

簡直讓人無法拒絕的理由啊！張蘭蘭笑著搖頭，牽著章薇的手，道：「走，我領妳們過去。」

章凌在屋裡，章夫子躺在床上，面朝牆蓋著被子做睡覺狀，可張蘭蘭瞧他時不時動幾下的鬍鬚，就知道他定是裝睡。

「夫子、夫子……」張蘭蘭毫不客氣地進去，往床邊一坐，道：「我給您帶了個特可愛的小姑娘過來，人家小姑娘說特喜歡您，您起來瞧一眼唄。」

章夫子身子聳動幾下，不肯轉頭，咕噥道：「什麼小姑娘，我要睡覺。」

張蘭蘭見老爺子耍起小孩子脾氣，笑著起來，輕輕拍了拍被子，道：「您不喜歡和孩子玩了啊？那以後我叫秀秀、安安、甜甜、睿睿都別來找您玩了，說夫子要休息，讓孩子們去別處耍。」

「別啊，小牡丹！」章夫子坐起來，掃了陳氏一眼，見她一副規規矩矩的模樣。

章薇走上前，笑得甜甜的，拉著章夫子的手喊道：「爺爺，薇兒可想您了。」

畢竟是親孫女，不愛是假的，只是看不慣那兒媳的作派罷了。

章夫子被章薇軟糯糯地哄了幾句，話音都軟了，張蘭蘭在旁幫著說話，說什麼陳氏帶了好多禮親自上門道歉云云。

知錯能改善莫大焉，章夫子不是那小心眼追著不放的人，見兒媳知錯，還上門道歉了，便不和她計較那麼多。

「外面日頭正好，薇兒推爺爺出去曬曬太陽吧。」章薇邊說邊扶著爺爺起身坐上輪椅，又仔細瞧那輪椅，道：「這輪椅真是精巧，多謝大師一家給爺爺做了這個。」

章夫子偏愛劉家，最喜歡聽人說劉家的好，此時孫女感謝劉家，章夫子滿意地摸了摸鬍子，不愧是他們章家的種，是個念恩情的。

陳氏也跟著附和道：「這等奇思妙想，大約只有牡丹大師這樣的妙人才想得出來。」

章夫子得意得鬍子都抖了起來，眉飛色舞道：「那是自然，我們小牡丹可不得了。妳們真該瞧瞧她的畫，不親眼見，壓根兒就想不到世上還有那樣逼真的畫作。」

牡丹大師徒弟劉秀的畫她們都見過，說起來還真沒見過大師本人的真跡，陳氏母女都有些心癢癢，這機會不是誰都能碰上的。

章薇一臉期待又帶乞求地對張蘭蘭道：「不知大師方不方便……」

張蘭蘭略帶無語地瞧著章夫子，就見章夫子伸手指著牆，對章薇道：「小牡丹送了我一張畫，我鎖在匣子裡呢，今兒教妳們開開眼！薇兒，妳去將牆上掛著的鑰匙取來！」

章薇扭頭，見床邊的牆上釘著根釘子，上頭掛了把銅鑰匙，便依照祖父的意思，走過去，伸手去拿那鑰匙。

陳氏在後頭瞧著女兒，見她三次伸手去抓那鑰匙，而後就站在牆前不動了，盯著那鑰匙發呆。

「薇兒，爺爺叫妳取鑰匙呢，妳愣著做什麼？」陳氏走過去，一手搭在女兒肩頭，一手去取那鑰匙。

待陳氏的手碰到那鑰匙時，她大驚失色！

這根本就不是什麼釘子上掛個鑰匙，這釘子連同鑰匙，都是畫在牆上的！她來到這樣近，竟然沒有分辨出來，這牆上的畫太過逼真！

章夫子得意洋洋地瞧著她們，張蘭蘭一臉無語。這本是她畫在牆頭哄兒子劉清的，被章夫子發現後，就這樣捉弄人，真是個老頑童！

不過章夫子這一手，真教陳氏母女震驚了，她們誰都沒想到牡丹大師的畫技竟然這般出神入化。

陳氏原先覺得牡丹大師不過沽名釣譽之輩，一個鄉下婦人能有什麼能耐？如今瞧見這牆上的畫，是真的服了，難怪聖上都讚不絕口。

「大師技藝之高，令我佩服。」陳氏發自內心道，再不敢輕視她。

章夫子衝張蘭蘭眨眨眼睛，口形道：「看她還敢不敢瞧不起咱們小牡丹！」

張蘭蘭瞧著夫子發白的鬍鬚，心裡一暖。

第十七章

來者是客，於情於理都得好好招待一番。

劉秀一早上就帶著兩個丫鬟去廚房忙活，家有客人，飯菜要做得比平時豐盛些，劉秀得親自盯著才放心。

陳氏母女陪老爺子曬太陽，張蘭蘭在旁作陪。

陳氏對張蘭蘭的態度客氣了許多，自古但凡有些本事的人都有自個兒的脾氣，在陳氏看來，張蘭蘭的本事真的不一般，難怪她底氣那麼足，敢帶著孩子上門給自己難堪。

既然張蘭蘭不是個鄉下村婦，陳氏覺得被這樣一個名家刁難，其實面子上也沒多過不去，誰讓人家是名家，本領大，有點傲氣是應該的。

打從心裡佩服了，嘴上語氣也軟和許多，陳氏不敢像公公一樣喊人家「小牡丹」，隨女兒一般喊「大師」。

張蘭蘭覺出陳氏態度的變化，畢竟她是章凌的二嬸，互相給個臺階下，把事情抹過去就行了，芝麻大的事不至於揪著不放。

陳氏一直主動同張蘭蘭找話題，張蘭蘭如今也開始回應她，兩人說著說著，氣氛便熱絡起來。

章薇圍著夫子打轉，夫子見著自家孫女稀罕得緊，問章薇這些年經歷的趣事，章薇乖巧地依偎在夫子膝下，同他講自己跟爹爹去各處遊歷的見聞，還有京城裡的事。

提到京城，章夫子感慨萬千。

身為徐州人士，章夫子是去過京城的，那時還是前朝，他一考成名，風光一時，京城裡誰不知道他這個驚才絕豔的狀元郎。可後來國破……他一生中最輝煌的時刻是在京城裡，而亦是在那裡，從最巔峰跌落，一蹶不振了幾十年。

章楓調任回京後，曾經想接老父親去京城，可一來老人戀故鄉，不願出遠門，寧願在老家待著，落葉歸根；二來章夫子對京城感情複雜，實在不想踏入那傷心地。

如今聽著孫女描繪京城的種種繁華，章夫子的思緒彷彿又回到他年輕的時候，鮮衣怒馬的時光。

到了午飯時刻，陳氏母女留在劉家用飯，本就是一大家子人，再加上兩名客人，一張飯桌都坐不下。又恐幾個小娃娃吃飯吵鬧，索性分了餐，羅婉帶著幾個小孩子去自己屋裡吃，其餘人在堂屋裡同陳氏母女一道吃。

陳氏母女頭一次同劉家人一道用飯，驚奇地發現劉家人吃飯的禮儀個個都很優雅，沒人在盤子裡亂攪和，也沒人吃飯吃出聲或筷子敲碗叮噹響，大家都很標準地拿著筷子，優雅地挾菜吃飯。

要知道這個年代的餐桌禮儀並不普及，只有官家貴族才會重視這個，普通老百姓，尤其是農家，吃都吃不飽，沒人會講究什麼拿筷子姿勢好看不好看啦，挾菜的時候能不能在盤裡翻攪啦，咀嚼要閉著嘴不要發出很大的聲音啦，打噴嚏、咳嗽得用袖子遮著不能對著碗盤之類。

陳氏祖上出過小官，後來沒落了，到陳氏這一代，她爹一輩子是個秀才，勉強稱得上書香門第，可她初入京城時，因禮儀不周，頭一次出席官太太們的宴會，還被人暗地裡嘲笑過，嫌她喝湯聲音大。

陳氏是下了狠功夫才將自己那些不好的習慣糾正過來，也從小教女兒各種禮儀。原想著劉家出身農家，發達不過是這幾年的事，沒想到人家連吃飯都這麼講究，一點也不粗魯。

陳氏暗想，看來劉家真是不一般，否則自己公公那樣智慧的人，不會跟劉家走這麼近。

張蘭蘭完全不知道陳氏琢磨開了自己家的用餐禮儀，最初穿越來的時候，家裡人吃飯確實不太講究，就連劉秀一個小姑娘，吃飯吧唧嘴響得恨不得隔壁都能聽見。身為一個現代人，張蘭蘭完全不能忍受他們吃飯吃成那樣，每頓飯開始糾正，終於將家人的壞習慣都改過來了。

至於那些什麼京城裡的餐桌禮儀，張蘭蘭壓根兒就沒聽說過，她只是按照現代人的標準去做罷了。當年她成名後，出席各種宴會不計其數，有中餐有西餐，跟各種社會名流打交道，耳濡目染的自己吃飯也優雅了起來。

陳氏心裡又將劉家高看了幾分。

用完午飯，又叫丫鬟端果盤來，章薇揀了個橘子剝開，一瓣一瓣遞給夫子吃。夫子吃得開心，笑咪咪地同孫女說話。

陳氏瞧公公這會兒心情好，於是便道：「爹，一會兒同我們回家去吧。」

章夫子搖頭道：「不去不去，我就住小牡丹家。」

陳氏扶額。「爹，媳婦知道錯了，也跟大師家人道歉了，您就原諒媳婦，跟我們回家吧。」

章夫子捏了捏章薇的小臉蛋，笑道：「妳們瞧我是那麼小氣的人嗎？小牡丹都不計較了，我自然更不計較。只是我在這兒住得舒坦，孩子們每日陪我熱鬧得很，還有小牡丹同我說說話，我可捨不得走呢。」

章薇見狀，道：「爺爺，您光惦記著這兒的孩子，可把您的孫女給忘了。」

章夫子趕忙道：「怎麼會？」

章薇嘟著嘴道：「薇兒好不容易見著爺爺，可爺爺住在這兒，薇兒想爺爺了怎麼辦？」

章夫子摸了摸鬍子，道：「薇兒想爺爺了，便來看爺爺。小牡丹好客得很，最喜歡我家薇兒這般乖巧的孩子了。」

張蘭蘭忙跟著附和道：「對對，我家可是孩子窩，隨時歡迎。」

陳氏見公公是鐵了心要住劉家，不肯回私塾，知道再勸也沒用，便只能順著公爹。

下午，張蘭蘭見章薇實在對畫畫好奇，便推著夫子，領著陳氏母女參觀自己的畫室。陳氏母女看得稀罕，這裡瞧瞧那裡看看。

章夫子摸了摸鬍鬚，笑道：「小牡丹啊小牡丹，妳說我這把年紀了，還能學畫畫不？」

張蘭蘭道：「學畫不嫌晚，夫子這樣的聰明人，當然能學。」

章夫子哈哈大笑，道：「小牡丹，妳畫畫那麼好，要不然我拜妳為師，跟我家凌兒當師兄弟可好？」

陳氏幾乎一口老血吐了出來。自己公公真的是……不可捉摸啊！他要是真心血來潮非要拜牡丹大師為師，那張蘭蘭便是自己公爹的師傅，自己一家不得把牡丹大師當祖宗一樣供著？

況且，跟自己孫子當同門同輩……陳氏一想就覺得腦仁疼。

「那可不行，我可不敢收您這樣的徒弟，我怕折我的壽。您要是想學，我教您便是，收徒之事萬萬不可。」張蘭蘭知道夫子不過是隨口一說，便隨口拒了。

章夫子果然沒再提這茬兒，轉到其他話題上，陳氏一顆七上八下的心終落回肚子裡。

陳氏母女直到傍晚才離開，一回私塾就派了兩個婆子又去送禮，大多都是金銀綢緞補品之類，自己公公在人家家裡住，人家幫忙養老照顧，陳氏得好好謝人家。

劉家收了禮，又挑了些時令蔬果並本地的特產回贈回去。

張蘭蘭收好金銀，將補品交給劉秀，攤開絲綢來看。只見這綢緞油光水滑，摸著極為柔軟舒服，張蘭蘭不太懂綢緞，便將綢緞給了羅婉，讓她看著給大家做衣裳。

羅婉拿了綢緞，驚道：「娘，這可是蜀緞，一疋價值千兩！」

「什麼？這麼值錢！」張蘭蘭咋舌。「章太太這會兒出手還挺大方。」這綢緞加上金銀補品，折合成銀子，估計得有千兩了。

「娘，方才您瞧見章太太、章小姐身上衣裳沒？那料子用的就是蜀緞，一身衣裳連帶繡工剪裁，沒有五百兩是拿不下來的。」羅婉道。「我也只原先去賣繡品的時候，在鋪子裡瞧見過一回。這蜀緞太過珍貴，尋常人家是穿不起的，不過我聽王掌櫃說，京城裡很流行這料子，若是官家婦人沒幾套蜀緞的衣裳撐門面，都不好意思出門！」

一身衣裳就五百兩，還不算頭面首飾脂粉，張蘭蘭不禁咋舌。

原以為自己家做著木材鋪子的生意，加上自己偶爾畫幅畫的錢，已經十分富裕，沒想到自家鋪子三個月掙的錢，還買不了人家一身的行頭，真是山外有山。

婆媳倆都不禁深思起來。

羅婉想的是，將來劉家走仕途，或許得舉家遷到京城，將來花銀子的地方多著呢。況且劉恬一天天長大，將來出嫁得多準備些嫁妝，才能在夫家挺直腰桿。

張蘭蘭想的是家裡人丁越來越多，且不說劉裕、劉清科考的費用，打點的銀子，就光家裡幾個小的，轉眼就長大了。劉秀、劉恬、劉安這三個丫頭的嫁妝，還有劉裕、劉清、劉睿娶媳婦的銀子，都是很大一筆開銷。

這麼一想，銀子真是不夠用啊！

木材鋪子收益穩定，想大幅度增長不可能。她自己倒是可以賣畫，可凡事物以稀為貴，她的畫高價原因不光是因為畫得逼真稀罕，還因為流傳在世上的數量少，若是她量產了，畫作多了，自然就不那麼值錢。

況且張蘭蘭不想只靠自己一個人畫畫支持，她希望家裡人一起出力，省得將來養出了家人好吃懶做的習性。

是時候重新開發新財路了，張蘭蘭默默想著。

但凡大戶人家，總少不了田產和鋪子。若是將來劉家要舉家遷入京城，那麼在徐州買田地就沒有意義，剩下的就是鋪子，現有的木材鋪子可以繼續做著，但僅僅有木材鋪子是不夠的。

張蘭蘭回去同劉景說了自個兒的想法，夫妻兩個琢磨了一晚上，回想起被巡撫太太的丫鬟擺了一道的事，張蘭蘭忽然靈光一閃，有了主意。

第二天一早，張蘭蘭把羅婉、劉秀叫來一起開會商討。

「妳們還記得娘當年賣繡樣的事不？」張蘭蘭粗略將賣繡樣之事又講了一遍，道：「那事雖然有波折，不過我瞧賣繡樣是個好法子。不過不能像原先那樣賣給其他鋪子，一來利潤不高，二來人家給的銀子有限，不如咱們自己開間鋪子，專門出售繡樣。」

劉秀一合掌，道：「娘說得有理，如今我同大嫂也會畫畫了，大嫂又精通刺繡，有咱們三人一塊兒畫，咱家的繡樣定能紅遍大江南北！」

張蘭蘭笑道：「自然能紅！而且咱不光賣繡樣，妳們想想，平常時我教妳們作畫，用的顏色大多都是自己調合而成，買家將咱們的繡樣買回去，但是市面上買不齊繡花用的染色絲線，咱們便接手個染坊，連同絲線一塊兒賣了。這樣一來，人家來咱們的鋪子買繡樣，為了繡出最好的效果，勢必要在咱們鋪子裡買齊對應顏色的絲線。又賣繡樣又賣絲線，這樣一舉兩得！」

「好好！娘的主意高！」羅婉、劉秀齊聲讚道。

有了主意，三人便開始討論細節，羅婉說回去跟劉俊講好，讓劉俊四處打聽有沒有染坊要轉手的，他們直接接手，這樣人員材料都是現成的，只需要自家出人配色即可。

「我覺得咱們也應該瞭解京城裡時興的風尚。」劉秀想了想，道：「我聽說京城裡每季流行的花樣都不同，咱們最好能趕上人家要的樣式，再別出心裁，畫出更精美別致的樣式，這樣方能顯出咱們獨特。」

「秀秀說得對！」張蘭蘭點頭，想要站在時尚潮流的最尖端，不瞭解潮流走向那是不行的！

張蘭蘭忽然想到一個人，那人對京城的流行風必定非常瞭解熟悉。

大理寺卿夫人，陳氏。

「我考慮，想拉章夫人入夥。」張蘭蘭道。

劉秀皺眉，她十分不喜歡那章夫人，不明白為啥自家好好的開鋪子，娘為啥要拉章夫人入夥。在劉秀看來，向章夫人問問京城流行什麼花式就行了，沒必要拉她入夥啊！

張蘭蘭瞧出劉秀不喜歡陳氏，耐心解釋道：「秀秀，妳記得當年一個丫鬟都敢來為難娘，剋扣娘的銀子不？」

劉秀嘟著嘴，道：「記得，不過是狗仗人勢的奴婢。」

張蘭蘭點頭，道：「對，就是個狗仗人勢的奴婢，可就是那樣的奴婢，咱們都惹不起，若不是她家主子還有求於我，那銀子勢必要不回來了。妳再想想，咱們家雖然有個舉人、有個童生，可放在京城裡，那就什麼都不是。咱們的鋪子不光要在徐州開，還要開進京城，到時候勢必會搶了一些人的生意，成為人家的眼中釘、肉中刺。京城裡那些有名的鋪子，哪個身後沒有背景？這樣的人家，咱們惹得起誰？」

劉秀低頭沈默，母親說得對。

「若是拉章夫人入夥，那就不同了。」張蘭蘭道。「雖說咱們要分些利潤給她，可最初需要她在京城幫忙選鋪面，置辦夥計，打通關係，做的事情可不比咱們簡單。後頭鋪子開起來了，還得要靠章夫人的面子，保咱們的生意沒人來搗亂，大理寺卿夫人家的鋪子，和老百姓家的鋪子，能一樣嗎？一聽是章夫人關照的鋪子，地痞流氓都不敢來門口轉悠。」

張蘭蘭講得直白，劉秀點頭，道：「娘，我明白了。可若是章夫人不願意入夥要如何？」

張蘭蘭篤定道：「有銀子賺，誰不願意？京城裡花銷大，我也沒聽凌兒說過他叔父有多少產業，都是寒門摸爬滾打上去的，想必家底不厚。妳瞧她們光一身衣裳都那麼費銀子，為了面子，花銀子的地方可多了，如今有了生財的路，她哪會不答應！」

劉秀咬著嘴唇，又道：「那、那她要是看不起咱們家，不肯搭理咱們怎麼辦？」

張蘭蘭哈哈大笑，這小妮子還耿耿於懷呢！

「她若是不答應，我就去磨夫子，讓夫子拜我為師！公爹師傅的話，她不答應也得答應！」張蘭蘭拍拍胸脯，一臉無賴樣。

劉秀被母親逗得噗哧笑出聲來，道：「娘就會說些不著邊的，那我這就去請章夫人來家。」

劉秀到私塾的時候，章夫人正提著個食盒送章薇出門。

公爹住在人家家裡，她雖有心盡孝，可每日去叨擾實在不好，便準備了好些精美的點心，讓章薇去看爺爺的時候帶著，給劉家幾個孩子分著吃，好拉拉關係，以後自己去劉家也方便些。

見著劉秀來了，陳氏一改以往傲慢的官夫人作派，親親熱熱拉著劉秀的手，道：「往日都沒仔細瞧，今兒細細看了，才覺得秀秀姑娘真是水靈靈的，跟妳娘一個模子裡刻出來一般！」

劉秀笑了笑，她雖心裡對陳氏不喜，可面子上總要過得去，便恭敬道：「夫人謬讚了。

對了，不知夫人這會兒可得空？我娘想邀夫人上門，有事相商。」

陳氏正瞅著沒理由去劉家呢，機會就送上門來了，忙答應，親親熱熱一手拉著章薇一手拉著劉秀，帶著個婆子往劉家去。

陳氏估算著日子，差不多到章凌跟他二叔通信的日子了，每隔十日章凌便會往京城送封信，陳氏怕姪子將自己先前做的事如實寫給丈夫知道，那就麻煩了。正想去劉家說道說道，勸勸姪子別告訴丈夫。

劉秀領了陳氏母女上家，章薇拎著食盒找她祖父去了，劉秀則留在母親身旁，由大嫂羅婉伴著，準備跟陳氏說開鋪子的事。

陳氏瞧劉家三個女人都在，心裡沒底起來，不知道她們特地請自己過來，葫蘆裡賣的什麼藥。

張蘭蘭見陳氏有些防備，便索性打開天窗說亮話，將自己的計劃原原本本跟陳氏說了一遍，道：「若有夫人入夥，咱們這鋪子開進京城，定能日進斗金。」

陳氏大吃一驚，沒想到這家人竟然是來找自己入夥做生意的，重新將張蘭蘭幾人打量一番，見她們個個胸有成竹。

當年章楓調任回京的時候，陳氏就買了京郊幾處田莊，並城裡幾間鋪子。陳氏於經營上頗有頭腦，家中產業雖然不多，但都有盈利，幾年下來攢了不小的一筆家產，可誰又會嫌銀子多呢？

「夫人久居京城，總該聽說前幾年錦繡坊賣的一批衣裳，上頭的繡樣十分別致吧？」張蘭蘭道。

陳氏略微思索了下，道：「當然記得，那衣裳賣得極貴，且數量少，有錢都買不到。當時京裡還有些別的繡莊想仿製那花樣，可不知為何，都沒錦繡坊的神韻。我聽說是絲線用的顏色不一樣，錦繡坊出的特製絲線，外頭沒那顏色，所以繡出的花樣便差了許多。」

張蘭蘭臉上露著笑，看著陳氏。她既然知道，那就再好不過了。

「夫人可知，那繡樣是出自誰之手？那特製顏色的絲線，又是誰的配方？」張蘭蘭抿著嘴唇，含笑看著陳氏。

陳氏忽地反應過來，捂著嘴巴，不可置信地看著張蘭蘭，道：「難不成……那花樣竟是大師的手筆?!」

張蘭蘭輕輕點頭，道：「不錯，那就是我畫的。前些年家境艱難，便賣了繡樣換錢，只是當時差點被人坑了。」

張蘭蘭於是將被丫鬟擺了一道的事說出來，她並不覺得說這些有什麼難為情的，如今她有求於陳氏，在生意方面自然要以誠相待。

「原來裡頭竟還有這樣的曲折。」陳氏道。

「我們平民要做買賣，裡頭甚為艱難，夫人見多識廣，自然是明白的。」張蘭蘭道。

「我們要做的東西，是頂尖的物品，想在京城做開做大，僅憑我們的力量很難。裕娃就算他日考上功名，前幾年少不得要外放熬功績；清娃年幼，還指望不上。章夫人，這門生意是好生意，定有錢賺，還請夫人考慮考慮。」

陳氏低頭，人家說得直白，沒瞞她。張蘭蘭這邊有技術，但沒有靠山，若是自己願意，大理寺卿府可做她們的靠山。

張蘭蘭的花樣，陳氏是信得過的。當年錦繡坊僅憑一批新花樣，就賺得盆滿缽滿的，張蘭蘭腦子裡裝的可是源源不斷的好東西。

陳氏輕輕咬著嘴唇，腦子裡快速思量起來。

其實劉家若是真想進京城做生意，找別的靠山也是可以的。京城不少外來的商戶，都會投靠本地的官員，無非是多孝敬些銀子便可。劉家來找自己，也是看重兩家關係，橫豎肥水不流外人田。

「好！我瞧這生意做得！」陳氏當機立斷，十分爽快地應承下來。

劉家三個女子喜上眉梢，沒想到陳氏這麼好說話。

結成了生意共同體，接下來的話就好說多了。四個人聚在一塊兒，嘰嘰喳喳商討具體細節，怎麼起步、怎麼分成、怎麼經營等等。

陳氏不愧是親自打理好幾個產業的人，見識比張蘭蘭她們要多，說起經營來頭頭是道。

劉家三人擅長技術，陳氏擅長經營管理，四人互相取長補短，越說越覺得這買賣定能賺大錢！

「我這就修書一封回家，跟我家老爺說這事。」陳氏道。「家中產業都由我打理，下頭還有幾個能幹可靠的掌櫃撐著，我再寫信與他們，要他們開始著手準備開鋪子的事。」

張蘭蘭極喜歡陳氏這說做就做的索利樣，笑道：「昨兒我媳婦跟我大兒子說，叫他去尋人家盤出的染坊，咱就等消息了。花樣不光我能畫，我女兒、兒媳都能畫，她們同我學畫多年，畫幾個花樣不成問題。」

陳氏笑道：「好，徐州這邊的事就煩勞大師了，京城裡的事包在我身上。明兒個我姪子就該寄信回京了，我今兒晚上回去寫好信，明兒個一併送走。只是……」陳氏面露難色。「前些日子我與大師有些誤會，如今咱們誤會也消了，好得跟一家人似的……那事，就沒必要教我家老爺知道了，省得他憂心，大師說是不？」

張蘭蘭立刻心領神會，忙點頭，道：「是是，咱們如今是一家人，哪有什麼誤會，我一會兒就瞧凌兒那孩子去。他二叔在京城事務繁雜，少拿那些芝麻綠豆大的瑣事讓章大人心煩，人在外都報喜不報憂的，凌兒懂事，我與他說說就行了。」

剛剛結盟，賣個小人情，利人利己。

陳氏摸了摸胸口，真真是一塊大石頭落地，她最怕丈夫知道她氣得公爹搬出去住的事。反正如今公爹在劉家住得好好的，她與劉家也修好了，那破事抹過去就抹過去了，不提也罷。

「好好，那就多謝大師了！」陳氏笑道。

「舉手之勞罷了。」張蘭蘭揮揮手，道：「我瞧夫人長我幾歲，就別大師大師的叫，多見外！若是夫人不嫌棄，喊我聲妹子。」

「欸，好！蘭妹子！」陳氏親親熱熱喊了聲，橫豎她是自己姪子的師傅，也算是一家人了。

陳氏當天一整個白天就留在劉家了，幾人細細計劃開鋪子的事，又去張蘭蘭的畫室瞧了瞧。陳氏將今年流行的花樣畫出來，又給三人講解城裡達官貴人的愛好，張蘭蘭三人仔細聽著，一一記在心裡，準備回頭畫幾個繡樣給陳氏看看，商量第一批繡樣出什麼花色。

陳氏晚飯也是在劉家吃的，席間章夫子看著陳氏和張蘭蘭挨著坐，兩人說話的神色也親暱不少，奇道：「小牡丹，妳倆這是怎麼了？怎麼半天不見，倒親得跟親姊妹似的？」

張蘭蘭嘿嘿一笑，道：「您這兒媳是個妙人啊！又能幹又賢慧，我先前是不知道。如今知道了，巴不得日日黏著她取經呢！」

章夫子才不信張蘭蘭的胡說八道，道：「小牡丹，妳就忽悠我吧，回頭我問我孫女去！」

張蘭蘭笑道：「夫子，我跟章夫人商量著，怎麼給您孫女多攢些嫁妝呢！」

章薇臉一紅，忙低頭吃飯。

章夫子眼睛一亮，他孫女再過幾年就到出嫁的年紀，自家孫女自家疼，哪家的老人不希望心愛的孫女出嫁時嫁妝豐厚些，去了夫家也好挺直腰板，不受欺負。

「好好，這事好！」章夫子摸了摸鬍子，瞧著孫女害羞了，摸了摸章薇的頭，又對張蘭蘭道：「小牡丹，妳別繞彎子了，快老實交代，妳們一下午鬼鬼祟祟的躲在房間裡說什麼了。」

張蘭蘭便將她們要開鋪子的事跟章夫子說了。

章夫子雙手一拍，道：「這主意好啊！妳們快快開鋪子，有用得著我的地方，只管說！我也出點力，給我們家薇兒攢嫁妝！」

陳氏笑道：「爹，人說家有一老，如有一寶，您就每日吃好喝好，養得身體好，比什麼寶貝都強！」

陳氏晚間回去，理了理思緒，提筆寫信。信中條理分明，一二三四五羅列得清清楚楚，下頭的掌櫃只需要照章辦事，便錯不了。

張蘭蘭尋了章凌，稍微提點一番「家和萬事興」云云。晚飯時章凌便知道二嬸已經和師傅一家一起做生意，先前那些不快都煙消雲散，便將書信重寫一封，抹去那些不快之事。

陳氏第二天親自送了信到劉家，又聽張蘭蘭說，章凌的信重新寫過了，兩人將信放在一處，交由章凌。

劉俊那邊馬不停蹄地在城裡轉悠，四處打聽染坊的事。

某天中午，劉俊回鋪子吃飯的時候，外頭夥計賊兮兮地跑進來，道：「老闆，有個姑娘上咱們鋪子來，說要尋你。」

「啊？」劉俊納悶，怎會有姑娘來鋪子裡找自己呢，便叫夥計領人進來。

來者是位年輕姑娘，樣貌清秀，那姑娘一進門，便道：「你是那姓劉的老闆？我聽說你家要買染坊，可是真的？」

劉俊愣了吧唧地點頭。

那姑娘撫了撫胸口，笑道：「嘿，還真教我打聽對了。走，你快帶我去見你娘，我家的染坊要轉手。」

反常即是妖，劉俊見這大姑娘賣染坊就賣染坊，怎麼還非要見自己娘，一時間想試探她，道：「染坊的事我作主，妳同我說吧。」

那姑娘擺擺手，道：「我不同你說，我要同牡丹大師說。」

她這麼一說，劉俊就更不敢帶她去見自己娘了，道：「姑娘莫不是來打趣咱的？」

姑娘滿臉不耐煩，道：「哎呀，你娘是個爽利人，怎麼有你這麼囉嗦的兒子？我先前同你娘做過生意，見過她配染料。這回你們家要買染坊，是想自己染色做絲線買賣，我猜得沒錯吧？」

劉俊心裡咯噔一聲，他家要開鋪子賣繡樣絲線的事，除了劉章兩家，就沒外人知道了，這姑娘是如何得知的？

「哎呀，你帶我去你家，就跟你娘說，紅姑娘來尋她拜師來了。」那姑娘道。「我家的染坊無論染料還是工人都是頂尖的，你家買下了定不會吃虧，平日我幫著打理，你們家也省心。唯一的條件是牡丹大師要收我為徒，傳授我調製染料的技藝。」

傍晚，劉俊從鋪子裡回來，還領回個姑娘。張蘭蘭正同陳氏說話呢，見有人來尋她，便叫那姑娘一道進屋。

張蘭蘭瞧那姑娘，甚是眼熟，仔細一想，這不就是原先她幫忙配色那家染坊的掌櫃，紅姑娘嗎？

紅姑娘比昔年成熟不少，眉宇間透著幹練，見了張蘭蘭立刻行禮，道：「牡丹大師，還記得我嗎？」

「記得，怎麼不記得，紅姑娘快請裡頭坐。」張蘭蘭忙招呼她坐下，叫丫鬟上了茶。

紅姑娘做的是染坊生意，如今劉家要收購染坊，估計她是為此事而來。

紅姑娘落落大方地坐下，喝了口茶，稍微打量了下四周，笑道：「昔年怪我有眼不識泰山，不曉得大師竟然身懷絕技。那時候瞧見您配的色，看得我眼睛都直了，一直惦記了這麼多年。」

當年據那芸姑娘說，紅姑娘也是巡撫太太的人，想來也是個婢女。如今巡撫太太隨丈夫調任走了，不知紅姑娘現在上門是要做什麼？劉家是想買個染坊，可不想跟誰家合夥做生意開染坊。再說了，被巡撫家坑了一次倒罷了，張蘭蘭不會傻到再被人坑一次。

「都這麼多年過去了，難為紅姑娘還記得我。」張蘭蘭含笑道：「不知紅姑娘親自登門找我有何事？」

紅姑娘道：「前些日子有人四處打聽想買個染坊，您知道做我們這行的，同行之間都會彼此通聲氣。我家的染坊正好想出手，便留心打聽了，是木材鋪劉老闆家想買，這不，我一聽就知道定是您想買，便找上門來。」

張蘭蘭咦了一聲，奇道：「妳家的染坊？我記得那染坊是巡撫太太的產業。」

紅姑娘點頭道：「您沒記錯，當時您來染坊時，染坊確實是屬於巡撫太太的。此事說來話長，這染坊最初是我祖輩留給我爹的產業，我爹年輕時好賭，欠了好大一筆賭債，不得已拿染坊抵債，買主正是巡撫太太。我爹當時走投無路，索性賣身投靠了巡撫家，在染坊做工，後來認識了我娘，我娘是巡撫太太的陪嫁丫頭，並不算很得臉的。我娘在我十多歲時去世了，沒兩年我爹也不在了。我從小在染坊長大，巡撫太太憐惜我，見我這些年兢兢業業打理染坊，離開徐州前便賞了個恩典，將我家祖傳的染坊賞給我，又讓我脫了奴籍，我便成了染坊的老闆。」

「原來是這樣。」張蘭蘭點頭。「既是妳家祖傳的產業，妳怎又肯賣給我了？」

紅姑娘皺了皺眉頭，道：「我自家的產業，自己當然珍惜得很，若是換作旁人，我定是不會賣。可自從我見過大師調製染料之後，便整日惦記著，我從小沈迷配色，沒想到卻在您手上栽了跟頭。不瞞您說，您走後，我自己又試著配色，卻始終不成。我今兒來賣染坊，也是有條件的，染坊我可以低價轉手給劉家，您須得同意我拜在您門下學習配色！」

張蘭蘭啞然，沒想到紅姑娘是衝著學配色來的。

「我知道您本事大，畫技天下無雙，可我不盯著您的畫技，我只想學配色。」紅姑娘目光堅定。「我若拜您為師，定當敬師如母，染坊我從小打理，從進貨到銷售的門路我都摸得清楚，不是我自誇，我染絲的本事可是全徐州最好的！有我幫忙打理染坊，您家會省去不少工夫。」

張蘭蘭忽然有些心動了，若是紅姑娘僅僅想賣染坊，她還不一定買，可她這番來，是要將自己一塊兒也打包銷售了。古代師徒關係極為牢靠，貫穿人的一生，紅姑娘一旦拜入她門下為徒，那麼她們就算是一家人了。

不但能低價購入個可以立刻開工的染坊，還一塊兒挖了個染坊高級技術管理人才，怎麼想都不虧！

可教她配色？張蘭蘭心裡顧忌不少，萬一她是那狼心狗肺的白眼狼，學了配色就自立門戶與自己家競爭，豈不是壞了！

紅姑娘瞧她猶豫，知曉她定信不過自己。但凡獨門秘訣，哪有那麼容易能傳授給他人的，紅姑娘理解得很。

「這是我的身契。」紅姑娘竟然從懷中掏出一張身契來。「光拜師您還信不過我，我就自個兒把自個兒賣給你們家，身契在你們手上，我若是學了本事跑了，報官抓回來打死便是。」

張蘭蘭面對紅姑娘炙熱的眼光，突然不知道說什麼好了。這姑娘為了學配色，都願意自己賣身為奴了，張蘭蘭忽然覺得無法理解，說不定裡頭有什麼貓膩。

張蘭蘭一時間不好答應，便安撫紅姑娘一番，說要同自家人商量，叫她先回去。紅姑娘也知這是大事，得容人考慮，便起身告辭，約好三日之後上門問結果，若張蘭蘭不答應，她不會再糾纏。

剛將紅姑娘送出門，張蘭蘭回頭問陳氏，道：「我瞧裡頭透著古怪，夫人怎麼看？」

陳氏點頭，道：「我覺得也不對勁，哪有上趕著賣祖產、賣自己的。不過我瞧那紅姑娘目光堅定，提起配色眼中滿是神往，我猜她是真心想學配色。至於其他，我想她定有所隱瞞。」

「唉，這染坊是該買不該買？」張蘭蘭撫額。

「不如這兩天叫妳家掌櫃的去打聽打聽那姑娘的事，我也叫我的人去探探消息。」陳氏道。

兩人商議一番，也只能如此。

張蘭蘭一邊叫劉景去探紅姑娘的底細，一邊叫劉俊繼續到處看有沒有轉手的染坊。打聽了兩天，還真教劉景把內情挖出來了。

原來自紅姑娘自立門戶後，便有不少人盯著她一個沒爹沒娘的姑娘家，她繼承祖產，手裡有錢，經常有些不三不四的人來騷擾。對那些無賴，叫夥計罵走便是，可漸漸有些有錢的員外，仗著自己有錢有勢，想打紅姑娘的主意，甚至還有個富商藉著談生意，意欲輕薄她，將她收房當妾。

雖然如今紅姑娘是白身，手裡握著祖產，可就如個弱質女流抱著金娃娃走在街上，過得提心弔膽，還不如給巡撫太太當奴婢的日子，起碼那時候她是巡撫太太的人，等閒人不敢打她主意。

估計紅姑娘投靠劉家，也是想給自己找個靠山，畢竟在徐州的地界上，那些歹人可不敢欺負到舉人老爺頭上。

「姑娘家臉皮薄，大約羞於說這些事。」張蘭蘭道。「如此看來，她是真心想投靠咱們。」

陳氏點頭，道：「她這樣無依無靠的才可靠，因她除了咱們，再也找不著更合適的靠山。」

兩人一合計，這染坊能買。

不過知人知面不知心，張蘭蘭打算在收徒的同時，也收了賣身契，凡事留一手也是好的。

三天後紅姑娘上門，得知劉家肯收她了，大喜過望，當日就拜師行禮，遞了賣身契，第二日染坊就過戶了，銀貨兩訖。

對染坊的夥計們來說，老闆又變成了掌櫃，其餘倒覺不出什麼不同，張蘭蘭依舊讓紅姑娘住在染坊，如往常一般打理染坊的事務。

劉家變成新東家，請全體夥計上館子吃了一頓，又給每個人發了紅包。春兒、夏兒做了好些點心，分發給染坊周邊的鄰居們，一來是維護鄰里關係，二來是告訴大家，從今以後，染坊就是劉舉人家的產業了，想打歪主意的都掂量掂量。

陳氏那邊也給知府打了招呼，每日派來染坊附近巡邏的兵丁多了三倍，有幾個想進染坊滋事的流氓，都被逮回衙門打了板子。如此幾天下來，周圍人都知道，這染坊的後臺硬得很，再沒那些不三不四的人上門了。

染坊後院是作坊，前頭的門面本就是個鋪子，原本是賣染坊自己染的絲線布疋等。

劉家接手後，將染坊關了兩個月，重新裝修，將作坊後院幾處老舊的廢屋重新整修一番當倉庫，將鋪子從裡到外新裝一遍。

鋪子的裝修風格是陳氏一手操辦，人家京城官太太，別的不說，眼光是極好。鋪子走的是高級路線，為有錢人服務，當然要裝修得有格調。

劉、章兩家將新鋪子取名「彩虹閣」，既是賣絲線繡樣的，就取五彩繽紛的吉祥名字。

張蘭蘭領著劉秀、羅婉開始畫第一批繡樣，上了色後，帶著女兒、媳婦去染坊親自配色。紅姑娘也是拜了師，故而張蘭蘭配色不避她，叫她在旁看著。

第一批染料配成，紅姑娘帶著夥計們開始染絲線，她對此十分重視，每一道工序都親力親為，忙得三天三夜沒合眼，終將第一批絲線製了出來。

不得不說紅姑娘是染絲界的高手，她染的絲根根有光澤，顏色一分一毫不差，就連陳氏這見慣好東西的貴婦，都讚她的品質好，說這絲線放在京城賣也是上品。

「妳收這徒弟不錯。」陳氏真心實意讚道。「不說別的，她染絲的功夫，真是絕了，我看也就官造坊的幾個頂級工匠能染出這種品質的絲線。」

紅姑娘面上一紅，道：「師傅調的色這樣漂亮，我若是染壞了，豈不是糟蹋了這麼好的顏色。」

兩個月後，整整三百張繡樣準備妥當，以及與之配套的絲線齊備，彩虹閣正式開張！

開張那天，門口張燈結綵好不熱鬧，好些看熱鬧的鄉親鄰里們一大早就上門口圍著，待門一開便一窩蜂地湧進來。

從開張前幾個月起，張蘭蘭便叫人在城裡開始放消息，今兒大半徐州人都知道那牡丹大師家開了個「彩虹閣」，專門賣最時興的繡樣和絲線。

門口有小攤擺著，來店前五百名客人，每人送一塊素帕。素帕是棉布製成，帕子一角繡著「彩虹閣」三個字，由以前染坊積壓沒賣出去的布疋做成，無須多少成本，是染坊的工人們趁著裝修時做出來的。上頭繡的「彩虹閣」三個字，是張蘭蘭專門設計的圖樣，瞧著極具美感。

張蘭蘭一心想將「彩虹閣」打造成高級品牌，當然要配上個漂亮的logo！

來客們得了素帕，都喜上眉梢。普通人家都用粗布裁一塊當帕子，少有人能用上棉布帕子的，大家都讚老闆大方，一出手便是五百條素帕。

而後進了店裡，客人們更是咋舌。櫃檯裡掛著幾十個繡樣，有四、五名小二笑咪咪站在櫃檯裡頭招呼客人，那些繡樣個個都是上完色的成品，出自牡丹大師師徒三人之手，每一朵花瞧著就跟真的一模一樣！

「哎呀呀這麼漂亮的花，跟真的似的！你們說，若是把這花繡在衣裳，走在花園裡，會不會把蝴蝶給招來？」一個大嬸瞧得眼花撩亂，讚道。

「那並蒂蓮真漂亮，若是繡在妳嫁衣上，定是極美的。」一個婦人拉著身旁的小女兒道。

眾人對那些繡樣品評了一番，問了價格，才知這裡頭最小的那幅繡樣，才巴掌大，竟要賣五十兩銀子，最大的那幅要上千兩。

彩虹閣的客戶定位本就不是這些普通民眾，在他們看來，五十兩已經是天價了，上千兩更是想都不敢想。

櫃檯裡還展示了很多顏色的絲線，每個繡樣旁邊有一個絲線板，整齊地纏繞著繡這繡樣所需用的所有絲線，各顏色絲線搭配好，可成套買，也可單買。絲線價格亦是不菲，比市面上其他絲線貴上好幾翻，主打高品質和獨特的顏色。

「這些繡樣和絲線美則美，卻不是我們這些老百姓買得起的。」看客都有些遺憾，不過瞧了這店面的高端裝修，再看看那些從來沒見過的繡樣，從來沒見過的顏色，大夥兒都覺得，這麼漂亮的繡樣，倒也值那個價。

雖說買不起，但是來者大部分都得了素帕，少部分來晚沒跟上帕子的，也得了一小包點心當禮品。

到了中午，店鋪清場，鄰里們大都回家吃飯了。夥計們將鋪子重新打掃布置，東家說了，下午的來客才是重頭戲。

徐州城裡有頭有臉的商家婦人、官家婦人都接了帖子，陳氏自己不方便出面，便託知府太太發帖子。徐州這地界上目前最高的官就是知府了，下頭的小官、商人們哪敢不買知府太太的帳，接了帖子都紛紛表示會來。

一來有知府太太的帖子，二來奔著牡丹大師的名頭，人家也想瞧瞧裡頭有什麼門道。

陳氏很貼心地把時間定在下午，好教那些婦人們不用特意早起打扮，要知道貴婦人出個門，不準備一、兩個時辰是出不了的。

剛到帖子上約定的時間，就見到門口陸陸續續有馬車來了，紅姑娘同羅婉親自在門口迎接。由於下午來的都是女眷，彩虹閣裡早就清了場，小廝、小二們全打發到外頭做牽馬車招呼車夫的活兒，這會兒屋裡招呼人的丫鬟、婆子都是陳氏的。

陳氏帶來的下人，都是早就教好的熟手，個個做事俐落有眼力。陳氏在京城常在家中款待相熟的官太太們，這些丫鬟、婆子連京裡規矩一籮筐的高官太太都招呼得周周到到，對上這些沒那麼多講究的小官小吏夫人、富商太太們，自然不在話下。

相反地，劉家人倒是不善於應付這些場面。紅姑娘還好，從小生意堆裡摸爬滾打，察言觀色、待人接物自然不差。羅婉同劉秀平日很少出門應酬的，幸好羅婉性子沈穩，從前也有和錦繡坊王掌櫃打過交道，由紅姑娘帶著，接待客人還是可以的。

劉秀就不行了，她實在是沒跟這些太太、小姐們打過交道。張蘭蘭也沒有，所以她索性坐在二樓的雅間，正好能瞧見一樓的大廳。劉秀跟在母親身旁，默默觀察樓下的人，仔細用心地看著別人怎麼招待。

陳氏也在一樓，過會兒知府太太來了。在場的太太、小姐們並沒見過陳氏，不知她是京城裡的命婦，可都認得知府太太，見了知府太太都蜂擁著圍上去，想討個臉。

畢竟知府是地方父母官，在座各位想在徐州混，得看知府太太丈夫的臉色。

知府本就是章楓舉薦上來的，往後還要多多仰仗章大人，所以對章夫人異常恭敬。

知府太太姓葉，瞧著比章夫人年輕一些。葉氏是個伶俐人，雖說自己忽然被這些太太們圍起來，眾星拱月一般，卻沒昏了頭，對陳氏態度畢恭畢敬。

在座各位太太也不傻，瞧陳氏的衣著氣度，看知府太太對她的態度，便猜出這位定是有身分的人。

「這位是大理寺卿章夫人。」知府太太介紹道。

陳氏笑道：「這彩虹閣是我與牡丹妹妹開的，往後還請諸位太太們多捧捧場。」

一聽大理寺卿，眾位都吃了一驚，那可是京官，不是地方小官能比的，估計肯定是有品階的命婦，怪不得知府太太對她這般恭敬了。

「一定一定，我家二姑娘明年出嫁，我還愁嫁衣怎麼繡呢！今兒瞧見這麼多漂亮的花樣，都看花了眼，今兒挑幾樣買回去，繡上去定極漂亮！」一位鹽商太太笑道。

「下個月我家老太太過壽，我瞧那壽桃繡樣甚好，我就要那個了！」另一名亭長太太道。

眾人妳一言我一語的，說得熱乎起來，太太們妳挑這個我選那個，沒一會兒就將櫃檯裡掛的幾十個繡樣瓜分乾淨。

後來的十幾個太太眼紅想買，卻買不著了。

陳氏叫丫鬟將各人選的繡樣拆下來送到各人手上，太太們親手拿著繡樣近距離看，只覺得比方才掛著遠遠看還要精妙絕倫。

「這些繡樣只此一份，妳們買了就是妳們的，我們彩虹閣不會再賣相同的繡樣了。」陳氏笑道。

在座的哪個家裡都不缺錢，知府太太請的都是富得流油的人家，這些人家只看重東西好不好、新奇不新奇，壓根兒不在乎貴不貴。漂亮、獨一無二，足以讓有錢的女人買買買。

買到繡樣的太太們高興得合不攏嘴，沒買到的則一臉羨慕地到處看看別人的繡樣，約著改明兒再來買。

有些平日交好的太太們，聚在一塊兒商量著互相交換繡樣，這樣大家伙兒就能多繡幾種樣子了。

多繡繡樣可以，反正買家買回去，繡多少套都是人家的事，但是絲線也得成套的多買，不然顏色不對，繡出來的便不是那麼回事。

一件衣裳上不可能只繡一朵花，繡多少朵，就得買多少套絲線。

各家太太們大多子女多，嫡親的、庶出的，女兒們一籮筐。各家太太親生的女兒就不止一個，親生的女兒們一人用新繡樣做一套新衣，少說得買三、四十套絲線，可庶出的也不能怠慢，省得人家說一碗水端不平，所以庶出的也得做。

絲線價格不菲，有厚道的嫡母便連同庶女的分一道買，不厚道的便只買了自己同親女兒的，至於庶女的，就用差不多顏色的絲線隨便繡繡得了。

大家伙兒這麼買下來，最少的買了一個繡樣並二十套絲線，合計二百多兩銀子。

買得最多的是最有錢、最愛美的鹽商太太，買了五個繡樣，其中包括最大的那幅繡樣，兩百多套絲線，合計銀子一萬三千兩。

陳氏在旁看得，心都樂開了花！這哪是鋪子啊，簡直就是聚寶盆，銀子嘩啦啦往裡掉啊！

知府太太葉氏看得也眼紅，起初她也想入股的，剛跟丈夫露了點意思，便被丈夫攔住了。

「人家大理寺卿家的產業，也是妳能沾手的？咱家巴結他們家都來不及，哪敢從人家嘴裡刨肉吃！」

葉氏想想便作罷了，畢竟銀子不如丈夫的前途重要，伺候好章家才是正途。

貴婦們東西買完了，便在大廳裡擺了茶宴，這個時辰不是吃飯的點，喝茶吃點心聊天最合適。

張蘭蘭在樓上看了許久，拍了拍劉秀的肩膀，道：「秀秀，咱們下去瞧瞧，將來鋪子主要妳同妳大嫂打理，總得學著怎麼經營、怎麼應酬。」

劉秀輕輕咬唇，點頭跟著母親走下樓。

眾夫人正吃茶說話呢，便瞧見一位美婦人領著個清秀的小姑娘走下樓。

陳氏忙起身，一手拉著張蘭蘭的手，一手拉著劉秀，給眾位介紹。「這位便是牡丹大師，是我的牡丹妹妹，也是彩虹閣的東家。小姑娘呢，是牡丹大師的女兒，也是徒弟劉秀。」

張蘭蘭見羅婉同紅姑娘在門邊站著，揮手叫羅婉過來。

陳氏繼續道：「這位是牡丹大師的大兒媳羅氏，也是大徒弟。眾位手裡的繡樣，就是出自牡丹大師師徒三人之手。」

眾太太、小姐一聽，紛紛投以驚奇的目光。張蘭蘭年紀三十出頭，能畫出這樣的繡樣，大家伙兒還是信的，可旁邊那兩個徒弟，一個不過剛剛二十出頭，一個才十幾歲，也能畫來？

張蘭蘭就知道她們不信。

她輕輕拍了拍劉秀的肩膀，劉秀臉微紅，上前一步對眾人行禮，道：「多謝各位夫人、姊姊們來我們彩虹閣捧場，小女子不才，有禮物送上。」

眾人見她兩手空空，都好奇她要送什麼禮物。

立刻有丫鬟抬了畫架過來，劉秀走到那鹽商夫人面前行禮，道：「夫人，方才我瞧見夫人捧場，買了好些東西，我猜夫人定是極喜歡我家的繡樣。」

鹽商夫人見眼前的小姑娘樣貌清秀可人，十分喜歡，點頭道：「我喜歡極了。」

劉秀道：「今兒彩虹閣開張，夫人買得最多，我便送夫人獨一無二的禮物。」

彩虹閣處處透著獨一無二，這會兒小姑娘又說要送獨一無二的禮物，眾人都好奇起來。

劉秀道：「夫人，我為您畫幅畫像送您可好？」

鹽商夫人想了想，點頭道：「好。」

反正今兒出來作客，都是盛裝打扮過的，畫就畫吧，且看這小姑娘能畫成什麼樣。

劉秀請鹽商夫人擺了個舒適的姿勢坐在椅子上，而後自己走到畫板後調整角度，開始作畫。

此時畫人像，要畫得又快又好，畢竟要夫人長時間擺一個姿勢，人家也難受。

劉秀聚精會神全身心地沈浸在作畫中，旁邊有好奇的太太們都圍上來看，她也不攔，全然當沒看見。

張蘭蘭自然是願意讓人看見劉秀作畫的，不教人親眼看見，怎麼顯出劉秀的非凡畫技？

眾女只見劉秀一雙纖纖素手在畫布上飛舞，筆下逐漸顯出鹽商夫人的容貌來。

「哎呀，跟真人一模一樣！」太太、小姐們開始驚呼，連知府太太都忍不住湊上去看劉秀畫畫。

鹽商太太一個姿勢坐久了，覺得有些腰痠背痛，聽見其他人都說畫得一模一樣，心癢癢的也想看，奈何不能動。

打了底，開始上色，劉秀調製顏色十分嫻熟，又過了小半個時辰，劉秀放下筆，站起來，道：「畫好了。」

眾太太已經對著畫驚得說不出話來了。

這哪是一幅畫，這分明跟真人一絲不差！不對！眾太太對比了鹽商太太和畫，覺得雖然五官衣裳都一模一樣，但是畫明顯好看。

劉秀只在臉上的著色略微調整，把鹽商太太畫美了一點，五官倒是沒變。

張蘭蘭曾經教過她，給人畫畫像時，要寫實但是不能太寫實，比如人臉上長了顆大痣，就不能老老實實畫個醜醜的大痣，得畫小點，稍微點個痣意思意思，皺紋什麼的也不能有幾道畫幾道，得儘量把人畫得好看些。

若是把人家臉上每個褶子、每個斑點、每個缺點都老老實實畫出來，那多尷尬，要不然現代那麼多美顏相機、修圖軟體為啥那麼受歡迎！

簡而言之，劉秀的畫，是屬於自帶美顏效果一類，教本人看了絕對喜歡那種。她們彩虹閣畢竟是做生意的，顧客就是上帝，這些有錢的太太們高興了，以後買起東西來更爽快。

鹽商太太一聽畫好了，趕忙起身，揉著痠疼的脖子走過來，一看！嘿！這是她?!

「像，真像！一模一樣！」鹽商太太的貼身大丫鬟讚嘆道。

鹽商太太看了喜歡得很，只覺得畫中之人雍容端莊，五官真的跟自己照鏡子一樣，看著煞是好看！

「這幅畫送給太太當禮物。」劉秀道。

「好好，謝謝秀秀姑娘！」鹽商太太高興得合不攏嘴，「這畫拿回家當傳家寶啊！等老了告訴孫子們，你們奶奶年輕時長得這樣貌美！」

眾夫人羨慕得眼睛都直了，女人家總希望能留住年輕時的青春美貌，故而一些富貴人家偶爾會請畫師來畫家人，好留給家人當念想。此時，大家不約而同想起自家的畫像……唉，不想也罷。

「以後每月，我們會結算各家的消費金額，消費額最高的，可得一幅訂製畫像。」張蘭蘭笑道。「畫像只限畫一人，給自個兒畫，或者給其他人畫都可以。」

眾太太們的眼睛又紛紛亮了！鹽商太太才花了一萬三千兩銀子就贏得頭籌，自己若是憋著勁，逮著一個月使勁買，也有機會得畫像拿回家當傳家寶！

看著眾人躍躍欲試的樣兒，張蘭蘭與陳氏相視一笑。

第十八章

有陳氏安排，知府太太坐鎮，彩虹閣開張頭一天順順利利，所有繡樣均賣了出去，連帶絲線也出了上千套。

陳氏捧著帳本，笑得眼睛都瞇成一條縫，對張蘭蘭道：「蘭妹妹，我立刻寫信回京，叫京城的鋪子就照咱們這方式，只是花費最高者沒法得畫像。」

張蘭蘭笑道：「這不難，我親自畫幅小畫作為頭籌便可。」

由於劉秀與羅婉均會記帳算帳，兩人便將盤帳的事交給她們，領著帳房先生一道算。紅姑娘累了一天，但見生意這般好，也十分高興。

紅姑娘雖名義上賣身給劉家，可她也是張蘭蘭的關門弟子，在家中並不拿她當下人。張蘭蘭與紅姑娘早就談好，她在彩虹閣的工錢另算，按照銷售額的比例抽成給她。

主家厚道，紅姑娘做事開心，渾身滿是幹勁，趁著這會兒又去後院庫房盤貨，叮囑下人包裝送貨，一直累到天黑，才忙活完。

陳氏作東，請大夥兒去最好的酒樓大吃了一頓。

主家們並紅姑娘坐一桌，夥計們坐另一桌，兩桌均是最好的酒菜。

眾人酒足飯飽，便有劉家的馬車來接，紅姑娘同夥計們回了彩虹閣，劉家人並陳氏回了劉家。

陳氏今兒晚上高興，喝得微醉，扯著張蘭蘭的衣袖。

張蘭蘭也喝了不少，姊兒倆嘰嘰喳喳說個不停。

劉景、劉俊爺兒倆在家等著娘子軍們回來，結果接到幾個酒鬼，哭笑不得。

劉秀年紀小，沒喝酒，並幾個陳氏的丫鬟、婆子攙著幾人進屋。劉俊上前一看，自己媳婦也喝醉了，此時雙頰緋紅，雙眼迷離地被兩個婆子攙著。

「今兒大家伙兒高興，多喝了幾杯。」劉秀對爹爹和大哥道。「你們別怪她們啊！」

父子倆相視一笑，劉景道：「開張大喜的日子，多喝點不算什麼，況且有這麼些丫鬟、婆子跟著，沒什麼不放心的。」

劉景上前，欲接了張蘭蘭回屋，誰知道陳氏抱著張蘭蘭的腰死不鬆手。

劉景怕碰到陳氏，連自己媳婦都拉不得。

張蘭蘭迷迷糊糊，見了劉景，道：「今兒我同姊姊睡，你自個兒找地方睡去。」

陳氏道：「對對，我們姊妹倆還有好多話要說。」

劉景無奈，讓丫鬟們攙著兩人一道進屋，先喝了解酒湯，又將鋪蓋被褥換了新的，留春兒同陳氏的貼身丫鬟在屋裡伺候，自己抱著枕頭被子打算去書房湊合一晚。

劉景剛進書房放下鋪蓋，就見門口劉俊苦著臉也進來了。

「媳婦非要跟秀秀睡，把我攆出來了。」劉俊抱著自己的枕頭，看著他爹。

爺兒倆難兄難弟，心照不宣，默默地鋪好床。劉俊不放心屋裡兩個孩子，叫夏兒跟去屋裡睡。

書房這邊並排三間房，中間是書房，兩邊一邊住的是劉裕、劉清叔姪倆，一邊是章夫子同章凌祖孫。

兩邊人聽見動靜都跑來湊熱鬧，圍觀被攆出來的父子倆。

「喲，小牡丹把你攆出來了？」章夫子一臉幸災樂禍的壞笑。

「還不是被您兒媳婦纏的。」劉景白了他一眼。

「哈哈。」章夫子得意笑道：「不錯不錯，她姊妹倆感情好了，以後我便更放心了。」

「啊？」劉景撓撓頭。「什麼更放心了？」

章夫子見劉景一副不明所以的樣子，打了個哈哈。

這一夜，劉家可謂是驚心動魄，先是大半夜的一陣豪邁笑聲，從張蘭蘭屋裡傳出，再然後見著張蘭蘭屋裡的燈點亮了，然後張蘭蘭扯著嗓子開始唱歌，烏拉烏拉什麼小蘋果之類亂七八糟的歌詞，如同魔音貫耳。

春兒抱著驚恐萬分的安安衝進劉景房間，道：「老爺，您先幫著照看孩子，我怕太太嚇著姊兒。」

劉景剛摟過孩子哄著，就聽見陳氏開始唱黃梅調，什麼樹上的鳥兒成雙對。

這下章夫子同章凌臉也綠了，聽著兩個女人同時嗚啦嗚啦一陣鬼嚎。

全家人都驚醒了，大半屋子都點了燈，劉清睡得死，被劉裕搖醒，一臉驚恐地看著劉裕，囔囔道：「出什麼事了？二叔，是不是鬧鬼了？」

「鬧什麼鬼，你娘同章夫人在唱歌呢！」劉裕道。「兩人喝多了，發酒瘋呢！」

劉秀聽見自己娘親鬼吼，嚇得一個激靈爬起來，生怕同樣喝多的大嫂也跟著胡鬧，幸虧羅婉酒品好，喝高就睡，這會兒睡得死死的。

劉秀吩咐夏兒守著劉恬同劉睿，自己摸黑點燈，提燈去母親屋子。一進屋就瞧見母親同章夫人兩人穿著中衣，站在床上又唱又跳，陳氏的丫鬟一臉無奈地看著兩人。

劉秀從未見過自家娘親喝醉，更不知道她喝多了竟然是這般光景。

「妳看著她們，我去煮醒酒湯。」劉秀吩咐道。

劉秀提著燈往廚房去，路上碰見大哥劉俊。

劉秀將母親房中發酒瘋的事跟劉俊說了，劉俊一聽，哭笑不得，道：「妳去煮醒酒湯，我這不方便去娘那兒，回去跟爹他們報信，省得他們擔心。」

兩人分頭行事，劉俊回屋，見人都起來了，全聚在書房裡，劉俊道：「欸，沒啥事，喝多了發酒瘋呢。」

在場的人臉都綠了，不過還好都是自己人，反正出醜都在自家，這麼想也就釋然了。

既然沒多大事，男人們也不方便去屋裡瞧，有劉秀並幾個丫鬟照應，劉景便叫幾個人回去睡，反正她們鬧騰會兒，累了就好了。

果然，待大家都回房睡下，過了一會兒，那邊歌聲終於停了，又過了一會兒，見那邊屋子燈熄了，方知道兩人都睡了。

第二天，全家人都頂個黑眼圈。

劉景心裡默默記下，以後千萬不能讓媳婦喝醉了，不然簡直就是災難！太可怕了！

經過昨晚這一鬧騰，張蘭蘭與陳氏的感情突飛猛進。陳氏初來時雖端著官太太的清高，可骨子裡卻是佩服有本事的人，張蘭蘭有真本事，會賺錢，人爽快有見識，陳氏早就拋棄成見。兩人共同投資經商，又有了睡一張床上的「姦情」，沒幾日就好得跟親姊妹似的。

兩人關係好了，陳氏便帶著女兒天天來劉家作客，一來是她得來伺候公公，二來她是真心喜歡與張蘭蘭相處。

一番往來，陳氏看劉秀的眼光也不同了。先前只覺得劉秀是個鄉下小姑娘，可後來漸漸知道，劉秀不但畫技好，還能寫會算，更重要的是小姑娘品行好。

陳氏自個兒琢磨琢磨，忽然覺得自己姪子同劉秀結親也挺好。

原先她是怕外來個姪兒媳婦不知根不知底，老來沒好日子過，現在看劉秀品行正直，溫柔大方，而且會畫繡樣會管家，娶回家就等於請一個聚寶盆進家門！

章薇同劉秀玩得也不錯，劉秀同大姊姊一樣帶著章薇玩耍。陳氏想著，兩小姑娘處得好，將來劉秀嫁進章家當家，姑嫂和睦，也好給章薇在娘家當靠山。

對，光看劉秀同羅婉這對姑嫂處得跟親姊妹似的，就知道劉秀是個好相處的！

這麼一想，陳氏心中的天平無限向劉秀這邊偏了過去，看劉秀越看越愛，越發覺得跟自己姪兒真是天生一對！

陳氏心裡有了打算，對劉家更熱切了，又暗暗寫信給京城的丈夫，提了章凌的親事。

章楓收了信，看著看著就笑了。妻子在信中把劉秀誇得跟朵花似的，哪像剛離京時一提劉秀滿臉不屑的樣子？陳氏想撮合娘家姪女跟章凌的事，章楓一直知道，突然見妻子轉了性子，十分意外。

意外歸意外，章楓是極高興的。原本姪子章凌的親事，是老太爺親自寫信跟他提過的，章夫子喜歡秀秀，曾經寫信來明明白白地說過，希望劉秀當他的孫媳婦。對於劉秀，章楓的態度卻中立許多，劉秀那孩子他見過，確實是位好姑娘，嫁入章家也是極好的事。

自己爹點名的孫媳婦，姪兒雖然沒說過，可章楓瞧得出來他心裡一直有他那青梅竹馬的小師姊，如今自己媳婦也讚不絕口，章楓立刻提筆寫回信，告訴陳氏，趕緊探探劉家口風，若是順利，今年過年他返回徐州一趟，親自給姪子提親。

陳氏收了回信，連自己姪子都沒透口風，直接去找公公。

章夫子看完信，樂得鬍子一顫一顫的，道：「好好，趕快叫楓兒那臭小子回來，把秀丫頭給咱們家定了！那麼好的姑娘，要是讓別家搶了，我可饒不了他！」

陳氏笑道：「那是當然，咱們近水樓臺先得月！不過我聽蘭妹妹說，要將秀秀留到十八再嫁，過了年秀秀才十六，還得再等兩年才能娶進門。」

章夫子眉頭微皺，道：「那也得先定下！先訂親，等秀秀十八了再成親。橫豎我在這兒呢，中間誰要敢橫插一槓子跟咱家搶秀秀，我就立刻去小牡丹那兒提親！」

彩虹閣在徐州的生意紅紅火火，除去開業那天，每天只限賣五幅繡樣，價格最低的一幅也要三百兩之多。來買的顧客非富即貴，有大戶人家的太太，也有開絲繡坊的老闆。

彩虹閣只零售不批發，限定每個客人每天只能買最多兩幅繡樣，許多扛著銀子打算來掃貨的絲繡坊老闆等得心癢癢。這些老闆大多都想高價採買一批獨特繡樣，回去用在自己絲繡坊的成衣上，好賣出高價來。

由於限購策略，滋生出「黃牛黨」來，每日天沒亮就有人拿著銀子在門口等開張，剛開張就見兩、三人衝進去，將五幅繡樣一掃而空，然後轉手高價賣給那些絲繡坊老闆。

可這樣一來，那些想買東西的大戶人家就買不著了，東西全教黃牛拿去賺一手。張蘭蘭同陳氏想了個法子，辦理了會員制，將每戶會員登記在冊，哪家的太太、哪家的小姐、哪個老闆都寫得清清楚楚，除非拿著特製會員牌來採買，等閒人拿著銀子都買不到東西。

在這嚴格的制度下，終教那些黃牛插不進手，彩虹閣得以正常運作。

不過由於黃牛黨的炒作，彩虹閣的名聲越發響亮起來，連京城都聽說徐州有個絲線鋪子，裡頭的繡樣天下無雙，想買到一幅還極其不易。

在這股風頭之下，京城的彩虹閣鋪子開張了。

有了徐州這邊的經驗，京城的運作順利許多，開張之日就開始辦理會員，且只對有品級的官員內宅與城中知名的富商家開放。眾人早就聽說了彩虹閣的名頭，趕著開張就來了。京城頭一日開張準備了一百張繡樣，全部高價賣出，甚至有的太太為了競得一幅繡樣，兩人當場抬價起來。

彩虹閣在京中一炮而紅，財源滾滾。

這兩處鋪子生意紅火，張蘭蘭同劉秀、羅婉三人也不得閒。所有繡樣都是出自她們三人之手，每一幅均是一筆一筆畫出來的。之所以限購每天五幅，是因為她們實在畫不過來。好在平日作畫時有許多成品，多數都是花草這種適合做繡樣的畫，充作繡樣十分合適，若非這些年的積累，她們一次也拿不出那麼多繡樣來。

張蘭蘭是三人中畫得最快最好的，一天隨筆畫畫，就能畫個七、八幅，劉秀次之，能有四、五幅，羅婉又要畫畫又要操心孩子，張蘭蘭怕她累著，只叫她畫三幅。

三人的產量與每人的收益均有關聯，畫得多賣價高，分成就高。自家鋪子沒那麼多貓膩，收益都是實打實明明白白的。

京城天高路遠，三個月送來帳目結算一次，徐州鋪子跟著京城鋪子的時間，也三個月結算一次。

陳氏樂呵呵地捧著帳本回家，章薇跟過來，手裡抱著個匣子。

「來收銀子咯！」陳氏招呼三人來分錢。

陳氏報帳，章薇將匣子打開，一疊疊銀票連同碎銀子、銅板裝了一箱。

先數了羅婉的分成，總共二萬一千八百兩，羅婉捧著手裡一大捧銀票並銀子，眼睛都看直了。

劉秀得了三萬多兩，張蘭蘭最多，有五萬多兩。

「發財了發財了！」張蘭蘭捧著銀子興奮地轉了個圈。

陳氏也樂呵呵的，她自己也分了二萬多兩銀子，短短三個月時間賺這麼多，抵得上她京城所有鋪子和田莊半年收益了！

章薇一臉羨慕地看著劉秀幾人，覺得她們能畫繡樣真是厲害。

「有錢的感覺真好！」張蘭蘭感慨道：「秀秀、小婉，妳們有了一技之長，又有發揮賺錢的地方，往後傳給子子孫孫，後代們只要不傻不敗家，總能掙口飯吃。」

陳氏看著劉秀的眼神越發熱切了，這樣的姑娘誰不想娶回家啊！

劉家原本是靠劉景、劉俊的木材鋪子營生，如今彩虹閣的收益甩開木材鋪子一大截，羅婉忽然覺得自己腰桿挺直了，丈夫會賺錢，她也會，還賺得更多！等劉恬年紀大些，就教她畫畫，長大了自己賺錢才能腰桿直。再說了，這樣有能耐的姑娘，出嫁的時候一定是百家求娶。

隨著彩虹閣的聲名鵲起，牡丹大師並她兩個徒弟的名聲也越發的大，大徒弟羅婉是牡丹大師的兒媳婦，大家也就不巴望了，但小徒弟是牡丹大師的大女兒，待字閨中……

劉秀的本事在徐州鋪子開張那天，就教全城有頭有臉的太太、夫人們瞧過了，哪家都在巴望著想把這麼有能耐的小姑娘娶回家當媳婦。

於是這兩個月，來求親的人越發地多了，張蘭蘭煩不勝煩，索性帶著兒媳、女兒上小石頭家住著避避風頭。

小石頭家後院有座花園，沈氏喜歡花花草草，花匠打理得十分漂亮。正好三人要畫花，就地取材，住了一個月。

陳氏也跟來了，不為別的，她得跟緊她未來姪兒媳婦！外頭那麼多虎視眈眈的，她得把人給守好了！

陳氏沒事就同張蘭蘭閒聊，時不時套套她的話，張蘭蘭心裡也有譜，知道陳氏有聯姻的意思。本來麼，張蘭蘭便極看好章凌，肥水不流外人田，陳氏來提，定是章家老爺子和章楓都點頭的。

一個月後回家，張蘭蘭同劉景商量此事，劉景也覺得章凌是個好孩子，劉秀嫁他是個好歸宿。

唯一要詢問的，便是劉秀自己的意思了。

張蘭蘭便找個機會，單獨同劉秀閒聊，東拉西扯一番，終於扯到女大不中留的話題。

劉秀脹紅了臉，聽母親問她覺得章凌如何。「秀秀覺得，凌哥哥挺好的。」

「哦？」張蘭蘭湊過去，滿臉促狹。「那娘把秀秀嫁給凌兒當媳婦，好不好？」

「娘！」劉秀噌地站起來，扭過頭道：「娘就知道取笑女兒，女兒才不要嫁，一輩子守著娘多好！」

張蘭蘭憋著笑，點點頭故作嚴肅道：「秀秀說得對，既然咱們秀秀不願意嫁他，明兒個我就叫他搬回私塾去，省得在我家秀秀眼前晃著礙眼！」

說著，作勢要起身去趕人。

劉秀這會兒腦子發熱，哪想得到母親是逗她的，忙起身拉著張蘭蘭胳膊，道：「娘，別趕凌哥哥走！我、我沒說要趕他走。」

說完，瞧母親一臉壞笑，方知自己掉入圈套，劉秀羞得滿臉通紅，捂著臉跑了。

「嘿，這小丫頭。」張蘭蘭確定了劉秀的心意，回去同劉景一合計，私下找了陳氏，透了風聲。

陳氏一見劉家答應了，一邊回去跟章夫子報喜，一邊寫信給丈夫報信。

入秋後，天氣涼爽起來。

章夫子在劉家人同媳婦、孫女的照顧下，身子一天天好起來，原先腿腳不便只能坐輪椅，這會兒自己能起身走動了。

瞧夫子的身子大好，大夥兒都高興得不得了。

夫子病時，閒來就專門指點三個學生的功課，偶爾也教教劉秀與章薇，赫然成了家庭教師。

原本中了舉人後，功課再想進步，只得靠自己讀書領悟，很難再找到適合的老師指導，因為大多數老師還沒有劉裕與章凌的學問高。

而他們兩人撿了前朝狀元這個便宜，章夫子一直教兒子章楓到考取探花，教兩個少年舉人不在話下。兩人有了名師指點，學問進步比尋常舉人要快得多。劉清因為有狀元老師的指點，加之又有兩個舉人師兄在旁鞭策，成績突飛猛進，躍躍欲試明年秋天去考秀才。

「凌兒、裕兒，明年便是三年一次的會試，我瞧你們的學問，可以去試試了。」章夫子摸著鬍子，慈愛地瞧著兩位愛徒。

兩人對視，內心激動萬分，他們知道屢試不第之舉人多如牛毛，所以沒想著早早去考，只想將學問精進了再去，沒想到夫子竟然說他們的水準可以考了，兩人怎能不激動！

劉裕高高興興去同兄嫂說這好消息了，章夫子瞧著孫子一臉興奮，搖了搖頭，敲敲孫子的腦袋，道：「考出功名，好娶媳婦，你爺爺我還等著抱重孫子呢！」

章凌臉一下全紅了，雖然家人不說，但他隱隱能瞧出大夥兒有意撮合他與劉秀，今兒爺爺提這茬，那必是師傅那邊也定下了。

「臭小子。」章夫子瞧孫子一聽娶媳婦那沒出息樣，笑道：「可算遂了你意了。」

章凌忙道：「爺爺，您怎麼知道我……」

章夫子嗤了一聲，白了眼孫子，道：「爺爺是過來人，什麼看不出來？就你瞧秀秀那眼神，只要不是瞎子，誰都知道你對人家小姑娘有意思。」

章凌又是激動又是不安，道：「爺爺，那……秀秀她的意思？我不願勉強人家。」

「平日瞧著怪聰明，怎麼這會兒笨成這樣！」章夫子一副恨其不爭的眼神。「你瞧瞧你師傅那護犢子的樣兒，秀秀若是不願意，她會點頭？」

章凌忽地眼睛一亮，這麼說，秀秀也是喜歡他的！

「高興了吧？」章夫子笑道。

章凌傻樂，蠢兮兮地點點頭。

「高興也沒用，再等兩年吧，你師傅說要把秀秀留到十八歲。你呀，就趁著這兩年好好考個功名，風風光光娶人家閨女。秀秀是個好姑娘，咱家可不能委屈了人家。」章夫子道。

章凌一聽秀秀對他有意，恨不得馬上娶回家了，一聽要等兩年，立刻跟霜打的茄子似的蔫下來。不過聽爺爺說得有理，待自己金榜題名，風風光光將心愛的秀秀娶回家！

剛入了臘月，章楓就從京出發，往徐州趕，快馬加鞭，原本十五日的路程硬生生十日就趕到了。

提親之事由陳氏一手置辦，徐州能買著的就在徐州採買，買不著的就寫信回京，吩咐府裡的管事在京城買好，早早運來。為表重視，還重金從京城請了專為官家公子小姐們說親的媒人到徐州。故而章楓抵達徐州之前，提親的一應東西都準備俱全，東西放在章家私塾，媒人也住在章家。

臘月初十，章楓抵達徐州。第二天就帶著媒人上門，兩家本就私下說好的，流程走得順當。

章家的聘禮豐厚，極為重視這門親事。

劉家本就殷實，兩地的彩虹閣更是日進斗金，故而劉秀的嫁妝豐厚得嚇人。劉秀自個兒的分紅就有五萬兩，再加上父母、兄嫂、二叔給添置的，光銀票加起來就有十萬兩。

這個數目就連章楓都嚇了一跳，沒想到劉家竟然能給出這麼豐厚的陪嫁。陳氏倒是不意外，章楓不管後宅的事，壓根兒不知道彩虹閣有多賺錢，陳氏卻是知道的。

古代大戶人家嫁女講究十里紅妝，劉家這會兒給出的陪嫁大多都是金銀，物件卻不多。因為將來劉秀勢必要嫁進京城，若是在徐州置辦太多大件東西，千里迢迢運到京城十分不便。張蘭蘭盤算著，如今嫁妝就先以金銀居多，待兩年後劉秀出嫁時，直接在京城為她置辦最好的東西當添妝便是。

兩家結了親，熱熱鬧鬧一塊兒過了年，章凌整個年都過得暈乎乎的，只等著兩年後把心愛的劉秀娶回家。

年後，章楓要回京，商量著讓章凌與劉裕和自己同行。兩個孩子進京、考試，衣食住行都得有人悉心照應，章楓畢竟是個男人，公務繁忙，顧不到方方面面，因此陳氏帶著章薇也一道回京。好在章夫子大好了，不需要兒媳、孫女在前伺候。

春闈在四月，殿試在六月。章楓的意思是要兩人提前進京準備，莫要趕著時辰進京城，萬一路上遇見什麼變故，或者進京發現水土不服生病了，那就壞了事。

劉家人也是這個意思，過了年就收拾打包，準備將劉裕送走。

劉裕與章凌均從未出過遠門離家，好在此番由章家二叔引領，兩個同窗作伴，倒不覺得有多少不適。

如今章凌與劉秀訂了親，劉裕就成了他正經的二叔，好好的同窗突然差了輩分，章凌偶爾親熱地叫聲二叔，倒是將劉裕叫得渾身雞皮疙瘩。

出發那天，兩家人都來送行。

瞧著劉裕、章凌越走越遠，劉景夫婦心中難捨，都是親眼看著長大的孩子，突然一下走了倆，兩人都怪惦記的。劉秀更是紅了眼眶，捨不得章薇，更捨不得章凌，趁著眾人沒瞧見，趕緊偷偷抹了抹淚。章夫子除了捨不得孫女回京，對兩個學生倒是灑脫得很，他知道兩個孩子的斤兩，這次會試兩人必定都能中貢士，至於殿試的名次，就看兩人造化了。

畢竟殿試乃是皇帝親自出題考試，名次與皇帝喜好相關。不過幸好兩個孩子有章楓這個「先行官」，章楓乃是先皇欽點的探花，今上與先皇喜好相似，偏愛的文章也相似。章家父子對皇上的喜好摸得也是七、八分熟，平日章夫子教導他們二人時，便在這方面花過心思。

章夫子覺得，雖然兩個學生基本功扎實，學問水準高，但是不妨礙他們在此基礎上取巧，錦上添花。人家考個秀才還都事先想方設法去摸主考官的底呢，章家既能摸準皇上的喜好，何樂而不為？

章凌去了京城，章夫子屋裡不能沒人看顧，於是劉清搬去跟夫子睡一屋，好時時刻刻有個照應。

章夫子三個學生走了兩個，十分寂寞。教了半輩子書，突然少了學生，簡直渾身難受。不過好在還有劉清！劉清可是立志今年秋天考上秀才的好學生。

章夫子一腔教書熱情全部用在劉清身上，反正兩人日日夜夜都在一塊兒，同吃同住，章夫子可全方位地盯著劉清的功課。

老年人瞌睡少，醒得早。於是可憐的劉清每天天沒亮，就被夫子從床上揪著耳朵拎起來，踏出房間門就是書房，一通苦讀。

章夫子過了年後，身子越發好了，連走路都不搖晃。人恢復得好，精力無處發洩，光盯著劉清讀書不夠，章夫子把眼光盯上整日在院子裡晃悠的劉恬身上。

劉恬雖是女娃娃，卻也到了開蒙的年紀。章夫子沒有那套女子無才便是德的想法，他覺得讀書不分男女，讀得越多越好。於是劉恬提早結束了無憂無慮的童年生活，每天不能跟劉安、劉睿一道混玩了，一大早就被她娘拎起來，送去書房跟她清娃叔叔一道讀書。

張蘭蘭一看章夫子教書慾無處使，索性將劉秀一道打包送了去。劉秀雖然由劉裕教著識字開蒙，卻沒有系統地由專門的先生教過，章夫子這等名師真是求都求不來的機緣，既然人家樂意教，劉家就趕緊趁著這機會把孩子往裡送，一舉兩得！

孫媳婦也來了，章夫子教得越發開心。

開蒙並不難，劉秀的基礎不錯，還能幫著劉恬。劉秀學得認真，劉恬懵懵懂懂，雖然心中愛玩的天性還在，可旁邊有姑姑和叔叔做榜樣，兩個人看書都看得認真，劉恬跟著學了幾日，劉秀時不時誇著哄著，小姑娘也漸漸對看書識字感興趣起來，越發認真。

劉恬開始開蒙，張蘭蘭便盤算著試試她的繪畫天賦，自己的技能不能浪費，孩子們能學儘量學，將來都是謀生賺錢的本領。

張蘭蘭可不吃那套勞什子的「快樂童年」，沒錯，童年是快樂了，可長大後呢？快樂十年苦一輩子的買賣，張蘭蘭成年後就懂了。前世她幼年家貧，小時候學畫畫吃了不少苦，同齡孩子都在放飛自我，快樂玩耍的時候，她在屋裡苦逼作畫。然後呢？要不是她苦學畫，她這樣社會底層的普通小姑娘，哪有出頭翻身的日子？

劉恬性子乖巧，像她娘，能靜下心來。張蘭蘭試了試，她對顏色很敏感，畫畫上天賦雖然不說特別高，但是努力後會有所成就。

劉恬從小看著祖母帶著母親、姑姑作畫，早就好奇得很，這下祖母問她想不想學畫畫，劉恬想都沒想，直接點頭說道：「想學！」

於是小姑娘早上去書房由夫子教讀書，下午去畫室學畫。最基礎的東西由羅婉同劉秀教其實就可以，但是張蘭蘭怕她們兩人太寵孩子，要求不嚴格，基礎打歪，將來可就麻煩了，於是便親自上陣。

小姑娘長得粉團子一樣，愣是被平日慈祥的奶奶唬得一愣一愣的，乖乖地照要求練習，一點商量都不敢打。

上課時，張蘭蘭可是十二分的嚴肅，唬得劉恬好幾次都差點哭出來，好在小姑娘好強，硬是咬牙堅持下來，久而久之也就習慣了祖母嚴格的教學方式。

劉家的生活井井有條，京城裡章家的生活亦是有條不紊。陳氏每隔十日送信來，交代劉裕、章凌日常生活、讀書情況，又將京城鋪子狀況一併交代。

張蘭蘭回信則寫了徐州家中之事，夫子身體情況與徐州鋪子收益等。

京城、徐州兩處鋪子每隔十日發商隊送貨，連同信件一併傳遞，倒是方便快捷。

從陳氏信中得知，劉裕、章凌都在章楓家住下，由陳氏親自安排，照料日常起居，章楓每日忙完公務便早早回府，親自指點兩人功課。張蘭蘭見此便放心了，知道兩個孩子必定受照顧有加，加之有章楓親自指導學問，必沒問題。

轉眼便到了四月，到了參加會試的日子。

有章楓、陳氏打理，旁雜問題不必操心，剩下的就看孩子們自己的實力了。

等了幾日，等到了陳氏的信，全家聚在一塊兒拆開，瞧見信中陳氏說，兩個孩子都感覺良好，章大人也說發揮得不錯，教家人放心。信中還附了兩個孩子回家後默寫的答卷，章夫子看後，笑嘻嘻地對張蘭蘭道：「小牡丹，妳就等著好消息吧！」

章夫子看了答卷後都這般說了，那必定是沒問題了！

等啊等，終於等到放榜的消息，兩個孩子都中了貢士，雖然他們中無人得第一名會元，名次都在五到十名間，不過對兩個這般年輕的少年郎來說，真真是了不起！

前朝科舉極難，有五十少進士的說法，白髮蒼蒼才考中進士的人比比皆是，所以像章夫子那般的少年狀元郎實屬罕見。本朝科舉雖好些，難度比前朝要低，但是他們兩人的年紀還是太引人注目了。

劉裕還好，農家寒門出身，人家感嘆幾句也就算了，畢竟入了官場，隻身一人沒那麼好闖蕩，雖然住在章府，不過畢竟是外人。但章凌少年英才，又是大理寺卿的親姪子，立刻成了京中炙手可熱的人物，不少官家有待嫁閨女的，同章家的走動變得頻繁熱絡起來，陳氏每日忙應酬忙得腳不沾地。那些為自家閨女相看章凌的夫人們，一個個見了陳氏，那眼神熱切得恨不得在她身上燒個窟窿來。

陳氏沒法子，提起自己姪子時，只說已經訂親了。

聽說章凌訂親了，大半太太們心裡暗暗惋惜一番便退卻了，卻有少數幾家還惦記著。又有好事者打聽了，章凌的未婚妻是徐州老家一戶農戶家的閨女，旁人便更不屑了。訂親怎麼了，不是還沒成親嗎？可以退啊！

外頭想探探風聲的太太們都快把章府的門檻踏平了，陳氏每日應酬強撐著，愣是沒給劉裕、章凌透一絲風聲。

兩個孩子還得專心準備殿試的事，陳氏不願意讓他們為這些瑣碎事務分心。

在陳氏看來，那些高門千金固然好，但是她卻不想與她們攀什麼親。章楓雖然位高權重，可章家不過官一代，毫無根基，跟其餘那些世家勛貴比不得。那些人家權勢大，可陳氏卻不願消受那些大戶人家的千金小姐，雖說她們教養良好，知書達禮，可是陳氏自己也不是世家出身，下意識會覺得壓不住的姪兒媳婦不可靠，回頭人家一個不高興，回娘家說上幾句，她這邊就左右為難了。

姪媳婦娘家太強，不是好事。

拋開那些娘家背景強悍的世家千金不談，要與其餘那些同章家背景差不多的官家小姐結親，那幹麼不找劉家？劉家有劉裕、劉清，又有章家幫扶，將來有的是後勁。且陳氏私心裡最看重的是姪兒媳婦的品行，畢竟章凌不是她親兒子，親姪子總歸沒有血緣，姪兒媳婦若是個不好相與的，她又不是正經婆婆能壓住姪兒媳婦，陳氏後半輩子的日子就不過了。

陳氏主意正，認準了劉秀，旁人見她不鬆口，打聽不到什麼，便將主意打在章薇頭上。

章薇同陳氏一道去過徐州，見過章凌的未婚妻，有些好事的便想從小姑娘身上探探消息。故而這幾日章薇接的帖子也多，平日不熟來往少的全教陳氏給推了，有幾戶來往密切的，只得去。

那些來打聽消息的夫人們個個都是人精，雖然大家心知肚明是為了章凌的親事而來，可誰也沒挑開了明說，都是打著太極，話裡有話。

外間傳章凌的未進門媳婦是農婦之女，有些輕視的意思，陳氏卻不好自己出頭辯解，正好藉著女兒的口，把消息散出去。

而後支著耳朵探消息的人，又從章家大小姐嘴裡探到新的風聲，原來章凌的未婚妻就是寄住在章府那位少年英才劉裕的親姪女，更是那鼎鼎大名牡丹大師的女兒兼徒弟！

彩虹閣早就在京城中聲名鵲起，大夥兒都知道這彩虹閣是大理寺卿夫人同牡丹大師合開的鋪子。如今京城哪戶有頭有臉的太太身上沒有彩虹閣的東西呀？不繡幾朵彩虹閣出品的花，都不好意思出門應酬！

有了牡丹大師徒弟這身分，就跟普通的農婦有天壤之別。牡丹大師那可不是普通農家婦人，人家那是繪畫大家，雖是個女子，但是大師終歸是大師，大師的女兒必定不差。

而後章薇又透露出，原來彩虹閣約莫有三分之一的繡樣，是出自章凌未婚妻之手。那些不死心的太太們低頭看了看自己身上價值連城的繡花，於是乎終於明白為何陳氏死活都不願意重新結親。

這姑娘擱在哪家，哪家都不願鬆口啊！

於是乎章府終於清靜了，陳氏母女兩個好歹能喘口氣，過消停日子。

日子眨眼間到了殿試，陳氏好生準備，將兩個孩子的衣食住行打點得盡善盡美，一早就準備好新衣，吃了飯，讓馬車送去宮裡。

陳氏同章薇在家等得心焦，待到晚間，馬車拉著兩人回來，二人忙圍上去問。

劉裕與章凌神色輕鬆，自到京城之後，章楓總拿些朝堂上新鮮的事來與他們討論。兩個孩子原先讀書寫文章只是紙上談兵，如今有朝廷重臣手把手的指導，理論聯結實踐，都進步頗多。尤其是章楓與他們說皇帝對種種事情的看法與論斷，叫他們自個兒琢磨皇上的喜好。

陳氏只是識字罷了，對考學方面並不太懂，只瞧他們神色，擔心去了不少，橫豎進士是沒問題了，就看最終名次。

終於考完了，兩個孩子苦讀多年，一直緊繃的弦終於可以鬆快鬆快。章楓趁著休沐，帶著兩個孩子在京城四處逛逛，兩人自從進京，還沒到處玩耍過。一日下來，瞧了不少新鮮玩意兒，覺出京城的繁華。

兩人閒玩了幾日，看慣了繁華後，倒覺得在家看書挺自在，兩人便又窩在府裡，談論文章。

劉裕笑道：「不知這會兒咱倆誰的名次高。」

章凌自信道：「一路考來，都是我名次高，這次必還是我高。」

劉裕搖頭。「不能好事都教你一人占盡，前頭都你高，總有一次得我高。」

離放榜日子越來越近，兩人都有些激動。雖說他們考到這分兒上，都是天子門生，將來誰都不敢小瞧，可兩人都志存高遠，希望自己考個好名次，也好為將來為官奠定良好基礎。

陳氏見孩子們越發焦慮，每日變著法子做好吃的，讓他們多吃些，又時不時尋些新鮮玩意兒叫他們過來陪著說話，好分分心思。

徐州那邊得了信，準備了好些土特產隨著商隊送進京。劉裕、章凌好些日子沒吃到家鄉食物，這會子吃上了，頓時勾起了思鄉的心思。只可惜兩人都知道，待放榜之後，無論是留京任官，還是外放，想再回家鄉不知是何年何月。

轉眼到了放榜的日子，本朝慣例，會在皇宮大門前張貼金榜，蓋皇帝印，宣榜次日，進士們按照名次上太和殿聽封領職。

故而一大早劉裕同章凌早早就起來，洗漱完畢，陳氏安排馬車，親自帶著兩個孩子去看皇榜。

誰知道剛收拾好準備出門，就瞧見一隊人馬往自家府裡來，陳氏眼尖，一眼認出為首那人的衣著打扮乃是宮裡傳令的公公。

宮中之人大清早地趕來，必定是為了放榜之事。陳氏是過來人，當年她丈夫章楓考中探花時，也有宮中之人親自到他們當時落腳的客棧報信。

「快快，宮裡來人了，必定是好消息！」陳氏推了推兩個孩子。

劉裕、章凌雖是頭一遭經歷這事，但是也都猜出了個七、八分。

陳氏定睛一看，只覺得那公公眼熟得很。

「章夫人，還記得咱家嗎？」那公公笑呵呵地對陳氏道。

陳氏忽地想起，這位公公就是當年給自家報喜的那位李公公！

「啊，是李公公！」陳氏將早就準備好的荷包塞在李公公手裡，招呼人進屋坐著。

李公公掂掂荷包，重得很，透過縫隙往裡能瞧見隱隱金光，想必裡頭是金子。章家富裕，陳氏出手闊綽，對宮裡的公公定不怠慢。

「還記得當年也是咱家給章大人、章夫子報的喜。」李公公將荷包揣進懷裡，笑得越發殷勤，打量著陳氏身後站著的劉裕、章凌二人，拱手道：「恭喜二位金榜題名！今後還要請二位大人多多照顧。」

立刻有兩個小太監各捧著一個蓋著紅布的托盤，李公公將布拿開，只見每個托盤裡放著個鑲金邊的紅帖。

陳氏見了，立刻喜上眉梢！這紅帖她見過、收過！章楓當年中了探花，便有這個！本朝的規矩，只有殿試一甲才有這金邊紅帖，二甲是銀邊，三甲是銅邊，其餘只有紅帖並沒有鑲邊。

陳氏瞧那兩張紅帖都是金邊，高興得嘴巴都快咧到耳根。

劉裕與章凌不明這些小細節，都緊張得不行，估算著自己到底是二甲還是三甲？本次殿試人才濟濟，大多都是三、四十歲，只有他們兩人二十出頭。兩人會試成績中等，故而沒想著在殿試中能有多好的名次，都是希望別太靠後就行。

李公公知道兩位少年都等得心焦，也不賣關子，親自捧了一本紅帖，先看了看章凌，又看了看劉裕，最後捧著紅帖遞到劉裕跟前，道：「恭喜狀元郎金榜題名！」

劉裕接了帖子，呆在當場。

李公公又拿了另一本紅帖，遞給章凌，道：「恭喜探花郎金榜題名！」

「兩位大人如此年少便能金榜題名，真是本朝頭一遭呢！將來必定前途不可限量。」李公公看著狀元郎與探花郎均如此年輕俊美，真心實意感慨道。又對陳氏道：「恭喜夫人，章家一門兩探花，真是可喜可賀！」

章夫子一位狀元郎，下頭兒子、孫子兩個探花郎，章家可謂一門三進士。

陳氏看了看章凌，又看了看劉裕，忽地捂住嘴，眼淚撲簌簌流下，高興得拽著兩個孩子的袖子，喜得說不出話來。

劉裕盯著手裡的紅帖，一副不可置信的模樣，他剛才聽見什麼了？狀元郎？

劉裕翻開紅帖，看了又看，終於回過神來。

他中狀元了！

旁邊章凌也愣神，劉裕拉了拉章凌的袖子，章凌反應過來，打開自己的紅帖瞧了又瞧，對劉裕道：「我中探花了？」

劉裕點頭，兩位同窗相視許久，喜極而泣。

李公公見慣了這場面，誰家中狀元、中探花了不高興？

陳氏先回過神來，將李公公好好請到花廳款待，餘下人馬都好酒好菜招待著，個個封了紅包。又另外封了兩個大紅包給李公公，一個當章凌給的，一個是當劉裕給的。

劉裕、章凌在廳裡愣神，劉裕喃喃道：「我終於壓你一頭了！」

章凌點頭。「這麼多年，讓你一回！」

章薇樂得不行，母親忙著招呼人，她便趕緊叫府裡的小廝去給爹爹報喜。

章楓得了好消息，大理寺中的同僚紛紛來道喜，並主動分擔章楓的案子，叫他趕緊回家去，章楓收拾收拾，立刻回家。

章楓到家時，章凌、劉裕已經從最初的巨大驚喜中冷靜下來，反倒章楓是家裡最激動的一個。

一見章楓回來了，兩個孩子撲通一聲跪在章楓腳下。

殿試乃是皇帝親自閱卷，他們會試成績並不十分突出，但能在殿試中脫穎而出，大半功勞都是因為章楓同他們講解時政與皇帝對文章策論的喜好。劉裕是個知恩圖報之人，章夫子乃是他的恩師，若沒有章夫子，他必不能考中會試；而章大人則對他有半師之誼，故而他跪下，結結實實磕了三個響頭，以答謝章楓大人的恩情。

京城往來的徐州商人非常多，本次科考徐州出了一位狀元、一位探花，好消息沒幾日便傳回了徐州。

這幾日劉家人並章夫子都伸長脖子等消息，坊間聽得風言風語說徐州兩位少年才子金榜題名，劉家人猜測估計就是他們倆，可陳氏的信還沒送來，大家都不敢肯定，怕是空歡喜一場。終於等到陳氏的信來，張蘭蘭當著全家人的面拆開唸了，一家人得知劉裕中了狀元、章凌中了探花，喜極而泣。

章夫子見兩個弟子都金榜題名，摸了摸鬍子，他一輩子教出一個狀元，兩個探花，真是不負他當老師的初衷。

劉家人感念章夫子之恩，全家人給夫子行禮磕頭，多謝他精心栽培劉裕。而後一家人又收拾收拾，去城郊上墳，將好消息帶給祖先，感謝祖先庇佑。

劉裕中狀元，劉家村全村沸騰，簡直炸鍋了！族長老淚縱橫，帶著族人在祠堂祭拜，作夢都沒想到本族裡竟然能出個少年狀元。族裡人提議修狀元祠，各家紛紛自動掏腰包，這可是光宗耀祖的好事，自己臉上也有光。

族長特地上劉景家登門造訪，又說在劉景家祖宅後另闢了地劃給劉家，加上新給劉裕分的地，劉家的宅基地如今是村裡最大的，比小石頭新買的院落還要大。

劉景原本想另外買一處院落，如今瞧見自家老宅子大了許多倍，同張蘭蘭兩人商量著乾脆不買宅子了，將鄉下祖宅重建即可。如今劉景家今非昔比，在鄉下將宅子建得又大又氣派，不怕村民眼紅搗亂，狀元老爺家的宅子，誰敢造次？巴結還來不及呢，哪個不開眼的敢去找不自在？

這次不比劉裕中舉人那次，此番再沒有提親的人上門了。在民間話本裡，狀元郎大多是娶了宰相的女兒或者給當駙馬，鄉下小民沒哪個癡心妄想地想跟狀元郎結親。比起舉人，狀元真真是高攀不起！

又過幾日，陳氏來信，說聖上欽點劉裕為翰林院修撰，章凌為翰林院編修，兩人同進翰林院供職，都不必外放歷練。信上還說，皇帝賞了劉裕宅子，如今宅子正由陳氏著手打理，裡頭一應下人都由陳氏親自著可靠的牙婆採買，待買回來在陳氏府上訓練幾個月，便可放去新宅子。如今劉裕還住在大理寺卿府上，待新宅子打理完畢便可搬進去。

信裡還有劉裕同章凌的親筆書信，劉裕感念兄嫂養育之恩、章夫子教導之恩，信中言辭懇切，劉景夫婦看完都忍不住落淚。劉裕請兄嫂一家去京中與自己同住，今後便由劉裕為兄嫂子姪撐起一片天，定會好好奉養兄嫂。

張蘭蘭抹了抹淚，對劉景道：「收拾收拾，咱就搬去京裡投奔裕娃去！」

劉景點頭，道：「好，待我將鋪子裡的事交代好。」

劉景夫妻相擁而泣，哭了一會兒，張蘭蘭道：「若是咱們一家去京裡了，夫子怎麼辦？」

是啊，夫子怎麼辦？兒子、孫子都在京裡，一直照顧他的劉家人也要搬了。張蘭蘭絕對不會放著夫子不管。

「咱們去問問夫子，看他願意不願意同去京城。」劉景道。「夫子如今身子大好，待天氣涼快了，路上走慢些，一路遊山玩水也就到了京城。」

夫妻兩個商量，若是夫子願意一塊兒去京城，他們就等入秋後再一道出發，省得路上熱，夫子趕路受罪，也正好等劉清考了秀才。

若是夫子不願意去，那麼劉家就暫且不搬入京，一直留在徐州，為章夫子養老送終。

張蘭蘭去找夫子說話，本以為夫子年紀大了，戀鄉不願進京，誰知道一進門，就見夫子在收拾包裹。

張蘭蘭傻了眼，章夫子一見她，樂呵呵道：「小牡丹，咱啥時候進京城啊？」

張蘭蘭愣了半天，才道：「夫子，您不是不喜歡京城？以前章大人請了那麼多次，您都不願意去，怎麼這會兒急著收拾包袱？」

章夫子擺擺手，笑道：「那時候能跟現在一樣嗎？那時候我私塾裡一群娃娃等著我教，我一個當老師的哪能丟下學生自己跑了？再說當年我在京城毫無建樹，不想再去那傷心地，可如今不一樣啊！妳說說，有幾個老師能教出一個狀元、兩個探花的？夫子我可是老師界裡的翹楚，不比那些大官差！我看我這番進京，肯定不知道有多少高官求著想把自家兒子塞給我當學生呢，我呀，一個都不收，就在家裡教那幾個小毛頭，哼哼！」

張蘭蘭瞧他眉眼間都是得意，知道兩個學生爭氣，教夫子揚眉吐氣了。

門口劉清探頭進來，笑嘻嘻道：「夫子，再過幾年我也考個狀元回來，給夫子長臉！」

章夫子樂了，瞧著劉清笑道：「得，又給我灌湯！」

「唉，你說我去京裡，到底是住誰家好呢？」章夫子摸了摸鬍子，十分糾結道：「按理來說我該跟兒子、孫子住一塊兒……可小牡丹家最熱鬧，我最喜歡，唉……」

張蘭蘭看著陷入選擇困難的夫子，噗哧一聲笑出來，道：「兩家都給您留了院子，你想住誰那兒住誰那兒，輪流住。信上不是說皇上賞的宅子就在章府後頭，兩個院子後門只隔了條小道嗎？串個門子都方便得很！」

章夫子聽得越發高興，一連三個好字，招呼張蘭蘭來幫忙收拾東西。

張蘭蘭瞧著夫子將他的衣服疊著要裝起來，哭笑不得，攔著他道：「您急什麼？這會兒正是天熱的時候，去京路上還不得熱壞了？待入秋天涼了再出發！再說了，您別光顧著進京，把您小徒弟給忘了，清娃這秋天還得考秀才呢，咱們都走了，把他一人扔這兒，您放心？」

章夫子高興得把這茬都給忘了，他對劉清寄予厚望，劉清天賦努力不亞於劉裕，且是他最小的門生，格外得夫子寵愛。

「哎呀，看我高興得都糊塗了。」章夫子解開包袱，朝外間書房的劉清喊了一聲。「小子，你夫子我為了等你考秀才，連親兒子、親孫子都不急著瞧了，你要是考不上，仔細回頭我收拾你！」

劉清正看書呢，一個激靈，忙道：「夫子放心，我定不丟您臉面！」

章夫子哼哼兩聲，劉清的水準他清楚，考個秀才不成問題。

於是張蘭蘭往京城回信，說了下家裡的打算，兩邊都好安排。

接下來劉景、劉俊整理交接鋪子的事，尋了可靠的掌櫃管理徐州這邊的鋪子。劉家的木材鋪子在京城也有分店，這回舉家搬遷，往後京城的店鋪就成了總店。張蘭蘭這邊的彩虹閣也有得忙，紅姑娘身為染絲者，自然是要同劉家一道去京城的，陳氏已經在京城郊外盤下一處染坊，待人來了便可開工。

只是彩虹閣盈利巨大，徐州鋪子這邊不能沒個可靠的人看著，張蘭蘭便想到了小石頭媳婦沈氏。沈氏聰明，卻是個實在人，且同劉家關係親密。張蘭蘭請沈氏幫忙照料鋪子，沈氏一口答應下來，張蘭蘭不願仗著關係殺熟（注），同陳氏書信商量一番，說定了讓沈氏也入股，雖不多，但是每年分紅銀子不少，加上管理鋪子開的月銀，也是不小的一筆。

劉裕中了狀元，小石頭一家也替他們高興。聽說劉家祖宅要重建，小石頭主動找上門來，介紹了工匠幫著修房子。劉景夫婦的意思是，祖宅要重建，但不必建得太華麗，衣著地主鄉紳家的規格便好，反正劉家要搬家入京，祖宅放著也是擺設，修那麼好並沒有必要。

工匠請了，自有劉家村的村民自發來幫忙修房子，劉家都照市價給了工錢。工程有族長同小石頭派來的掌櫃盯著，並不費什麼心思。

這一番安排下來，家裡人人都清閒了許多，個個展望著將來搬進京裡。唯有彩虹閣日日賣的繡樣不能斷，故而家裡劉秀與羅婉加上張蘭蘭三人，每日畫繡樣的工夫不能省。

注：殺熟，做生意時，利用熟人對自己的信任，採取不正當手段賺取熟人錢財。

第十九章

章凌中了探花，劉秀自然高興到不行。

王掌櫃同胡氏這些日子與劉家走動得更頻繁了，胡氏時不時來探望劉秀。

一日，張蘭蘭在畫室作畫呢，聽見劉秀房中傳來隱隱的爭吵聲，覺得納悶，便放下筆往那兒走。剛走到劉秀房間門口，便聽見胡氏的聲音。

胡氏道：「秀秀，樂兒可是妳弟弟啊！妳就不為妳弟弟的前程著想？妳親弟弟是弟弟，乾弟弟就不是弟弟了？夫子那般疼妳，只要妳一句話的事，夫子看在妳的面子也會收了妳樂兒弟弟的。秀秀，妳說說，這些年乾爹、乾娘怎麼疼妳的？如今這點小忙妳也不肯幫？」

劉秀聲音已帶了哭腔，道：「乾娘，旁的事都好說，只是這事不可。您曉得夫子身子一直不太好，好不容易這些日子養得有些起色了，我們哪敢勞他？」

胡氏聲音變尖細，陰陽怪氣道：「妳就矇我吧！我剛進院子的時候還聽見夫子在書房教劉清讀書呢，怎麼教妳親弟弟就不勞累了？還是妳就想霸著好先生，怕樂兒書唸好了，同劉清搶名次？」

劉秀道：「您知道我不是那個意思！清娃是夫子最後一個弟子，既已經收了，夫子哪能不管他？再說了，夫子自個兒說了，不願再另收學生，乾娘，您再磨我也沒用。」

張蘭蘭皺眉，大抵明白這是怎麼回事了。

章夫子的學生出了狀元和探花，如今已經是人盡皆知的事，章夫子的名聲也在徐州傳開了，所謂名師出高徒，一下子能教出兩位少年英才，那是多有能耐的老師啊！所以好些人削尖了腦袋，甚至想出重金，只求夫子能收了自家兒子，可惜章夫子一把年紀了，不願再收徒，都給拒了。

胡氏原先就提過想讓王樂拜在章夫子門下，那時候就沒成，如今眼見劉裕、章凌的成績，王家必定眼紅得很，想仗著劉秀的關係在夫子面前說說情，好把王樂弄到夫子門下，可劉秀哪能仗著夫子的寵愛就答應！

且不說夫子自己已經不願意再收學生，就算他願意，劉秀也不忍心看他一大把年紀了再勞心勞力。

收學生可不是啥輕鬆活計，像劉裕、劉清這般肯用功上進，不讓先生操心的還好，若是遇見稍微頑劣些或者資質差的，還不得嘔心瀝血地教？要不然就是誤人子弟了。

教王樂的難度和教劉恬開蒙與劉秀讀書，壓根兒就不是一回事。後者隨便教教，識字明理即可，前者可不能隨便，那可是關係人家一輩子的大事。

胡氏見劉秀始終不肯鬆口，也急了，這是關乎自己兒子前程的大事，胡氏打定主意，無論如何都要勸動劉秀。

而劉秀咬著牙，無論如何不肯退讓。胡氏瞧劉秀堅持的樣子，知道她這乾女兒的性子，面上看著溫柔似水，心裡是個堅韌有主意的，既然硬來不行，那只能軟的上了！

胡氏這般想著，眼睛一紅，眼淚撲簌簌往下掉，忽地變了臉哭出來，嘴裡說著：「我的秀秀啊，我的心肝啊，妳就應了娘這一次吧！娘給妳做牛做馬報答妳啊！」

說著，作勢身子往下滑，就要給劉秀下跪。

張蘭蘭搶進門，一個眼疾手快，一把將胡氏硬生生地半路撈起來，摁著她的肩膀讓她老實坐在椅子上，笑咪咪道：「怎麼了？難不成中暑了，我瞧姊姊都站不穩了。」

胡氏見張蘭蘭來了，臉色立刻灰了，心裡敲著小鼓，不知道張蘭蘭在外頭聽見、看見了多少。

胡氏與劉家這些年頻繁來往，知道張蘭蘭是個潑辣難勸的性子，所以這次她壓根兒繞過張蘭蘭，直接找上劉秀。胡氏覺得自己是劉秀乾娘，兩人情分放著，加上劉秀是章夫子的嫡親孫媳婦，平日頗得夫子喜愛，小姑娘面嫩，定禁不住央求，這才把主意打到劉秀頭上。

誰知道劉秀面上看著溫順柔弱，內裡那執拗的性子跟她娘一模一樣，胡氏口水都快說乾了，劉秀心裡為難，卻絲毫沒鬆口的意思。胡氏心急，嗓門一大，便將張蘭蘭這煞星招來了。

胡氏雙手支著額頭，道：「蘭妹子，這天熱的，想必是路上染了暑氣，不礙事，休息下便好了。妳不是畫畫忙嗎？不用管我，我在秀秀這躺會兒就好。」

張蘭蘭心裡一陣冷笑，話都說到這分兒上了，胡氏怎麼還不死心，非要把自己支開繼續磨劉秀。

雖然兩家這些年相處的情分不少，可這強人所難的事，胡氏怎麼開得了口？

張蘭蘭理解胡氏望子成龍的急切，誰不希望自己兒子拜個名師，將來光宗耀祖，可人家章夫子都明說了不收徒，劉家也幾次三番拒了這事，胡氏還求過來，就有些死皮賴臉了。

劉秀見她娘來了，跟瞧見救星似的。她乾娘素日對她不錯，乾弟弟王樂也跟她很好，只是這忙她實在幫不上，真是左右為難。

張蘭蘭轉頭對劉秀眨眨眼，道：「去我屋裡拿些解暑的藥。」

劉秀心領神會，知道這是娘來解圍了，便應著出去拿藥，將藥送來。張蘭蘭倒了茶水，將藥給胡氏吃了，拍著她的後背順氣，道：「可好些了？」

胡氏滿嘴的藥味，苦得很，喝了好幾口水，才道：「好多了，只是還有點暈乎乎的，想睡覺。對了，秀秀小時候還同我一塊兒午睡呢，要不叫秀秀陪我睡會兒？好久沒摟我乾女兒了，想得慌。」

劉秀正愁怎麼拒絕，就見張蘭蘭衝她揮揮手，道：「秀秀，妳上午的繡樣畫了一半，快些畫完，晚些時候紅兒要來取呢，別耽誤了。」

又對胡氏道：「妹妹我正好睏了，咱姊兒倆湊一起睡吧。鋪子裡的生意耽擱不得，少一幅繡樣，就是好幾百兩銀子呢。」

話都說到這分兒上了，胡氏哪有臉開口硬叫劉秀留下陪自己，讓人家虧幾百兩銀子。

張蘭蘭撈了兩條薄被，劉秀出去時關上門，張蘭蘭扔了條薄被給胡氏，自己裹著一條躺下了。

張蘭蘭是真的睏想睡覺，胡氏心裡有事，眼睜睜瞧著劉秀走了，心裡別提多憋屈。可她這會兒假裝中暑，主家都陪著睡覺說話了，她也不能跳下床去追人啊。

張蘭蘭睡在床外頭，沒一會兒就睡著了，胡氏閉著眼睛裝睡，見張蘭蘭睡著了，便想偷偷溜出去找劉秀，誰知道袖子角被張蘭蘭攥在手裡，抽不出來。

胡氏也不傻，知道張蘭蘭必定是聽見她跟劉秀的話，才故意把劉秀支開。於是胡氏也躺下了，她知道張蘭蘭守著她，今兒她別想再去磨劉秀。

胡氏轉了個身，側身瞧著張蘭蘭，回想起最初見她的時候，她不過是個鄉下農婦，一身布衣，自己則是高高在上的掌櫃夫人，可如今……胡氏心裡默默嘆了口氣，光說錢財，劉家這些年賺的就是王掌櫃幾輩子都賺不來的錢。若是沒有劉裕、劉清，胡氏還能自我安慰，說劉家不過是暴發戶，她兒子王樂可是讀書人。可劉裕中了狀元，等著做大官，劉清已是童生，中秀才是遲早的事，劉家不光有財，還有才。

看著劉家一步步從處處不如自己家，走到如今高不可攀的地步，胡氏其實心中很不平衡。

雖然張蘭蘭從未刻意顯擺，可胡氏自己心裡會比較。胡氏知道自己家的財富是趕不上劉家了，誰也沒張蘭蘭那畫畫的功夫，胡氏唯一的希望就寄託在小兒子王樂身上，希望王樂能一飛沖天。

而王樂出人頭地的唯一機會，就繫在章夫子身上，只要章夫子答應收王樂為弟子，那麼王樂必定可以同章凌、劉裕一樣有出息！

可劉家就是不肯幫忙從中說和！胡氏突然有些恨，明明就是一句話的事，明明就是個小忙，為什麼就是不肯幫！

胡氏越想越氣，心煩意亂，看張蘭蘭也越看越不順眼，同為女人，憑什麼她就這麼好命?!

胡氏氣得睡不著，在床上輾轉反側，張蘭蘭倒是睡得挺香，睡了大半個時辰才醒。

見張蘭蘭醒了，胡氏也裝作醒了，曉得今兒她被張蘭蘭盯上，不可能再去找劉秀，只得告辭，盤算著來日有機會再來尋劉秀。

送走了胡氏，張蘭蘭長吁一口氣。胡氏這些年同自己的交情不是假的，所以也沒有直接當面跟她撕破臉，只盼能將此事緩緩，待她自個兒想明白其中道理。若想明白是最好，若還是執迷不悟非要撞南牆……唉，那就撞吧。

見劉秀亦是愁容滿面，張蘭蘭拍了拍女兒肩膀，道：「秀秀為難了，是不？」

劉秀點頭，道：「嗯，乾爹、乾娘對我一直很好，可夫子他年紀大了不願收學生，我不能仗著夫子喜愛便教夫子為難。所以，只好自個兒為難了。」

張蘭蘭嘆了口氣，她這女兒拎得清，雖說心軟為難，可畢竟咬死了不鬆口，挺好。

「我估計這幾日妳乾娘還會來咱們家，妳若是為難，不如去妳石頭哥家暫住。妳沈嫂子有身子了，妳去幫忙照顧一陣子。那邊花園裡花多，妳畫畫只照著畫就行，省了心思。」張蘭蘭道。

劉秀應下來，當天便回去收拾包袱，張蘭蘭同沈氏打了招呼，對外只說劉秀忙著去照顧懷孕的嫂子，一家人倒沒懷疑什麼。沈氏接手了彩虹閣的管理，本就忙碌，又有了身子，劉秀過去幫忙照看也是理所當然的事。

胡氏一家的關係，張蘭蘭還是捨不得斷的，胡氏性子爽朗，在劉家窮困時幫過不少忙，她叫劉秀出去避避，希望胡氏想通了，兩家還能處下去。

果然，過兩天，胡氏尋個理由又上門了，想找劉秀，卻發現劉秀不在家中。

張蘭蘭在家，親自接待，胡氏問起，只說劉秀去彩虹閣幫忙不在家。胡氏尋劉秀不得，坐會兒便走，過沒幾日又來，如此往復好幾次，都沒見到劉秀，胡氏方才回過神來，知道劉秀不是單純外出，而是壓根兒就沒住在家。

白跑了好幾趟都沒見著人，胡氏心裡本就窩著火，見張蘭蘭故意騙她，連日來又急又躁的火噌噌冒了上來，直接對張蘭蘭發難，道：「秀秀分明不住在家裡，妳為何一直騙我？」

張蘭蘭放下茶杯，深深地看了胡氏一樣，嘆了口氣，她本不想同胡氏撕破臉，可如今看來避無可避。

腦子正常的人都知道主家是為了給妳留面子，才刻意迴避，胡氏這麼明晃晃地撞上來，大約是已經知道求人無望，單純發火吧。

「我的姊姊啊，」張蘭蘭嘆氣，道。「妳說為何我叫秀秀避著妳？」

胡氏一愣，索性撕開了說，道：「不就是收學生那點事！妳至於讓秀秀躲我跟躲瘟神似的？」

張蘭蘭點頭。「不就是那點事，妳何至於非要逼著秀秀幫妳？妳明知道章夫子年紀大，身子不好，不收學生了，非要強人所難？以後秀秀是要嫁進章家的，她若是去開口求夫子，以後她在章家怎麼做人？妳是她乾娘，妳就沒替她盤算過？」

胡氏冷笑，道：「說得好聽，夫子住妳家還不是教劉清同幾個小的，再多收我家樂兒一個有什麼？還是妳就是自私，怕樂兒分了夫子精力，不能全教妳家孩子？」

張蘭蘭突然覺得頭疼起來，還是耐著性子解釋。「清娃是夫子原本收的學生，我家其餘跟著夫子唸書的都是女娃，不需操多少心思。並非我自私，人家老師不想收學生了，難道還要我厚著臉皮逼人收？夫子那麼大把年紀了，想清清靜靜地安度晚年，不想再費心教學生了，難道有錯？我們多麼精心地養著，才將夫子的病養好了，誰要是想把夫子累病了，我頭一個不答應！」

胡氏冷哼，重重摔了杯子。「別說了，不願意幫就是不願意幫！我就不信夫子多收我家樂兒，能給累死！」

「簡直不可理喻！」張蘭蘭也怒了。「左說不行、右說不行，為了這麼點破事堵我閨女，妳心疼妳兒子，我還心疼我閨女呢！」

兩人徹底撕破臉，胡氏怒氣沖沖地離了劉家，甩下狠話，再不願意登劉家的門。

張蘭蘭在門口叫了聲，不登門最好，省得來煩人！第二天就把劉秀接回來。

自胡氏這麼一鬧，張蘭蘭心裡泛起了膈應，再不主動與王家走動。

胡氏那頭氣鼓鼓地回家，到家就後悔不該跟劉家頂起來，就算不能把王樂塞給章夫子當學生，但是劉家這門關係就這樣斷了，對王家來說真是一大損失。

王掌櫃氣得捶胸頓足，好不容易自己認識的一戶人家起來了，將來成了京城裡的大官，他們家跟著沾沾光多好！說起來他們還是探花娘子的乾爹、乾娘呢，放在徐州這地界上，誰敢為難他們？就是知府老爺也不會輕易為難他們家。

胡氏回過神來，氣消了，也想通這個理了，後悔得不行。這世上條條大路通羅馬，為啥自己當時一根筋就非要槓到底，白白斷了一門富貴親戚。

王掌櫃夫婦二人悔不當初，可惜張蘭蘭那邊被折騰得心涼了，壓根兒就沒有搭理他們的意思。為著這事，王掌櫃天天回家就罵胡氏婦人之見、目光短淺，胡氏平日在家沒受過委屈，這次自知自己錯大了，老老實實聽王掌櫃訓斥。

劉秀從小石頭家搬回來，張蘭蘭怕她心裡不痛快，誰知道劉秀低落了幾日，便自己想通了，不再糾結胡氏的事，如往常般畫畫繡樣、算算帳。

轉眼便到了夏末，劉家村的祖宅建好了，全家挑了個日子，回去看看新宅子。

原先的老院子、老房子已經全部拆掉，院牆也推了。劉景家本是住在村邊的位置，老宅子四周有兩邊原先都是荒地，劉家族長叫族裡的人將荒地給理平，闊出幾畝地來，全圈給劉景家建新宅。

如今新宅寬敞，後院的牆依著山建。院子是由小石頭找的江南人設計，仿蘇州園林的格局建築，亭臺樓閣十分精緻，還有從後山引來泉水圍小魚池，布局大小完全不輸城裡那些大門大戶的宅子。

張蘭蘭頭一次來新宅子，喜愛得不行。她本與劉景說好，老宅子隨便建建就行，不必太過費心思，誰知道小石頭這般用心，將宅子建得這樣漂亮。

劉家族長也來作陪，原先他小舅子得罪過劉裕，這會兒人家劉裕得勢，族長自然得打起十二分的精神拍馬屁，要不然萬一人家狀元老爺追究起當年的事，他可吃不了兜著走。故而劉景家建宅子的時候，族長十分盡心，不光組織村裡的壯丁來幹活，還自己掏腰包包了勞工的飯錢。

如今見張蘭蘭喜歡宅子得很，族長一顆心放了下來。

只是宅子建好了，裡頭的屋子都是空的，家具全無。一來是時間太短來不及準備，二來是劉景的意思，木製家具放久了無人用容易蟲蛀，他木匠出身，見不得好木料給浪費了，便先將屋子空著，不買家具，待以後住人時再添置。

本次回村，村裡人遇見劉景一家，恨不得把頭低到地上，個個嘴角都咧到耳根地陪著笑。原先同張蘭蘭不和睦的幾個婦人，壓根兒就沒敢露臉，生怕張蘭蘭想起她們，觸了霉頭。

族長非要留飯，硬拉劉景一家去自己家吃了午飯，午飯是特地準備的，雞鴨魚都有。鄉下貧窮，這一桌子菜能頂族長一家老小三個月的飯錢，劉景吃得很過意不去，想掏銀子，卻又怕族長不收，還顯得見外。

張蘭蘭瞧見族長家的二兒媳生得老實，手腳麻利勤快，便道：「秋後我們家便要遷到京城去，村裡的新宅子恐怕是住不上了，只是宅子空了，得要人打理，我尋思著得找個可靠的人去打掃，不如煩勞二嫂子去幫幫忙可好？」

村裡農閒時，農婦大多做些針線、漿洗之類的粗活貼補家用，沒旁的收入，去給劉景家看宅子順便打掃，在鄉下那可是好差事！

族長看了眼二兒媳，應下了，張蘭蘭又道：「二嫂子勤快麻利，有二嫂子照應著我就放心了，我城裡還有兩個丫頭不跟我們去京，回頭嫂子聽她們安排。」

有族長家的兒媳婦打掃宅子，再加上春兒、夏兒看著，應該沒問題了。

下午，一家人乘車回家，張蘭蘭跟春兒、夏兒交代好宅子的事。

張蘭蘭本想帶春兒、夏兒去京城，可兩個丫頭年初分別跟街坊兩兄弟對上了眼。張蘭蘭不好拆了人家，便計劃著乾脆將兩個丫頭嫁了，放了賣身契，另外聘她們在徐州幫著看鄉下老宅和城裡的宅子。小石頭媳婦沈氏已經幫助照看彩虹閣了，不好再勞人家操心看宅子這等小事。

誰知道春兒、夏兒堅決不同意放良，反而說服那兩兄弟一家投靠了劉景家。

張蘭蘭考察了那兩兄弟一家，見都是老實本分的，就都收了他們的身契。雖成了家奴，可攀上劉家的大樹，日子過得好，這實惠是真的。

劉清即將考試，張蘭蘭顧不上春兒、夏兒，計劃待劉清考完，便風風光光把兩個丫鬟的親事給辦了。

考試的日子越來越近，家人為了讓劉清好好讀書，每日都安安靜靜的，連幾個小娃娃都不吵不鬧，乖乖的。

彩虹閣的事情已經交接清楚，如今有沈氏幫助打理，紅姑娘從旁協助。木材鋪的生意也都理順了，劉景挑的幾個掌櫃都是可靠的，運作起來並無問題。

於是張蘭蘭徹底閒了下來，加足馬力開始畫繡樣。

劉景見妻子這般辛苦地畫畫，時不時燉了補品給她，怕她累著。

「哎呀，這銀子真是再多都不夠用！」張蘭蘭吃了口燕窩，道：「我算著給秀秀置嫁妝，聽說光是一張上等紅木的床，都要好些錢！再別說一套家具了！還有那錦緞，什麼蜀錦啊雲錦之類，一套衣服做下來少說得五百兩。這四季衣裳算下來，一季按照十套算，四季就是四十套，最少也得二萬兩！這不光是衣裳，還有頭面、首飾，一副拿得出手的頭面，總得上千兩吧？還有些小首飾，鐲子、簪子、吊墜之類，得跟衣裳樣式顏色配著買，最少也得備上三個匣子……還有現銀也少不得，秀秀這些年自己賺的就讓她帶走，我這當娘的少不得另給些，你這當爹的跑不了，也得出出血！」

張蘭蘭扳著指頭數數，劉景在旁聽得雲裡霧裡，只聽她光算置辦東西的錢，都算出二十萬兩來。

劉景不禁撫額，媳婦疼閨女真是疼得沒邊了，恨不得將所有好東西給陪嫁了去。

張蘭蘭吃完燕窩，放下碗，嘆了口氣，道：「等過幾年安安長大了，又得置辦一份，安安的嫁妝要比照秀秀的來，咱們得兩碗水端平。幸虧安安年紀小，咱再賺個十幾年，待安安出嫁時，嫁妝定然就賺來了！唉，還有清娃娶媳婦的銀子，過幾年也得出……銀子啊銀子，真是不夠花啊！」

劉景哭笑不得，將妻子摟進懷裡，笑道：「妳這彩虹閣的老闆娘富甲一方，還在這兒愁銀子不夠花，別人家都不用活了。」

張蘭蘭笑道：「我才不管別人家，我只教自己家人過得好。秀秀是個好孩子，我要風風光光嫁女兒！」

劉景摸了摸妻子頭髮，道：「前幾日我鋪子裡的夥計來問我，能不能做個輪椅給他爹用，說他爹腿腳不索利。我尋思著，要不我在木材鋪子裡也賣輪椅，正好另開一條財路。」

木材鋪子生意穩定，雖然賺得不少，但是想要突破就很難。那輪椅是個好東西，劉景尋思著倒是個商機。

「好啊，反正圖紙你有，你想賣就賣。」張蘭蘭道。「只是得想個別的名字，叫輪椅不好聽，選個吉利的名字，才有噱頭。」

夫妻兩個合計了一番，決定將輪椅取名「狀元椅」，通俗又吉利。

由於即將離開徐州，劉景沒多做，只叫工匠做了十把狀元椅，誰知道剛剛擺到鋪子裡，就被搶購一空。沒買著的人家下了好些訂單，劉景見狀元椅非常受歡迎，便另雇了幾個木匠開始大批製作，成品不光在徐州販賣，還隨木料運到其他城市裡的鋪子。鋪子的生意隨著狀元椅的熱賣，水漲船高，劉景喜得合不攏嘴。

隨著狀元椅的熱賣，劉清也到了考試的時候。

劉景與劉俊沒去鋪子，全程接送劉清考試。

張蘭蘭在家候著，心裡有些緊張，章夫子倒好，沒事人一樣，彷彿去考試的壓根兒不是他學生。

「清兒沒問題的。」章夫子十分自信地摸了摸鬍子。「我教的學生我清楚。」

果然，放榜時，劉清榜上有名！還位居案首！

劉清盯著榜單嘿嘿地傻笑。

劉裕與章凌同屆考試，一直被章凌壓一頭，可劉清這邊一枝獨秀，徐州城並沒有能與他比肩的才子，所以他單蹦的就凸顯出來。

然而一家人被章夫子洗腦很久，對劉清能考上秀才之事都篤定得很，所以大家很平靜地接受了這個消息，只是劉景親自下廚，給兒子做了桌好菜。

劉清考試之事塵埃落定，張蘭蘭又忙著操辦春兒、夏兒的親事，兩個丫頭風風光光地嫁為人婦，徐州這邊其餘雜事完畢，一家人計劃待過了中秋，便動身去京。

中秋團圓節，張蘭蘭趕了春兒、夏兒回婆家。她兩個的婆家雖都是劉家的家奴，可畢竟與劉家人不親，叫他們一塊兒來過中秋反而不自在。

下午張蘭蘭便同女兒、媳婦做好月餅，劉景、劉俊帶了好茶回家，一家子忙忙碌碌做了一桌子菜。待入夜，將廊下的燈籠都點上，搬了大飯桌去院子，一家子老老小小圍著飯桌坐下，吃飯賞月吃月餅。

張蘭蘭高興，溫了梅子酒，對月小酌。上次她喝醉後的樣子教家人記憶猶新，劉景怕她喝醉了又鬧騰，攔著不讓多喝。張蘭蘭喝個半醉，覺得不盡興非要喝，劉景無奈，將酒壺揣在懷裡。張蘭蘭去搶，劉景雖然人高馬大，怕傷著妻子只得躲，張蘭蘭為搶酒壺，追著劉景滿院子跑，劉景苦著臉東躲西藏，一家人看著他倆，都笑得前仰後合。

張蘭蘭跑著跑著，聽見大門推開的聲音，迷迷糊糊撞上一人，定睛一瞧，正是許久不曾露面的胡氏。

胡氏一手提著月餅，一手提著禮盒，十分尷尬地立在原地。

張蘭蘭髮絲有些亂，酒勁上來，醺得一張臉紅撲撲的。

「妳不是說再不登我家門，今兒又來做甚？」張蘭蘭雙手抓著胡氏衣襟，胡氏被她身上的酒氣衝了一臉。

張蘭蘭酒後醉話沒那麼多講究，站得搖搖晃晃，抓住胡氏的手，瞧了瞧她手裡的月餅，嗤笑道：「我還當妳能撐多久，妳若真從此與我家斷了關係，我心裡頭還敬妳是個爽快人。妳別以為我不知道妳今兒來打的什麼主意！妳後悔了，又想來攀我家，對不對？」

胡氏被她這麼一戳破，臊得滿臉羞紅。她是後悔了，想來攀劉家不假，可張蘭蘭當著這麼多人的面這般大剌剌說出來，教她往後還怎麼在劉家人面前抬得起頭！

胡氏氣得狠狠瞪了張蘭蘭一眼，見她醉得脖子都歪了，自己有求於人，又不可能真同個喝醉的人較真。

胡氏立在那兒，尷尬得不行，嘴裡只能不斷說：「蘭妹子妳喝醉了，怎麼淨說胡話。」

劉景忙上前要把妻子拉回來，誰知張蘭蘭這陣子心裡憋著胡氏的事，這會兒藉著酒勁全發出來了，誰都攔不住。

張蘭蘭將胡氏往門外推了推，嚷道：「既然說好老死不相往來，妳就再別來了，再來是小狗。夫子不收學生，妳來也無用。」

胡氏臉面沒了，惱了起來，也不管她是不是醉了，將手裡的東西往地上一扔，索性破罐子破摔。

胡氏反推了張蘭蘭一把，道：「妳當我願意來？誰稀罕巴結妳！我知道我那事做得不地道，可是可憐天下父母心，為了給樂兒掙個好前程，我這當娘的臉面算什麼？妳小叔出人頭地，兒子爭氣，妳有福氣。可我呢？辛辛苦苦操持一個家，兒子丈夫整日教我操碎了心，我一個婦道人家整日拋頭露面，我容易嗎我！」

張蘭蘭呸了一聲，道：「家家有本難唸的經，我的日子是我自己過出來的，妳就知道妳自己不容易，我就容易了？妳自己日子過得難，就來為難我家人？這什麼道理！」

胡氏心裡本就堵得慌，她一生心高氣傲、脾氣耿直，若不是王掌櫃要她定來道歉和好，她絕不會踏上劉家門半步。一來就觸了霉頭，胡氏脾氣上來，委屈也上來了，忽地哇一聲哭出來，喊道：「我就是氣！憑什麼妳這麼好命，憑什麼！瞧瞧當初妳處處不如我，妳家同我家根本沒得比，可如今憑什麼妳就坐擁萬貫家財，丈夫寵著，兒女敬著，還弄個什麼大師的名聲掛著！我呢？妳還記著沒，妳頭一套像樣的衣裳還是我給妳弄的，當時妳穿得土裡土氣的，我一丁點沒嫌棄過妳，如今妳發達了，就開始嫌我麻煩妳這個、求著妳那個！我就是不甘心！就是眼紅了！」

胡氏氣得胸脯起伏不定，抓起地上自己帶來的一瓶梅子酒，咕嚕咕嚕灌了大半瓶，而後將酒瓶往地上一摔，大聲道：「就興妳喝醉了發酒瘋？我也喝！大家都醉，要發瘋一塊兒發來，橫豎都撕破臉了，你們愛笑話就笑話去！」

說著，胡氏大半瓶酒下肚，只覺得腹中燒得慌，膽子壯了起來。她一捲袖子，猛的朝張蘭蘭衝過去，揪著張蘭蘭的耳朵罵道：「妳就得瑟吧！有點錢就得意得不行，我叫妳得瑟！

叫妳得瑟！」

張蘭蘭吃痛，立刻反手揪著胡氏的耳朵，兩個婦人都是身量高眺之人，立刻扭成一團打了起來，張蘭蘭腳下一滑，連帶著胡氏，兩人一塊兒滾在地上，扭打翻滾。

劉家人全都看傻了眼，怎麼這兩人一言不合就動起手來。劉景率先反應過來，趕緊叫劉俊來幫忙拉，劉秀同羅婉也趕緊來幫忙。劉俊將兩人隔開，劉景抱著張蘭蘭的腰，羅婉同劉秀一個人抱胡氏的腰，一個人抱腿，一家人折騰得灰頭土臉，總算將兩人分開了。

張蘭蘭臉上掛了彩，青一塊紫一塊，胡氏也好不到哪兒去，眼眶都被打紅了。兩人痛快打了一架，心裡憋悶發洩出來，站在兩處彼此對望，哼哼了幾句。

「唉……」章夫子皺著眉頭縮了縮腦袋，沒想到小牡丹打起架來如此彪悍。

劉清在旁坐著，早就看傻眼了，章夫子敲了敲劉清的腦袋，小聲道：「瞧見沒有，兩隻母老虎，往後你要是再娶個母老虎回家，可就熱鬧了。」

兩人打得衣衫不整，此時清醒下來覺得不妥。張蘭蘭哼哼著回屋換衣裳去了，劉秀忙跟著去。

羅婉見胡氏衣裳被扯爛了幾處，身上滾得都是土，心道她若是這個樣子從自家出去，還不知道外頭人瞧見了會傳出什麼閒話，便對胡氏道：「嬸子若不嫌棄，去我屋裡給嬸子找身衣服換上。」

胡氏低頭看看自己的狼狽樣子，嘆了口氣，這下好了，講和沒講成，還打了一架，這梁子算是真正結下了。

胡氏隨羅婉回房換衣裳，留下一院子男人大眼瞪小眼。

劉俊暗地戳了戳老爹，小聲道：「爹，原來娘打架這般威猛。老實說，娘打過您沒有？」

劉景滿臉黑線，自己這兒子成天腦子都想些什麼！

張蘭蘭回屋換衣裳，劉秀打了熱水來給她洗臉，又拿了個熱雞蛋給她滾滾臉上的傷。張蘭蘭換好衣裳，坐在梳妝檯前，劉秀幫她重新梳頭，她捏著雞蛋自個兒滾著臉，疼得嘶嘶吸氣。

劉秀瞧她這樣，噗哧一聲笑出來。

張蘭蘭酒醒了，酒勁一過曉得疼了，被女兒一笑，只覺得渾身疼，哎喲哎喲捶了幾下腰，道：「下手還挺重，一腳差點給我踹斷腰了。」

劉秀放下梳子給她揉腰，道：「這會兒知道疼了。不過娘您也厲害，我瞧您那幾腳踢得也不輕。」

張蘭蘭哼了幾聲，打架她可是從來不吃虧！

張蘭蘭梳洗完畢，想了想，從箱子裡拿出一套衣裳給劉秀，道：「她身量比妳大嫂高，恐怕妳大嫂的衣裳她穿不下。妳把我這套衣裳送過去，先換上將就著吧。」

劉秀接過衣裳，看了娘親一眼，真是刀子嘴豆腐心，打完架還給人送衣裳。

劉秀送衣服過去，剛進門就瞧見胡氏才換好羅婉的衣裳。羅婉嬌小，她的衣裳穿在胡氏身上，袖子都短了一截，十分不合身。

劉秀將衣裳放下，看了眼胡氏，道：「我娘說大嫂的衣裳恐怕不合身，叫我送了她的來。」

胡氏看著劉秀，兩人相顧無言，都有些尷尬。胡氏雖然到最後存著利用劉秀的心思，可畢竟是疼她這麼多年的乾娘。

劉秀待著尷尬，索性放下衣裳就走。羅婉幫胡氏換好衣裳，又給重新梳頭淨面。

胡氏收拾完畢，也沒臉多待，便偷偷摸摸地要走。羅婉什麼也沒說，將她送到家門口，劉秀在家門口站著，見了胡氏，往她手裡塞了個煮熟的雞蛋，什麼都沒說便走了。

「外頭天黑，嬸子小心看路。」羅婉打開門，目送她出去。

胡氏低頭看看手裡的雞蛋，忽地覺得心裡真不是滋味，劉秀是個好孩子，自己是真心疼愛過她，可如今……

胡氏回了家，王掌櫃正焦急等著，盼著妻子去認錯和好，將兩家關係修好。誰知道見妻子回來，換了身衣服，臉上還掛了彩。

王掌櫃追問半天，胡氏心情不好，將事情說了。

王掌櫃一聽就開罵。「妳這個沈不住氣的，壞了事！妳怎麼有膽子打她！她小叔是金科狀元，她女婿徒弟是探花郎，妳長了十個膽子，妳去打她？她只消給京裡通個信兒，咱家還有活路，樂兒還有前途？」

胡氏白了王掌櫃一眼，輕輕搖頭，道：「今兒是我與她的恩怨，和旁人無關。她不是那心胸狹窄的人，你不必擔心她報復咱們。」胡氏低頭看了看身上的衣裳和手裡的雞蛋，張蘭蘭若是真的惱了自己，要給自己好看，何必叫劉秀送衣服來。劉秀送自己雞蛋療傷，恐怕也是她默許的。

相交這麼多年，胡氏對張蘭蘭的性子還是知道點，那是個性子爽朗品行正直的人，若想為難自己，必定會當場發作，不會因為自己同她打了一架就背地裡使壞。

王樂站在門口，眼裡有淚花閃動，他愣愣地問母親：「娘，秀秀姊是不是再也不來咱們家，不同咱們好了？」

胡氏見了兒子，眼淚一下子流出來，點點頭，道：「樂兒，如今咱們家配不上人家秀秀家，還得罪了人家，兩家關係怕是要斷了。」

王樂低著頭，輕輕咬著嘴唇，道：「我知道，都是因為我！因為我不爭氣，所以娘想請章夫子給我當老師，所以得罪了劉家是不是？」

胡氏低頭不語，王樂只覺得一顆心沈了下去，喃喃道：「我是不是再也見不著秀秀姊了……」

王掌櫃拍拍兒子的肩膀。王樂自幼心繫劉秀，長大後還存著幻想，能將劉秀娶回家。可眼見著兩家差距越來越大，劉秀配給了佳婿，王樂自知比不上章凌，便斷了娶劉秀的念頭，只想著就當一輩子乾姊弟也好，以後姊姊在夫家受了委屈，他這個做弟弟的拚了命也要為姊姊出頭。

可如今……怕是連姊弟都不能當了。

王樂抹了把眼淚，低聲道：「我回去讀書了，爹、娘，我會爭氣的。」

胡氏看著兒子背影嘆了口氣，她何嘗不後悔自己的貪心，何嘗不想同劉家回到當初，可有些事一旦發生就回不去了。她知道自己同劉家的緣分，是真的斷了，若是往後有機緣再續上，恐怕也不是當初那模樣了。

過了中秋，劉家進京之事準備妥當。家人輕裝簡行，家具之類物什均不帶，一應平日用品只帶了路上要用的，反正京城府邸已經收拾好了，東西都不缺。衣物也只帶了幾套要換洗的，張蘭蘭的意思是，既然搬進京城，那麼要有新氣象，全家人的衣裳都要重新做，畢竟往後他們是官家了，穿著若不得體，出門丟的是劉裕的臉。

最重要的便是金銀細軟怎麼帶，劉家在徐州攢下偌大的家業，光金銀兌成實物，就得好大幾口箱子來裝，實在扎眼。於是全都分批去錢莊兌成了銀票，幾個女眷縫在衣服夾層裡頭貼身帶著，省得丟了。

雖說已經精簡了不少，可家裡人口多、孩子多，要帶的東西還是滿當當的裝了兩馬車。

從徐州進京城，走水路最穩。由徐江出發，先往南駛進渭河，再沿著運河一路北上，順利的話一個月即可抵達京城。走陸路最快，徐州與京城之間的官道修得非常好，打馬行車半個月便可到了。

章夫子身子雖然大好，可畢竟年紀大了，禁不住馬車顛簸，於是家人商量一番，便決定走水路，途經揚州還能順便逛逛。

徐州靠水，居民大多坐過船，一家老小都不暈船。劉家人多財物多，加之有女眷、幼兒同行，劉景索性包下一整條大船。出發當天早上，劉俊叫鋪子裡的夥計來將行李先行運到碼頭裝船，待家人收拾好了，再回來接人。

全家收拾妥當，等馬車回來就上車出發，車行約莫半個時辰便到碼頭。碼頭上人來人往十分熱鬧，劉景叫車夫將馬車直接停在靠近大船的岸邊上。

張蘭蘭、羅婉領著三個小的先下車，瞧見眼前泊著艘挺大、挺氣派的大船，劉安扯了扯張蘭蘭的袖子，奶聲奶氣道：「娘親，咱們要坐這大船嗎？」

張蘭蘭將孩子抱起來，笑道：「是啊，咱們要坐大大船去京城找妳二叔。」

後頭劉清扶著章夫子也下車了，章夫子笑道：「我還沒坐過這麼大的船，今兒託小牡丹的福，可要好好坐上一坐。」

劉清道：「夫子，咱們這趟可要坐一個月的船，只怕您坐兩天便膩了，吵著要下船呢。」

「太太來了！」甲板上紅姑娘正招呼水手搬東西呢，就瞧見張蘭蘭下了馬車，紅姑娘忙停了手上的活兒迎過來，道：「房間都收拾妥當了，上船便可以出發。」

一家老小上了船，船老大引著眾人去房間安頓，囑咐了一通，例如甲板下頭不可進，只可在甲板與船艙活動之類，該交代的交代好，船老大便去準備開船的事，大家伙兒則各自去了自己房間收拾東西。

張蘭蘭與劉景的房間在二樓，空間大視野開闊，房間內裝飾得很雅致。張蘭蘭推開窗戶坐在床邊，瞧著岸上繁榮的碼頭，對劉景道：「你挑的船不錯。」

劉景笑嘻嘻走過來，摟住妻子腰肢，道：「這種船是專門做大戶人家出行的買賣，我認識的幾個富商出行時都租過這家船，我都打聽好，才敢給咱們家用。」

張蘭蘭剛剛安頓好，就聽甲板上船老大吆喝，說要開船了。

船體動了一下，緩緩往前行駛，十分平穩。

「我去瞧瞧孩子們收拾得怎樣了。」張蘭蘭道。「這會兒到了飯點，你瞧瞧午飯如何了。」

夫婦兩個各自幹活去，張蘭蘭先去劉秀與羅婉房裡，在外不比在家，不好讓劉秀單獨住一間，於是叫羅婉帶著三個孩子同劉秀住一間，劉俊自己住一間，劉清同章夫子住一間，紅姑娘則和一個在染坊給她打下手的小姑娘住一間。

原本劉安是同張蘭蘭睡的，但是難得出遊，張蘭蘭想過過二人世界，索性將孩子丟給兒媳、女兒帶幾天，自己好清閒清閒。

劉秀與羅婉都是麻利人，早就收拾好了，還給三個小的換了身衣服。其餘人也都安頓好，便去一樓的大廳用飯，船上自帶廚子，烹飪的菜餚以水產為主，魚蝦蟹貝俱全。

一家人頭一次在船上吃飯，新鮮得很，張蘭蘭讓人將四面的簾子都捲起來，邊吃飯邊瞧外頭的景色。

此時船已經駛出徐州城，來到城郊處，兩岸都是鬱鬱蔥蔥的樹林，遠遠望去，還能瞧見層巒疊嶂的群山。

劉景拿起一隻螃蟹熟練剝開，放在張蘭蘭面前的小碟子裡。

劉清眼尖，遠遠瞧見一處村落，盯著瞧了一會兒，道：「咦，那不是咱們劉家村嗎？」

眾人定睛一看，還真是劉家村！

並不很大的村落位於遠處的河岸，一邊是河，一邊靠山，村子裡的房屋錯落有致，遠遠望去很是好看。這會兒村落裡家家屋頂飄著炊煙，偶爾能聽見幾聲雞鳴狗吠聲，整個村子祥和而靜謐。

「是咱們村！」劉秀起身走到廳邊，倚著窗戶眺望，道：「我好像瞧見咱們的新宅子了，真大啊！」

幾個小的聽見了，一蹦一跳的過來也要看，劉俊、羅婉怕他們調皮掉下船去，趕忙跟來，一瞧，自己家的宅子清晰可見，屋宅布局講究，裡頭綠樹蔥蔥。

張蘭蘭眺望遠方的村落，輕輕依著劉景，嘆了口氣，道：「這一去京城，就不知何年何月能回來了。」

想當初她剛穿來，嫌村民愚昧，巴不得趕緊搬出村子去，可如今真的要遠遠地離開，卻忽地生出捨不得離去的心思。

張蘭蘭閉上眼睛，眼裡又浮現出她頭一次見到劉家的樣子，普通的房子，樸素的擺設，可這一切卻縈繞在她心頭，揮之不去。還有徐州城裡的家，那並不大的院落，充滿家人的歡聲笑語。

「妳若想回來，我陪妳回來便是。」劉景攬著她肩頭，道：「咱們又不像裕娃，有官職拴著，妳我一介白身，想去哪兒玩就去哪兒。俊娃已經可以在木材鋪子獨當一面，將來鋪子我打算交給他接手，彩虹閣早就上了正軌，有那麼多人在，妳也不必日日盯著。」

張蘭蘭點頭，道：「也是，孩子們長大，可獨當一面了。我這人懶，這兩年越發懶得打理那些雜事，還不如去遊山玩水的好。」

老大一家夫婦俱能幹，劉秀明年出嫁，劉清學業未成，暫不想成家的事，劉恬、劉睿有自己爹娘操心，不用勞他們多費心，只剩下年幼的劉安需要多費心照料。所幸安安懂事，同劉睿從小一塊兒長大，羅婉一看看倆，教張蘭蘭省心了不少。

夫妻兩個看著孩子們，就這麼旁若無人地膩歪起來，忘了身後還坐著章夫子和劉清。

章夫子是過來人，瞧著兩人也起了一身雞皮疙瘩，插嘴道：「小牡丹，你們偷偷商量出去玩，想不帶我這老頭子？」

張蘭蘭方才回過神來，夫子還在後頭坐著，趕忙同劉景分開，一臉淡定道：「夫子若是好好保養身子，到時候興許還能同我們一塊兒遊山玩水。若是還不聽大夫的話，偷吃忌嘴的東西，到時候身子不好了，便在家叫清娃守著您喝藥吧，我們夫婦倆帶著安安自個兒玩去。」

章夫子趕忙搖頭，道：「哎呀，平日我不是都聽你們的嘛，你們讓吃啥我就吃啥，不讓吃的我哪敢吃一口！」

張蘭蘭滿意地點點頭。

章夫子這病擱在現代就是高血壓，有很多東西需要忌口，還好夫子很配合，控制飲食忌口都乖乖照做，否則身子不可能好得這樣索利。

船行四、五日，外頭景色都是這般毫無變化，起初眾人瞧著新鮮，後頭瞧膩了，都懶得看。張蘭蘭同劉秀、羅婉大多時候都坐在房間裡畫繡樣，劉清則跟著夫子讀書。

船就那麼大點地方，三個小娃娃可憋壞了，張蘭蘭便打發劉景、劉俊去陪孩子們玩耍。那父子倆平日忙鋪子生意，很少陪孩子玩，如今得了空閒，得好好培養感情。

三個娃娃正是精力旺盛的時候，一天下來將劉景折騰得腰瘦腿疼，張蘭蘭瞧他捶腰的樣兒，笑道：「可算教你知道帶孩子的苦。」

劉景苦笑著對媳婦作揖，道：「今兒我真的知道帶孩子多不容易，就一天，簡直要累死我跟傻娃了。」

又過了四、五天，船行駛進渭河，河水不似原先那般清澈，變得發黃。渭河河面寬闊，但岸邊水淺，劉家租的船大吃水深，只得在河中心前行。這下連岸邊的景都瞧不真切，家人都覺得悶得慌。

幸好在渭河只行了兩天，就拐個彎駛入運河，行駛半日，終於到了揚州。

船在揚州靠岸補給，一家人憋壞了，收拾收拾，躍躍欲試要下船逛逛。

船抵達時正巧是傍晚，船老大往來兩地熟得很，對張蘭蘭道：「夫人，揚州晚上夜景頗好，街上人多，可熱鬧了，可帶著公子、小姐去逛逛。」

仔細問了船老大，又請了船上一個熟悉揚州的水手引路，在碼頭雇了輛馬車。一家老少下船，在船上顛簸了那麼久，終於踩到土地，感覺踏實不少。

水手領著馬車駛入揚州城，在城裡最著名的瘦馬街停下。

揚州不愧是江南最繁華的城市，瘦馬街的繁華絲毫不亞於京城。街道寬闊，兩邊都是各色的商鋪，沿街有不少小販擺的攤位，賣的東西琳瑯滿目。

街上人多，怕孩子們走丟，劉秀、羅婉、張蘭蘭一人手裡拉一個，男人們則護在女眷外圈，連章夫子都自覺發揮男人的作用，站在劉秀身邊護著。

街上小玩意兒頗多，女眷、娃娃們見了簡直挪不動腳，先給娃娃們買了糖葫蘆、小糖人、各色糖果點心，接下來女眷們開始逛各色成衣鋪子、首飾鋪、脂粉鋪……幸虧劉景早知道這趟要大出血，帶足了銀子，見什麼喜歡就買，劉俊、劉清則完全充當苦力的角色，大包小包的扛東西。

買了東西，又去逛了花燈街，玩了猜燈謎，女眷們終於逛累了，水手引著他們去揚州最著名的館子「樓上樓」用晚膳。

樓上樓位於瘦馬街中間最繁華的位置，毗鄰江邊。劉景見面便給了小二賞錢，小二領著一大家子上樓上的雅間。雅間在三樓拐角的位置，風景極好，一邊能瞧見江上的風光，另一邊開窗便是瘦馬街的街景。

劉家財大氣粗並不怕花錢，盡點好菜，俱是樓上樓的招牌。

男人們當了半天苦力，都餓得飢腸轆轆，女眷們走動久了，胃口大開，一桌子菜餚色香味俱全，大夥兒風捲殘雲般，吃得心滿意足。而後又點了碧螺春與點心，這才慢慢吃點心品茶，靠著窗邊看景。

瘦馬街上燈火輝煌，南來北往的人來揚州，必會來街上遊玩。羅婉與劉秀都沒怎麼出過門，此時見什麼都新鮮，姑嫂兩個坐在窗邊看新鮮，看了一會兒，劉秀扭頭道：「娘，您來瞧，我看下頭好些人的衣裳花色好生眼熟，都是咱們彩虹閣的花樣。」

「哦？」張蘭蘭湊過來，三人坐一排，數著街上的人，見十名女子身上，起碼有五位繡著彩虹閣出的圖樣。

「還是秀秀眼尖。」張蘭蘭笑道。「沒想到咱們的花樣那麼受歡迎。」

「咱的花樣漂亮唄，女人哪有不愛美的。」羅婉道。「只是我瞧她們身上的花樣，都不是用咱們的絲線繡的。」

張蘭蘭再仔細一看，羅婉說得沒錯，這些人身上衣著的花樣只有樣式是彩虹閣出品，顏色卻不對。因為彩虹閣的絲線顏色外頭染坊染不出來，所以很多人便用其他顏色代替，雖然樣子相同，但是繡出來效果卻差了不少。

張蘭蘭有心，惦記著這事，待家人吃飽喝足回船上時，便找了紅姑娘來詢問。

紅姑娘道：「是這樣的，咱們的繡樣因花樣奇特好看，所以姑娘、太太們都喜歡互相借著繡，但咱們的彩虹閣只在徐州與京城有鋪面，所以外地的人就算得了繡好的成品，想拿去繡個同樣的，卻買不到同樣顏色的絲線，便用相近的顏色湊數。」

「原來是這樣。」張蘭蘭點頭，道：「我原先想著，鋪子不能開太多，不然繡樣的出產速度跟不上，畢竟只我與秀秀、小婉三人在畫，勉強能供上京城、徐州兩個鋪子，我怕再多開鋪子，卻沒有繡樣賣。可如今瞧著，鋪子開得少，別的地方想買絲線卻買不著了。」

紅姑娘道：「夫人說得是，咱們大可以多開分鋪，只賣絲線不賣繡樣便是。其實自從夫人要搬入京城，我就想跟夫人提，徐州雖是大城市，可畢竟同京城、揚州那樣的地方沒法比，同樣是五個繡樣，京城能賣的銀子比徐州高得多。我有個想法，不如咱們將彩虹閣開遍各地，只在最最繁華的地方賣繡樣，其他鋪子只賣絲線。有好些人買不起繡樣，又想借別人買的繡樣仿著繡，只需買絲線回去，便能繡出一樣的來，這樣咱們絲線銷量便能翻倍。」

張蘭蘭思索了一下，覺得紅姑娘說得有理。譬如揚州，富商聚集之地，比徐州繁華不止十倍，若是將徐州的繡樣拿到揚州來賣，價格也要翻幾倍。再者，彩虹閣現在大半收入都是賣繡樣所得，若是如紅姑娘說的那樣將鋪子開遍全國，專賣絲線，那麼將來絲線的利潤會漸漸增多，甚至比繡樣賺得多。到時候彩虹閣既可以賣特產絲線，也賣普通絲線，漸漸便能將市場擴大化，哪怕將來畫畫的技藝失傳了，做絲線買賣也能養活劉家後人。

「妳說得有理，待我到京城，同章夫人商量商量。」張蘭蘭道。

第二十章

大船在揚州碼頭停了一宿，第二天一早，船老大帶著船員又上岸採買一批補給，待到中午時分，起錨出發。

這一行便是半個月，其間除了在一個小鎮的碼頭靠岸補給淡水之外，一路北上，並未再停下過。

半個月的水路，走得一家人渾身憋屈，眼見京城越來越近，一個個都急著下船。船老大叫眾人準備，兩個時辰後船便在京城郊區的碼頭靠岸。

一聽終於要到了，眾人喜上眉梢，各自回去收拾東西。而後聚在廳裡，女眷們嘰嘰喳喳地一塊兒說話，十分興奮。

張蘭蘭靠在窗邊，瞧著外頭的景致，越接近城裡越繁華。

大船終於靠岸，遠遠瞧見陳氏攙章凌、劉裕在岸上等著，待船停穩放好甲板下去，一家人互相攙扶著上了岸。

在水上晃了半個月，終於踩著陸地，張蘭蘭恍恍惚惚地覺得腳下有些不穩，倚著劉景才站穩。陳氏笑著迎上來，看了看眾人，道：「可算來了，把我們等得心急死了。」

大家伙兒好久不見，彼此掛念得很，乍一見到只覺得有許多話要說。

「先上車，有什麼話咱們回家了說。」陳氏道。

碼頭停著五輛馬車，兩輛拉貨，三輛坐人。船老大叫人將行李裝在馬車上，女眷們上了一輛，男人們分坐兩輛，馬車沿著官道悠悠駛入城內。

「一路坐船想必辛苦，府裡已經收拾好了，回去先歇歇，待到晚間我與你們接風。」陳氏拉著張蘭蘭的手道。

馬車入了城，往南走，穿過好幾條熱鬧的街道。眾人都是頭一次來京城，十足好奇，張蘭蘭掀了簾子一角往外頭瞧，見每條街的繁華程度都不輸揚州的瘦馬街，不愧是天子腳下。

「咱們的彩虹閣就開在北邊那條街上，位置可好了。改日你們安頓好了，我帶你們去鋪子裡認認門。」陳氏一手拉著羅婉，一手拉著劉秀，笑道：「他們整天對著妳們的繡樣讚嘆，說怎麼這麼好看，真不知道是怎樣靈秀的人物才畫得出，這下教他們見識見識。」

馬車又走了一會兒，街道由繁華變得幽靜起來，陳氏解釋說，這一片都是官員的府邸，大多是皇家建造的宅邸，專門賜給官員住的。就比如章楓現在住的便是皇帝賞的宅子，劉裕的新宅子也是。

官員居住的地方店鋪少了很多，有的話也是茶樓、書肆這種幽靜的處所，街上三三兩兩巡邏的兵丁多了起來，看起來這片地區的治安倒是很不錯。

馬車在一處門前停下，陳氏笑道：「咱們到家了。」

張蘭蘭下車，見一道十分氣派的大門，上面的牌匾寫著「劉府」。門口站著兩個守門的小廝，個個精悍精神，見幾輛馬車來了，忙迎過來。

而後便見兩隊婆子、丫鬟整整齊齊從門裡走出來，齊齊對眾人福身行禮。

張蘭蘭瞧她們個個訓練有素，進退有度，暗讚陳氏教得好。

小廝們拉著裝行李的馬車去偏門，丫鬟、婆子們迎著主家進府。下人們都知道，這來的可是正主，她們正經的主家，往後自己一身榮辱富貴，全都得看主家臉色，故而每個人都打著十二分的精神做事。

新府邸很大，一連過了兩個院子，走了三個迴廊，才到正院。陳氏知道他們遠道而來都累了，便叫丫鬟、婆子領著各位主子去洗漱休息。

劉家人對院子完全不瞭解，這裡又大得很，便任由陳氏安排，讓人引著去往自己院子。不同於在徐州，在劉府每家都有自己獨立的小院，後排皆有小庫房、小廚房加傭人房，十分寬敞。劉裕已經在府邸裡住下，剩下的院子是由劉裕同陳氏商量之後分配。

劉家人不講究這些，沒那麼多規矩，只覺得院子是好的，房間是好的，一切都是好的。

張蘭蘭同劉景由兩個方臉的丫鬟並兩個婆子領著，沿著石頭鋪得整整齊齊的小路走了一會兒，便見一處漂亮的小院。

一個婆子道：「大爺、大太太，這是您的院子，是二爺並章夫人選的。」

劉景夫婦點點頭，走進去，見院子裡頭寬敞，布置雅致，從東西用料做工來看，真沒得挑，不愧是皇家賞的院子。

屋子裡也一樣，樣樣擺設精緻，徐州那些富商家都沒有。很多東西只有有品階的官員才可以用，尋常人家用了便是僭越，要吃官司的。

兩個丫鬟一個叫桃紅，一個叫柳綠，兩個婆子一個姓米，一個姓吳。

米嬤嬤顯然是四個人當中領頭的，對張蘭蘭道：「大爺、大太太旅途勞頓，若是要沐浴，臥室旁邊便是浴房，從裡頭那小門出入。奴婢已吩咐燒了熱水，您什麼時候用，什麼時候叫奴婢。」

張蘭蘭點點頭，道：「這會兒便提來吧。」

米嬤嬤吩咐桃紅去備水，又道：「後院小廚房已準備了小點。」

劉景有些餓了，笑道：「妳們準備得倒妥當，上點心吧，有些餓了。」

立刻就有四個丫鬟端著盤子進來，擺好一桌精緻小點，有甜有鹹，花樣繁複，多是過去在徐州沒見過的。

劉景夫婦兩人吃飯不習慣旁人伺候，便屏退眾人。菜色可口，兩人高高興興吃得肚兒圓，而後丫鬟們來收拾桌子。

洗澡的熱水已經燒好，張蘭蘭同劉景去旁邊的浴房一瞧，裡頭十分寬敞，只比主臥小一點，浴房裡竟然不是木製浴桶，而是直接在地上砌了池子！池子一邊稍高一些的是吐水的進水口，往裡源源不斷注入溫水，另一端池底下最低處，是個出水口。兩個口一進一出循環著，既保持水溫不變，又保證池水乾淨。

「嘖嘖，城裡人真會玩啊！」張蘭蘭咋舌。

偌大一個池子，兩人一塊兒洗綽綽有餘。老夫老妻沒什麼害臊的，劉景三下五除二將兩人扒光了進池子裡泡。

池邊的臺階上有個木桶，裡頭裝滿了花瓣。張蘭蘭將花瓣全倒進水裡，一股十分好聞的花香在溫水裡漂蕩。

「怪不得大家擠破頭都想當官，真是美！」張蘭蘭靠著劉景的肩膀感慨道。

池邊的臺子上還擺著很多精緻的小盒子，張蘭蘭泡著澡一一打開瞧，裡頭是浴鹽香脂之類的東西，還有洗頭、洗身子的，比在徐州用的那些香脂皂角不知好多少倍。

兩人疲憊得很，也折騰不出什麼花樣來，劉景洗完，擦了身子，見浴室裡早就擺了一身男裝，從裡到外都有，想來是丫鬟事先擺好的。

劉景將衣裳抖開瞧了瞧，見衣料光鮮做工精緻。

「喏，新衣裳，穿著吧。」張蘭蘭在池子裡撲騰幾下。「你洗好了去外頭等著，把桃紅叫進來。」

劉景穿好衣裳，自己擦了頭髮束好，出去叫桃紅進來。

桃紅見大太太有吩咐，哪敢怠慢，規規矩矩地進來等吩咐。

「這些東西都有什麼用啊？」張蘭蘭聞了聞香脂，還挺好聞。

桃紅道：「回大太太的話，這是章夫人叫奴婢們專門給大太太準備的。那浴鹽是推背用的，用後皮膚細膩光滑；香脂是出浴後塗抹全身，讓皮膚潔白如凝脂；香胰子是京城裡最好的，奴婢聽人說，洗完頭後髮間留香，連蝴蝶都能吸引來。」

張蘭蘭噗哧一聲笑了出來，她這是要過上封建官太太的奢靡生活了啊！怪不得陳氏老嫌銀子不夠用，這種作派，銀子不得跟流水似的花。

但是，她喜歡！這種奢侈糜爛的生活什麼的最美了！

張蘭蘭果斷享用起來。

桃紅見她要試用，走到池子一邊，道：「大太太可以躺在這裡。」

張蘭蘭定睛一看，那處池邊正好有個寬闊的石臺，水位正好沒過臺階一點，躺在上面，一半身子在水裡，一半露著，就算是冬天也不覺得涼。

張蘭蘭立刻趴著躺好，桃紅舀了池水泡了泡手，免得手太涼了，而後取了浴鹽，開始推起背來。

張蘭蘭趴著一臉享受，她前世就最愛人給她按摩，不管是按摩後背還是足底按摩她都很喜歡。穿過來之後，還是頭一次享受這樣的待遇，當然得好好享用。

那浴鹽是上好的竹鹽，用花汁浸泡過，用起來十分舒服。桃紅的手法似是受過訓練，十分到位，摁得張蘭蘭覺得一身的旅途疲勞煙消雲散。

外間劉景等了許久，不見妻子出來，隔著房間喊她。

張蘭蘭正舒服呢，迷迷糊糊道：「我這兒叫桃紅給我推背呢，你先去尋秀秀他們。」

推完背，張蘭蘭身子一扭，整個人滑入水池，桃紅拿著輕紗幫她擦洗後背，又取了香胰子給她洗頭髮。張蘭蘭懶得動，靠在池邊讓桃紅給她洗頭擦身，十分愜意。

如此這般泡了快半個時辰，張蘭蘭才洗得心滿意足。

桃紅見大太太滿意，心裡定了幾分。她們這些丫鬟都是章夫人分配的，並不是最終的分配，到時候主家來了若是要換人，她們就得跟著換。

二爺是大爺、大太太一手撫養長大，後宅當然是以大太太最尊貴，能在大太太身邊當大丫鬟，那必定是最得臉的，桃紅她們幾個都想施展十二分本事好留下。

「要不，我給太太按摩按摩。」桃紅道。「太太只需躺在旁邊的躺椅上便可。」

張蘭蘭瞧了瞧房間那邊放的躺椅，很像現代美容院裡的按摩椅，她點點頭。

桃紅立刻幫她擦身、擦頭髮，又取了香脂搽臉，而後穿上中衣，扶她躺下。

張蘭蘭閉著眼睛舒服地躺著，桃紅按得非常好，力道合適，張蘭蘭舒服得險些要睡著了，米嬤嬤在外頭叫她，這才懶洋洋地起來，準備梳整一番去晚上的接風宴。

此時柳綠進來了，引著張蘭蘭回臥室，打開櫃子，道：「大太太選身衣裳吧。」

一櫃子成套的衣裳，張蘭蘭看得眼花撩亂，真是每一套都好看！

選了衣裳穿好，柳綠便開始給她梳頭。柳綠最是手巧，會梳頭會上妝，根據張蘭蘭的臉形梳了時下京城最流行的髮髻，又打開梳妝盒，道：「要不奴婢給大太太上個妝？」

張蘭蘭許久沒有正經八百地化妝了，今兒一身漂亮衣服穿著，頭髮也美美的，不化妝豈不可惜！

再看那梳妝盒，裡頭光是胭脂的顏色就十幾種，各種眉黛、脂粉琳瑯滿目。

張蘭蘭再一次感慨陳氏的細膩，就連這些細微末節的東西都準備得這樣好。

張蘭蘭閉著眼睛，叫柳綠上妝，柳綠手下很溫柔但是動作很快，沒一會兒就化好了，道：「大太太皮膚好，細得跟羊脂似的，奴婢瞧著不用上粉都好看。」

張蘭蘭往鏡子一瞧，見鏡中好美一個美人，巧笑倩兮，美目盼兮！這是自己嗎?!打扮得這麼美，立刻就好想出去顯擺顯擺。

桃紅、柳綠見太太心情舒暢，也跟著高興，大太太越喜歡她們的手藝，她們的地位就越穩固。

「章夫人請人傳話來，說一個時辰後在大廳擺宴，到時候兩位章大人也來。」米嬤嬤進來道。

還有一個時辰，張蘭蘭琢磨著得去瞧瞧其他人收拾得怎麼樣了，順便秀一秀新裙子新髮型新妝容。

張蘭蘭由米嬤嬤引著，桃紅、柳綠跟在後頭，先往劉秀的院子去。

劉秀的院子安排得離張蘭蘭的院子很近，出門拐幾個彎就到了。

張蘭蘭進屋時，劉秀正坐著梳妝，旁邊並沒有丫鬟伺候，都在屋外守著，看來劉秀不像張蘭蘭這樣習慣人伺候。

「秀秀，妳快瞧瞧娘！」張蘭蘭在女兒面前轉了個圈。

「哇，娘真好看！」劉秀起身，見母親美豔不可方物，由衷讚嘆。

張蘭蘭捏了捏劉秀的小臉蛋，道：「我的秀秀也美得很！」

劉秀身上穿的也是新衣裳，看來陳氏給每個人都準備了好幾套當季衣物，擺放在各人房間。

「秀秀，讓柳綠給妳上個妝、梳個頭！」張蘭蘭十分興奮，跟要打扮芭比娃娃似的，把劉秀摁在梳妝檯前。

劉秀的梳妝檯也滿是胭脂水粉，跟張蘭蘭的規格一模一樣。

女人哪有不愛美的，劉秀見母親打扮之後美了許多，早就心癢癢，乖乖坐著讓綠柳擺弄。

少女青春年華，加上精心修飾的妝容、衣著、頭髮，劉秀頓時從江南小家碧玉變成美麗的大家閨秀，果然人靠衣裝！

「嘖嘖，真漂亮！」張蘭蘭讚道，劉家基因不錯，孩子們都長得好看，沒浪費這漂亮衣裳。

這麼漂亮的姑娘，不知道章凌那臭小子瞧見了，會不會口水滴到地上。張蘭蘭忽然有些心酸起來，她家大白菜再留一年，就得叫別人家的豬拱了。

唔，不過那豬是她徒弟，也算是被自家的豬拱了吧？

母女兩個都打扮好了，張蘭蘭拉著劉秀去找羅婉。羅婉院子離她們有些距離，但也不太遠。

羅婉此時正被三個娃娃纏得頭疼，見婆婆、小姑來了，先是一喜，終於來幫手了，而後便被驚豔到。

「小婉，讓柳綠也給妳收拾收拾。」張蘭蘭一把將八爪魚般纏著羅婉的劉睿給拽下來，道：「睿睿，到奶奶這兒來，讓柳綠姊姊給你娘打扮。」

劉恬鬼頭鬼腦探頭出來，笑嘻嘻撲到張蘭蘭懷裡，道：「奶奶，甜甜也要打扮得漂亮，跟奶奶一樣漂亮！」

「小鬼頭，就數妳嘴甜！」張蘭蘭笑道。

劉安跟在劉恬屁股後頭蹦進來，也撲進張蘭蘭懷裡，糯聲喊道：「娘，妳們都漂亮，安安也要漂亮！」

「一窩子臭美的！」張蘭蘭戳了戳劉安的小鼻尖，她這小女兒也是美人胚子，長得跟個小雪團子似的。

「行了，都打扮。」張蘭蘭揮揮手，米嬤嬤立刻吩咐分給各位小主子的丫鬟們上前，各自領了小主子們去偏廳換衣裳。

小娃娃們無須上妝，幾個丫鬟給他們梳了一模一樣的雙髻，看著十分喜慶可愛。

柳綠給羅婉上了妝、梳好頭，婆媳女兒三個站在一起，簡直跟集聚了天地靈氣一般，美得教人移不開眼。

這般折騰下來，到了宴席的時刻，三人領著三個孩子，帶著一群婆子、丫鬟，浩浩蕩蕩地往正廳前去。

廳裡男人們早就梳洗完畢，坐著說話了，劉裕、章凌他們同大家好久不見，自然有很多話要說。

張蘭蘭三人在正廳門口一出現，裡頭便鴉雀無聲了。劉景、劉俊不消說，看著自己媳婦的眼神能冒出火來，劉裕、劉清兩人一時也傻了，章凌則整個人都愣住，盯著劉秀移不開眼，忽地想起這麼盯著人家瞧不好，立刻脹紅了臉，想往別處瞧，卻又捨不得。

章夫子不愧是過來人，嘿嘿笑著看那群男人們的窘樣。

「咳咳。」章夫子咳嗽一聲，好歹打破了僵局。

於是只聽一陣嗚哩嗚啦的叫聲，三個孩子齊齊衝上去，圍著劉裕、章凌嘰嘰喳喳說個沒完。

孩子們都想他們了。

章凌被圍著，想去同劉秀說句話，卻脫不開身，章夫子在旁看著憋笑，章凌求助地看著爺爺，章夫子好歹是親爺爺，三言兩語哄了三個孩子過來，這才讓章凌脫身。

章凌深吸一口氣，這可是他日思夜想的未婚妻啊！大半年不見，簡直想得肝腸寸斷，碼頭匆匆一面連人影都沒看清呢，她就上馬車了，之後就再無說話的工夫，小章大人都要憋瘋了！

「秀秀……」章凌好不容易抑制住澎湃的心情，走到未婚妻面前打個招呼。

「喲，凌兒，見著為師也不打個招呼？」張蘭蘭一下子擋在劉秀面前，看著自己徒弟那滿臉窘樣，哪像那風流倜儻的探花郎。

「師、師傅……」章凌臉紅得跟煮熟的大蝦似的，忙對張蘭蘭作揖行禮。

「娘！」劉秀在她身後，小小叫了一聲，聲音細小如蚊子。

「嗯哼。」張蘭蘭應了她徒弟一聲，還沒等她讓過身，就見劉景閃了過來，站在妻子旁邊，將女兒擋在身後。

劉景身量高大，這一擋，將劉秀遮得嚴嚴實實，連個衣角都瞧不見。

「見過師丈……」章凌老老實實又作揖行禮。

夫妻兩個擋著，左拉右扯就是不肯讓開，章凌被劉清拉走說話，眼神時不時飄過來看劉秀，教他看一眼也好啊！

「那臭小子，哼！」劉景低聲對妻子道：「秀秀是我閨女，他再亂瞧，看我不收拾他！」

喲，知道要嫁閨女了？張蘭蘭樂了，道：「捨不得了？」

劉景有些悶悶的，養了十幾年的閨女，就這麼嫁給個臭小子，誰家老爹心裡舒服啊。

今天說是接風宴，其實也是家宴。今兒本是休沐的日子，可大理寺太忙，章楓就無休了，下午早早回來，到家換了常服，便帶著章薇來了劉府。

章楓帶女兒來了，人齊了便開席。

兩家人好久沒聚，這一高興就喝了起來。本就是兒女親家，一家人在一塊兒便沒那麼多顧忌。劉裕、劉清並章凌三人，湊一塊兒喝酒作詩，女眷們坐一塊兒說話，章楓許久不見老父親，與父親坐一起，細細詢問。

章夫子在劉家住得很好，吃好喝好，還有孩子們陪他玩耍，開心得很。章楓知道父親病得最重時連走路都得人攙扶，如今見父親身子硬朗，走起路來四平八穩，便知道劉家人定是將老父親當自己家人一般照顧，才能恢復得這麼好。

章楓孝順，最遺憾自己這些年不能親自盡孝，幸有劉家人在老父親身邊照顧著，章楓對劉家的感激又多了幾分。

章薇許久不見劉秀，亦十分想念。她是獨生女，在家沒玩伴，終於見著閨中密友，兩個小姑娘湊作一塊兒，嘰嘰喳喳說個不停。

張蘭蘭與陳氏飲酒，兩人興致都很高，唯有劉景還記得當日兩人喝高了的慘狀，硬是攔著，兩人才沒喝醉。

家宴吃得差不多了，撤了菜，大家伙兒三三兩兩湊著說話。張蘭蘭立刻將在揚州的見聞同陳氏說了，道：「要不，咱在各地多開些絲線鋪子？徐州的鋪子我瞧也不必每日賣五個繡樣，就賣一個得了，剩下四個放揚州賣。」

陳氏道：「主意是好，只是鋪子開到各處，少不得各種麻煩事。咱們人在京城，各地沒有熟人，想開起鋪子來很不容易。」

張蘭蘭想了想，道：「那也不難。」說罷，就將劉俊抓過來，道：「俊娃，咱們家的木材鋪在外地有多少分鋪啊？」

劉俊道：「娘，除了徐州、京城外，外地還有十個分鋪，都是跟著小石頭家的鋪子走的。」

張蘭蘭又道：「我跟章夫人商量著，想將彩虹閣多開些鋪子，開到各地去。只是鋪子選址、夥計掌櫃的人選等等都成問題，我們婦道人家，總不可能自個兒去各地跑，你瞧既然咱家各地都有鋪子，可否讓各地鋪子的掌櫃給幫忙開新鋪？」

劉俊道：「若無根基，去外地開新鋪子確實難。當年小石頭到處開鋪子，每一處都是他自個兒親自去跑下來的，後來咱們的木材鋪子跟著開過去，便是由小石頭尋他鋪子裡當地的掌櫃幫忙開的。如今咱們自己的絲線鋪子想開過去，便沒那麼難了。」

張蘭蘭與陳氏一聽，便知此事可行，只是她們是女眷，不能到處跑，這開新鋪子的事，還得找可靠的男人來打理。

張蘭蘭立刻將劉景也揪了過來，說出兩人的計劃。

劉景道：「若真要開，我便親自去跑。一來是開新絲線鋪，二來我也去各地巡視一下產業。」而後劉景看了劉俊，道：「俊娃也同我一道去吧。」

「行，就這麼定了！」陳氏立刻拍板。她家虧就虧在人丁少，娘家姪子多不靠譜，哪像劉家人丁興旺，不缺勞力。而且劉景、劉俊她信得過，彩虹閣也是劉家的產業，他們哪有不上心的道理。

兩家人一鬧騰便到了深夜，京城有宵禁，然而這對章、劉兩家並沒有什麼影響。因為兩家的後門對著後門，出了門走兩步便回到自家院子。

章楓喝多了，陳氏叫小廝先給抬回家去。章凌也喝了不少，邊往家走邊回頭，愣是沒瞧見劉秀，憋了半天終於憋不住，扯著嗓子喊了一聲：「秀秀！」

喊完倒是把自己鬧了個大紅臉，把旁邊的堂妹章薇逗了個前仰後合。

章薇攙扶著章夫子慢慢走，章夫子也是一步三回頭，十分不情願離開。

陳氏瞧著章夫子、章凌祖孫，兩人一個比一個不願意走，真恨不得在劉家生根，不由噗哧笑道：「老爺子，要不明兒個我讓人把兩家後牆都給砸咯。橫豎那小巷平日也沒人走，乾脆把巷子兩頭一封，兩家並一家得了。」

章夫子嘿嘿乾笑，道：「那哪能，皇上賜的院子，哪能說砸牆就砸牆。」

劉家眾人除去羅婉領著三個孩子先回去睡了，其餘人都送他們，見狀都哈哈大笑起來。

劉家後院有處十分清幽雅致的院落，便是章夫子在劉家的院子。

這院子緊貼著後牆，是陳氏特意選的。

路過院子時，陳氏道：「老爺子，您瞧，您這院子一開門，走兩步就到劉府後門了。出了劉府後門，進了咱府，再走兩步，又到您章府住的院子。您瞧這離得多近，不過多隔了幾道牆罷了，跟住劉家沒兩樣。」

章夫子聽著，才哼哼兩句表示滿意。

章夫子這廂滿意了，章凌那邊可還惦記著呢。他與劉秀乃是未婚夫妻，按照禮法是應該少見面，所以今日一別，不知何時才能再尋著機會見面。

一直將章家人送出門，目送他們進了自己家後門，張蘭蘭親眼瞧見才知道，這兩家後門真是門對門，離得真夠近的。

如此折騰一番，各自回房休息。剛進房間，張蘭蘭就被劉景眼裡的精光閃到了，還沒反應過來，整個人就被撲倒。

「今兒這般誘人地在我面前晃來晃去，瞧我怎麼收拾妳。」劉景麻溜地壓上來。

於是便是一晚上的折騰，張蘭蘭頂個黑眼圈起床，幸虧有柳綠的化妝功夫才勉強遮醜。用早飯的時候見了羅婉，見她眼底烏青一片，便知道昨兒晚上劉俊估計跟他爹一個德行。

府裡家大業大，再不比徐州時守著個小院子般愜意。如今每個院子的女主子跟前都放著兩個大丫鬟、四個二等丫鬟、兩個管事婆子，加上院子灑掃的兩、三個粗使，每院小廚房的人另算。男人們跟前沒給配丫頭，通通是小廝跟著，劉景、劉俊跟前配了兩個小廝，劉清、劉裕一人配個書僮、四個小廝，還有管事的嬤嬤各一人。

三個小娃娃每人有兩個貼身丫鬟伺候，待長大分院住了再給配齊全。

光伺候主家的人就這麼多，再加上府裡其他位置的，什麼管庫房的呀、各個門房的呀，大廚房的之類，林林總總算下來竟然接近百人。

張蘭蘭接過米嬤嬤遞來的名冊，只覺得頭都要炸了，直接丟給羅婉去管家，她好不容易混上的幸福生活，哪肯讓這些管家的瑣事給攪和了。

米嬤嬤瞧著大太太把名冊給大奶奶，心裡暗道這大奶奶好福氣，婆婆是個好脾氣，不管事的，一來就掌家，誰家媳婦聽了定都羨慕死了。

羅婉接過名冊，瞧著也頭暈，可婆婆要做甩手掌櫃，這家也只有她來接了。粗略翻了翻名冊，除了見過的幾個能對上號，剩下的便不知是圓是扁。接下來米嬤嬤捧了帳簿來，上頭記錄著入庫的東西，包括從徐州老家帶來的、各家人情來往，以及皇上的賞賜。

羅婉瞧得眼花，拉著劉秀一塊兒看。

張蘭蘭瞧那冊子厚重，必定不是一時半刻能瞧完的，便叫米嬤嬤下去。

幸虧羅婉、劉秀掌家算帳多年，連偌大的彩虹閣並木材鋪都理得井井有條，這才堪堪將事情疏理順。張蘭蘭其實並不想家裡有這麼多人，可是陳氏說了，如今劉裕是官員，都是按照他的品級給配的下人，這會兒他們剛到京，還是按照慣例來的好，省得叫人嚼舌根，說他們鄉下佬沒見過世面。大不了時日長了，挑些不順手的打發了，便能精簡人員。

張蘭蘭對此一竅不通，自然是陳氏說什麼便是什麼。只是這用人方面，劉家沒有經驗，便請陳氏來府上坐坐，好讓羅婉、劉秀同她取取經。

傍晚時分，陳氏帶著章薇來了，誰知道章凌竟然也跟著來。

「往日我只顧讀書，將畫技荒廢了，如今不必像從前那般苦讀，便想將畫畫撿起來。」章凌對張蘭蘭道：「師傅您快教教我，外頭都知道我是牡丹大師的徒弟，若是哪天他們起鬨叫我作畫，我畫差了，怕墮了師傅名頭。」

張蘭蘭哼了一聲，她這徒弟，想學畫不假，想來看他未來媳婦也是真！

於是探花郎每天辦完公務，回章府換了衣裳，便從後門來劉府，美其名曰來學畫。既是學畫，難免湊在畫室，遇見劉秀。雖然旁邊有師傅和羅婉師姊杵著，可章凌覺得能瞧見秀秀就挺滿足。

不得不說，章凌這學問是精進得很，畫技就……

「唉，你把為師教你的東西都學到狗肚子裡了吧。」張蘭蘭看著他的畫，恨鐵不成鋼，簡直看不下去。

然而她懶慣了，教了一會兒便失去耐性，於是教章凌作畫的重任就壓在羅婉、劉秀肩上，將章凌高興壞了。

章夫子幾乎每日都來劉府，日日帶著三個小娃娃玩耍，閒了指點劉清功課。張蘭蘭不忍章夫子太過辛苦，便要劉裕張羅著請來一個秀才教孩子們讀書。

秀才雖說比不得章夫子，但是張蘭蘭不希望她家的子孫全靠章夫子才能出頭。章夫子自己的老師不過是個考不中舉人的秀才，章夫子不也中狀元了嘛。人家教導劉裕、劉清兩人，已經是劉家祖上積德攢來的福氣，凡事不能強求太多。

劉裕、章凌有空時也會指點幾個小的讀書，所以他們的功課並不曾差多少。

兩朝的狀元郎並個探花，一家子學霸，秀才老師每每來教書時都覺得腰板挺不直。也幸虧有一家子學霸的基因與薰陶，三個小的還算爭氣。劉恬由章夫子開過蒙，年紀又大，功課最好，兩個小的年幼，幸虧聰穎懂事，都是好苗子。劉安也罷了，女孩子不走科舉路，劉睿則讓羅婉上了十二分的心。

府裡家大業大，羅婉每日忙府裡的事，還要操心照顧孩子們，督促劉睿學業，忙得腳不沾地。

劉景、劉俊準備好了便開始全國跑鋪子，考察彩虹閣的分店位置。劉景去各地木材鋪時，還帶著狀元椅的圖紙，順便叫每個地方的掌櫃雇幾個工人造椅子，放在木材鋪直接賣。

男人們出去跑生意，女人們在家也不得閒。劉秀明年便要出嫁了，少不得準備嫁妝，張蘭蘭想閒也閒不下來，給劉秀準備嫁妝便是件麻煩事，千頭萬緒。

而後還有些京城裡官太太們的帖子宴會不得不去，幸虧官太太們都有眼色，一般都邀請劉家、章家的女眷一塊兒去。有陳氏在旁，劉家三女眷的社交技能噌噌噌漲了起來，才幾個月工夫，便能熟練禮儀以及準確認人了。

轉眼便到了年底，劉景、劉俊辦妥了鋪子的事，趕在年前回來了。鋪子都布置好了，待新年一過，從京城將絲線運過去，便可開張。狀元椅也已經在全國銷售開來，出乎意料的受歡迎，竟然大賺了一筆，後續的訂單源源不斷。

在京城劉府的第一個新年，過得熱熱鬧鬧。剛進入正月，便陸續有交好的官家女眷走動往來，光是回禮就傷透了腦筋。張蘭蘭直感嘆官家女眷不好當啊，事情一籮筐，陳氏笑道：「才這麼點事妳就喊累，以後要操心的事多著呢！」

開了春，彩虹閣的二十間分鋪同時開張。由於彩虹閣本就聲名在外，所以剛開業各地鋪子都生意紅火，絲線一度賣到斷貨。紅姑娘緊急收了兩個染坊，擴大規模，才將缺貨補上。

劉秀已滿十八歲，嫁妝準備得差不多，十里紅妝妥妥的。張蘭蘭瞧著出落得亭亭玉立的女兒，心裡一萬個捨不得。兩家商量一番，將婚期定在八月十五中秋節。

章凌盼星星盼月亮，一聽還得再等八個月，眼都快等綠了。

章凌房裡乾淨，陳氏也不是糊塗人，沒給塞些丫頭、通房，裡裡外外都是小廝、婆子打點。故而我們的探花郎大人二十好幾了，連姑娘的手都沒摸過，簡直都快憋成精了。

還半年就要嫁女兒了，張蘭蘭整日將劉秀拘在身邊，怎麼瞧都瞧不夠。羅婉笑道：「娘，不就是嫁到隔壁嘛，每日都能瞧見的。」

張蘭蘭嘆氣，道理她都懂，但一想到自己的乖女兒要成人家的媳婦了，就覺得心痛痛痛！

同樣心痛的還有劉景，自從過了年，劉景瞧章淩簡直跟看仇人似的，眼睛裡都能飛出刀子來。探花大人每每對上未來老泰山的眼神，總感覺整個人要被戳幾個窟窿。

章淩都要成親了，劉裕的親事也被提上了議程，劉景拜託章楓、陳氏給相看相看，畢竟京城裡他們熟，哪家的姑娘品行好，他們比自己清楚。

章楓夫婦十分留心劉裕的婚事，每每去赴宴都留意著，還真給相看了兩家姑娘。

一家是清流之女，書香門第，家中並不富庶，但祖上都是讀書人，家風清正；一家祖上是世家，如今有些沒落，小姐的爹爹是五品中正，娘親是江南富商之女。

兩家都對劉裕有意，可最終選誰，張蘭蘭還得自己瞧了才放心。

女眷之間常有宴會，陳氏便同張蘭蘭一道去，宴會上自然有那兩家的小姐，讓張蘭蘭親眼瞧瞧。

兩家的姑娘都是好的，書香門第之女端莊秀麗，世家之女大方明豔。可言談之間，張蘭蘭覺得那書香門第的小姐太過酸了，只覺得讀書清高，一副視金錢如糞土的勁兒，恨不得將天下的商人都視作泥土。那沒落世家的小姐，人活潑，性子和善，因母親經商的緣故，對管家算帳很擅長。

張蘭蘭想了想，對陳氏道：「我覺著那世家小姐好。」

陳氏笑道：「怎麼個好法？」

張蘭蘭道：「那書香門第家的小姐不是不好，只是太過不食人間煙火，大約讀書人是有那麼股傲氣，可卻不適合我家。我家農戶出身，如今經商，那位小姐眼裡，我們這樣的出身是最低俗的，簡直俗不可耐。可這人生在世，沒有銀子怎麼行？我怕她嫁入我家，不屑管家，不屑打理生意，一心只抱著書香門第的清高，吃我們的用我們的，打心眼裡還瞧不上我們，那豈不是教人憋悶得很？而那世家之女，性子對我胃口，且會管家算帳，娶回家當個賢內助，正好幫忙打理內宅和鋪子，這樣的姑娘，才最適合我們家。」

陳氏一聽，很有道理。兩人正說著，那世家小姐往這邊走來，見了張蘭蘭，眼裡簡直能冒出光來！

「您就是牡丹大師吧？」小姐姓傅，福身行禮道。

張蘭蘭點頭，拉著她坐下。

傅小姐見她承認了，眼裡的光更盛，扯了下自己的衣角，道：「您瞧，我衣服上好些繡樣都是出自您的彩虹閣，我最喜歡了！還想著這樣美的繡樣，不知是何等人物才畫得出來，真沒想到今兒能見到大師本人！」傅小姐忍不住興奮，講了好些對彩虹閣繡樣和絲線顏色的個人見解。

哎呀，來了個小粉絲！張蘭蘭喜出望外，沒想到傅小姐這般喜歡她的畫。

「小姐若是喜歡，回頭我專程畫一幅送妳。」張蘭蘭拉著她的手笑道。

「真的嗎？太謝謝您了！」傅小姐喜笑顏開。「回頭我定要拿給我姊妹們瞧瞧，讓她們羨慕去！」

兩人一見如故，傅小姐對畫畫心馳神往，陳氏心裡篤定了九成，約莫就是這傅小姐了。回去仔細商量，便使媒人上門提親，本來劉、傅兩家都互相有意，此事一拍即合。

接下來便是慣走的程序，張蘭蘭喜歡那傅小姐，便根據那日相見的記憶，親自畫了傅小姐的畫像，放在聘禮裡一道抬去。

牡丹大師親筆畫，自然是因對傅家重視。兩家合了日子，乾脆也將婚期定在八月十五，娶一個嫁一個。

親事定了，無論是聘禮還是嫁妝都準備齊全，若有缺少的叫羅婉盯著便是。張蘭蘭開始琢磨起來得給閨女留一份特別的「傳家寶」。

於是自從入夏，張蘭蘭每日下午抽出半個時辰，窩在自己屋裡神神秘秘地畫什麼，連劉景都給攆出去不讓看。

劉秀乖乖地在自個兒閨房待嫁，除了畫繡樣，便是要親手繡一床鴛鴦被。

劉裕娶妻，面上不顯，可隨著八月十五臨近，誰都能瞧出來他連走路都帶著風。

眼瞅著就到了八月十四，章家、劉家商量著，索性將兩對新人的喜堂放在一處，熱熱鬧鬧的。於是終於將章府、劉府後門給拆了，重新搭建了新門樓，寬敞又氣派。待成親那天，兩處後門對開，兩府打通。

府裡下人們忙得腳不沾地，按照慣例，女兒出嫁前一晚上，得由母親陪著睡，傳授些閨房之道。

章凌那是個沒經事的，劉秀也什麼都不懂，張蘭蘭生怕新婚之夜女兒受委屈，當然要好好教導一番，劉秀羞得滿臉通紅，聽母親在耳邊絮絮叨叨。張蘭蘭囉嗦完了，將一個木匣子往劉秀梳妝檯上一擺，道：「這是娘給妳的傳家寶，妳可得好好收著，明兒個晚間妳入了洞房，待掀了蓋頭便可打開。記得這傳家寶只有妳同凌兒能瞧，其餘人看都不看一眼，曉得嗎？」

母親的吩咐劉秀一向放在心上，晚上母女倆睡在一處，夜漸漸深了，張蘭蘭摟著女兒睡了過去。感覺沒睡多久，就被丫鬟叫醒，新娘子該起來梳妝打扮了。

雖說兩家離得近，可禮儀不能省，依舊得要八抬大轎敲鑼打鼓，抬著劉秀在外頭街上繞一圈，然後從正門抬進章府。

一大早，劉家人就兵分兩路。女眷們在劉秀這兒招呼，男人們去傅家迎新娘子。

張蘭蘭一夜沒瞧見劉景，昨兒劉景被她打發去陪弟弟睡，劉裕也是沒經過事的，絲毫不懂，張蘭蘭做嫂子的不好跟他說那些，劉景這長兄如父，得好好跟兄弟講講閨房之事，省得委屈了新媳婦。

傅府離劉府甚遠，兩家在京城的兩頭，天剛亮出發，到了劉府也要正午。因此劉家人算著時間，抬著劉秀出了府，這樣正好兩個新娘子一個從章府大門抬進來，一個從劉府大門抬進來，一塊兒抬到設在劉府的喜堂外頭。

章凌、劉裕兩個新郎官並排立著，丰神俊秀，看迷了好些赴宴女眷的眼。兩人望眼欲穿，等著新娘子進門。

終迎新娘進門，兩對新人拜了天地，便送去洞房了。

新娘子在洞房等著，兩位新郎官出來招呼客人，被灌得七葷八素。劉景心疼女婿、弟弟，帶著劉俊去擋酒，幾個男人都喝多了。章楓也被陳氏攛掇著替姪兒擋酒，省得姪兒醉得太厲害，連洞房都進不了。

來往賓客們不是官員便是富商，很有眼力，就是鬧騰也不過分，看著兩個新郎官都醉了五、六分，便不再灌他們。

幾個少年郎簇擁著兩個新郎官分別往洞房去，少年們兵分兩路，又是好一通鬧騰。張蘭蘭生怕他們鬧騰得厲害，早就去劉秀屋外守著，叫羅婉去看著劉裕那邊。

幸虧章凌是個能扛住事的，雖然微醉，卻也攔住那夥躍躍欲試想鬧洞房的，將少年郎們都攆了，早就迫不及待地想看自己媳婦了。

張蘭蘭在門外遠遠瞧見章凌走過來，正想教導他幾句呢，忽然間章凌頓住腳步，拐了個彎走了。張蘭蘭正納悶他去哪兒呢，過了會兒就見章凌手裡端著個托盤，上頭擺著碗熱氣騰騰的清湯雞絲麵。

好小子，擔心媳婦一天沒吃東西，知道心疼媳婦，不錯不錯。張蘭蘭欣慰地點點頭，這下看來連拿出師傅的款兒教育徒弟的必要都沒了，徑直領著桃紅走了。

章凌端著麵進屋，將丫鬟、婆子們打發了，掀了蓋頭，見到自己日思夜想的秀秀嬌豔如花，感覺整個人都燒了起來。

「秀秀，餓了一天，吃點麵吧。」章凌牽著劉秀的手，引她到桌邊坐下。

劉秀的確餓極了，吃了麵，這才覺得好受許多。章凌深情地望著妻子，難以自持地攬住她的腰肢。

劉秀害羞，掙脫了，想轉移話題，結結巴巴道：「娘、娘囑咐了，傳家、寶……說讓掀了蓋頭看。」

章凌這會子哪有心情想什麼傳家寶，就是給他座寶山他也不想要，春宵一刻值千金啊！

劉秀臊得滿臉通紅，連看章凌都不敢，逃也似的跑到梳妝檯前，取了母親給的匣子過來。

「娘說，只能咱們倆看，以後留作傳家寶。」劉秀低著頭，聲音細小如蚊子，露出一片雪白的後頸來。

章凌感覺自己已經忍耐到了極限，可奈何媳婦要看什麼傳家寶，還是師傅給的。

唉，師傅到底在搞什麼！章凌一通腹誹，還讓不讓人好好洞房了?!

章凌將匣子打開，看看裡頭到底是什麼寶貝，卻見裡頭是幾本厚厚的書。

劉秀、章凌翻開一瞧，頓時愣住，裡頭竟然是張蘭蘭親自手繪的春宮圖！上頭還寫著什麼一百零八式？

除了人物面容是空白之外，其餘的部分簡直逼真到了極致！書裡還夾著張小紙條，寫著：愛徒務必仔細研讀，好好待我家秀秀，莫辜負為師一片苦心。

這玩意兒可是牡丹大師親自繪製的，比章凌偷偷弄來學習的粗製濫造的玩意兒清楚得多！章凌頓時覺得有個寫實派的畫家師傅真是太好了！師傅簡直太懂他了，給弄了這麼個傳家寶！

「啊！」劉秀驚叫一聲，羞得臉都滴血了。

有個會畫畫的娘親什麼的，太羞恥了！

「師傅留言讓我好好研讀。」章凌嘿嘿一笑。

劉秀簡直恨不得找個地縫鑽進去，慌張之下將盒子打翻，裡頭幾本厚厚的書一下子掉到地上。章凌瞧著那書有古怪，書頁翻動之時，裡頭的小人似乎在動？

劉秀並沒有心思注意那書，恨不得將那書挖個洞埋了才好。

章凌撿起那書，快速翻頁，發現裡頭的人真的在動！

沒錯，張蘭蘭畫了簡易動畫冊給他們當新婚禮物兼傳家寶。

於是乎紅燭影動，一室旖旎……

章凌、劉裕婚後，張蘭蘭將手裡一應事宜丟給傅氏，自己和劉景租了艘豪華大船，打算四處遊山玩水，徹底不管事。

章夫子聽了，纏著非要跟著去。夫妻兩個一合計，跟章楓商量了，將章夫子帶著，反正他們大多走水路，那船豪華，住著舒服，適合老人家遊玩。

於是待劉秀回門後，劉景夫婦火速帶著章夫子拍拍屁股走了，連劉安都沒帶。羅婉羨慕得不行，可她帶著三個小娃娃，還有府裡的事脫不開身，盤算著等孩子們大了，將事情丟給媳婦，自己也同婆婆一樣到處遊山玩水。

吃喝玩樂什麼的最愜意了，誰稀罕管那勞什子的家！

傅氏嫁過來，立刻就被羅婉交付了府中管家之事。羅婉管三個孩子並彩虹閣的事都忙不過來了，哪有心思管家。

傅氏一臉不解，這劉家人怎麼都不按牌理出牌？敢情她娘家教她怎麼掌家都是玩她的？她怎麼看著劉家人個個巴不得不管家呢。

張蘭蘭遊山玩水，時不時寫信回家，信裡詳細描述了各地的風土人情，尤其著重描述美食！甚至她心情好了，還會畫幾盤菜饞饞他們。

劉秀一顆心被勾得難耐，也想跟著娘親出去玩，可她剛新婚就有了身子，恨得瞪了章凌好幾眼，若不是這廝，她還能蹭她娘的船到處玩玩呢！

劉秀嫁去章家，日子過得很愜意，二嬸、小姑都同她要好，只是害喜嚴重，前幾個月吐個沒完。章凌每日回家伺候媳婦，邊伺候邊腹誹劉秀肚子裡那小崽子：你啊晚點來不行嗎？

你爹剛開葷啊，還沒吃幾頓就吃不著了！

張蘭蘭得知女兒懷孕的消息，只說叫陳氏多照看著點，自己在劉秀生產前回來，便心大地又帶著章夫子南下遊玩去了。

劉秀苦著臉，真是嫁出去的女兒潑出去的水啊！

不得不說，四處遊山玩水比什麼管家、管鋪子要舒坦多了，每日只管吃喝玩樂，沒銀子了家裡會送來，在外頭浪久了，便回徐州劉家村老家住一陣子。

這才知道王樂也訂了親。

當年劉秀成親時，王家託人往京城送了賀禮，於是張蘭蘭也趁著王樂成親的空檔回了禮。

兩家這才時不時恢復走動，時日久了，當年的不快也煙消雲散了，胡氏時不時來村裡瞧瞧她，兩人又跟以前一樣。

在外頭玩了大半年，接近劉秀臨盆，劉景夫婦才帶著章夫子回京。

夫子這番下來跟年輕了十歲似的，看得陳氏羨慕不已，也想同他們一道玩去，只是陳氏不比張蘭蘭，她若不在，劉秀一個人又帶孩子又忙鋪子又忙府裡的，實在忙不過來。

劉秀生產順利，產下一女，眉眼像極了劉秀。章凌喜得合不攏嘴，抱著女兒差點就上房了。

劉秀生了孩子後，傅氏那邊也有好消息了，已經有三個月身孕，劉家要添丁了！

傅氏懷孕，自然不愛理家事，張蘭蘭不得不接過來管，把她累得夠嗆。

張蘭蘭對劉景道：「待弟妹生完，身子恢復了，咱就趕緊出去，省得又給拴著了。上回不是說蜀中好玩，這次咱就去蜀中！」

半年後，傅氏產下一男孩，張蘭蘭好好伺候她坐完月子，待孩子辦了滿月酒後，便帶著劉景同章夫子又踏上了旅途。

操心了半輩子，那些瑣碎俗務再綁不住她的腳步，孩子們有各自的造化，心是操不完的，不如趁著還能走動玩樂，好好享受人生。

滾滾大江，船行萬里，她要同他一道看遍這萬里河山。

劉氏家族自劉裕起興盛，劉裕官至內閣，入閣五年後，其姪劉清也入內閣，一個家族前後兩代出了兩位閣老。

劉裕告老還鄉後，回徐州老家劉家村，奉養兄嫂和其恩師章槐先生。

章槐先生高壽至一百零二歲，劉景夫婦也在將近百歲之齡，同日駕鶴西去，合葬於劉家祖墳。

劉氏家族男子善讀，女眷擅畫，家族興旺，自此綿延百年。

——全書完

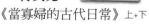

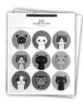

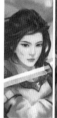

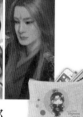

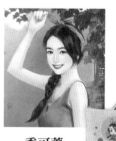

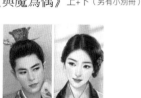

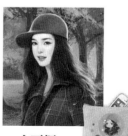

第二棒
新春傳愛接力賽

落魄公子哥東山再起，只因船娘超給力！

水上風光，溫情無限／翦曉

穿越也要各憑運氣！
一個小孤女、一艘破船、一個受了傷的禍水相公……
就算再厲害的穿越女也大嘆難為，
幸好辦法是人想出來的，且看她小小船娘大顯神威！

文創風 483-487 **《船娘好威》** 全套五冊

允瓔本以為以船為家，遊歷江河之中，是多逍遙自在的美事，
殊不知一朝穿越成船家女兒，才發現根本沒那麼容易——
原主的父母雙雙遇賊丟了性命，留給她的唯一家當是破船一艘，
且不說那「小巧」船艙塞滿吃喝拉撒一切家當，連翻身都難，
鎮日為生計奔波、被土財主欺凌的日子更是苦不堪言，
偏偏她一名小小船娘又拖著個受了腳傷的「藍顏禍水」，
對她來說，他只不過是個路人甲，暫時同住在一條船上啊，
頂多……唉，她就好人做到底，收留他直到痊癒為止，
到時哪怕他走他的陽關大道，她撐她的小河道，都不再相干～～

書展報好康 1／10陸續出版，新書優惠75折！

第三棒
新春傳愛接力賽

賢妻一雙妙手能轉運，背後似乎有秘密？

生活事烹出真滋味，
平凡間孕育真感情／**簡尋歡**

不得已花錢買個女子來管家做妻子，誰知她一回來就撞牆?!
醒來後又像換了個人，雖然淡漠卻聰明厲害，
滿腦子賺錢主意讓他大開眼界，他到底買了個什麼樣的女子啊？

文創風 488-490 # 《賢妻不簡單》 全套三冊

一切都是從二兩銀子開始的……
他千求萬借弄來了二兩銀子，跟徐家婆子「買」了個妻子，
並非他瞧不起女子，而是家裡窮困又急需有個人照顧孩子，
只得出此下策，誰知這個名字很嬌氣的女子，個性卻剛烈，
一聽他花銀子買下自己，竟然一頭撞牆昏死過去！
還好她醒來後如同換了個人似的，雖然不情願，還是答應留下來；
從此，孩子有人照顧，家裡多了生氣，她也不知是有什麼法術，
什麼簡單的東西在她手裡都化成美味的食物，
沒過過這般溫暖踏實的日子，他越發覺得人生有了盼頭，要為這個家努力；
只是妻子怎麼總有些異想天開又能賺錢的主意，
而且說話、行事都跟別人家的姑娘、嫂子不同，
他欣喜於自己找了個賢妻，也逐漸擔心她待不了平凡小村落，
如果她真的想走，該怎麼辦？他已離不開嬌嬌小妻子了呀……

書展報好康　1 / 24出版，新書優惠75折！

第四棒
新春傳愛接力賽

再嫁娘子炙手可熱，究竟誰才是真命天子？

同舟共濟，幸福可期／新綠

這個時代的女子過得太拘束，
她想讓她們的生活也能海闊天空，
於是，大蕪朝討論度最高的「公瑾女學館」就此開張……

文創風 491-492《娘子押對寶》全套二冊

張木盼著能嫁個好郎君，不求大富大貴，只求兩廂情願，
只是前夫家一直死纏爛打，大有不弄死她不罷休的意味，
好不容易擇了個好姻緣，卻時不時冒出覬覦自家夫君的小娘子，
她要斬斷前夫這朵爛桃花，又要護住得來不易的家，
沒想到在古代經營婚姻竟這般不容易！
關於夫君吳陵，他是木匠丁二爺的徒弟兼養子，真實身分是個謎，
不過對張木來說，只要夫妻攜手並進，簡單過日子她便心滿意足，
尤其相公寵她護她，看似溫和俊秀，其實閨房之樂也參透不少，
她異想天開想經營女學館，他也把家當雙手奉上。
她本以為兩人風雨同舟，就沒有過不去的風浪，
豈料某天相公離家未歸，她這才明白他其實大有來頭，
他的深藏不露，原來是有一段不堪回首的過去──

書展報好康 2／7出版，新書優惠75折！

經典不敗 超殺特賣

今年舊書折扣依舊親民，
有興趣的朋友可以趁機會搜羅好書！

【75折】 橘子說1212~1239、文創風429~480、亦舒/Romance Age全系列

【單本7折】 文創風300~428

【單本6折】 文創風199~299（291~295除外）

【小狗章】（大本內曼典心、樓雨晴除外）

→ **單本88元：** 文創風001~198（015~016及缺書除外）

→ **5折：** 橘子說1106~1211、花蝶1614~1622、采花1239~1266

→ **60元：** 橘子說1105之前、花蝶1613之前、采花1238之前

→ **4本100元：** 小情書001~064 + PUPPY001~466任選

★ 小叮嚀──

(1) 請於訂購後三日內完成付款，最後訂購於2017/2/13前完成付款才算有效訂單喔！

(2) 如訂單上有尚未出版之書籍，會等到書出版後一併寄送。
活動期間親自至本社購買亦享有相同折扣，請先電話聯絡確認欲購書籍，以方便備書。

(3) 購書滿千元(含)以上免郵資，未滿千元郵資65元。

(4) 特賣書籍因出書時間較久，雖經擦拭、整理，仍有褪色或整飾痕跡，故難免不如新書亮麗。
除缺頁、倒裝外無法換書，因實在無書可換，但一定會優先提供書況較良好的書給大家。
若有個人原因需要換書，需自付來回郵資。

(5) 各書籍庫存不一，若遇缺書情形可選擇換書或退款。

(6) 歡迎海外讀者參與(郵資另計)，請上網訂購或是mail至love小姐信箱
(love@doghouse.com.tw)詢問相關訊息。

狗屋．果樹有權修改優惠活動的實施權益及辦法。

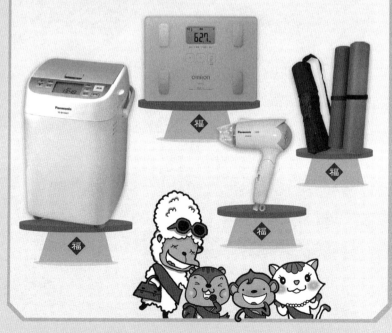

曖曖情思 暖心動人／清風逐月

2016年12月出版

商女發威

嫁給他，除了有享不盡的榮華富貴，
還能無限地被他寵愛，
這樣划算的買賣，她可不會輕易放手！

文創風 477 1

重生後的蕭晗，回到了抉擇命運的前一日，
有了上一世的經驗，這次，她絕不會再傻傻地任人擺弄！
原本和哥哥一起設局，打算好好整治那些惡人，
沒想到，哥哥竟找來了師兄葉衡當幫手……
家醜不外揚，此刻她的糗事全攤在他面前，真是羞死人了！
為了答謝他一次又一次不求回報的幫助，
她決定下廚做幾道拿手好菜，好生款待他，
但他居然膽大妄為地當著哥哥的面，調戲起她來了?!

文創風 478 2

饒是蕭晗活了兩世，也沒見過像葉衡如此霸道的人。
他仗著家大業大，硬生生從中攔截親事，不讓她嫁給別人，
不僅如此，還時常趁她熟睡後夜探香閨，對她毛手毛腳，
看來有必要好好「教育」他一下，她可不想婚前失身啊！
偏偏這人就是不受教，一口一聲親親娘子，她還沒嫁過門好嗎？
就連她到南方視察莊園時，他也理所當然地跟了去，
不想兩人卻遭遇襲擊，為了救她，他身受重傷，
在九死一生之際，她才發現，她已經不能沒有他了……

文創風 479 3

蕭晗不得不承認，被葉衡寵著的感覺，似乎不壞呢！
對外，他還是一貫高冷淡漠的形象，
可在她面前，卻像隻總想討魚吃的貓兒，
不聲不響地便摸進她的被子裡偷腥，抱她個滿懷，
還可憐兮兮地露出一臉無辜樣，讓她想氣都氣不起來。
為了幫助她穩固在家中的地位，對付惡毒的後娘，
葉衡更是成為她最強而有力的後盾，任她呼來喚去，
看來這門親事，她怎麼算都不會虧本了～～

文創風 480 4 完

一路走來彎彎繞繞的蕭晗與葉衡，終於盼到新婚之夜，
本以為接下來的日子，能過得順風順水、無憂無慮了，
卻萬萬沒有想到，她那一臉殺氣逼人的相公，
竟是京城世家閨秀人人爭食的一塊「小鮮肉」。
兩人大婚後，葉衡的身價更是水漲船高，
情敵一個接一個的冒出來，簡直沒完沒了！
難道別人家的相公，真的比較好嗎？
看來她得好好想個辦法，斬斷他身邊那些爛桃花～～

風 文創 482

蘭開富貴 下

國家圖書館出版品預行編目資料

蘭開富貴 / 玉人歌著. --
初版. -- 臺北市 : 狗屋, 2017.01
冊 ; 公分. --（文創風）
ISBN 978-986-328-679-0（下冊：平裝）. --

857.7 105021301

著作者	玉人歌
編輯	黃暄尹
校對	黃薇霓　周貝桂
發行所	狗屋出版社有限公司
地址	台北市104中山區龍江路71巷15號1樓
電話	02-2776-5889～0
發行字號	局版台業字845號
法律顧問	蕭雄淋律師
總經銷	知遠文化事業有限公司
電話	02-2664-8800
初版	2017年1月
國際書碼	ISBN-13　978-986-328-679-0

本著作物由北京晉江原創網絡科技有限公司授權出版

定價250元

狗屋劃撥帳號：19001626

網址：love.doghouse.com.tw　E-mail：love@doghouse.com.tw